천마군림

천마군림 6
좌백 新무협 판타지 소설

초판 1쇄 찍은 날 § 2003년 7월 3일
초판 1쇄 펴낸 날 § 2003년 7월 12일

지은이 § 좌백
펴낸이 § 서경석

편집장 § 문혜영
편집 § 장상수 · 유경화
마케팅 § 정필 · 강양원 · 이선구 · 김규진 · 홍현경

펴낸곳 § 도서출판 청어람
등록번호 § 제1081-1-89호
등록일자 § 1999. 5. 31
어람번호 § 제2-0226호

주소 § 경기도 부천시 원미구 심곡1동 350-1 남성B/D 3F (우) 420-011
전화 § 032-656-4452   팩스 § 032-656-4453
http://www.chungeoram.com
E-mail § eoram99@chollian.net

ⓒ 좌백, 2003

값 7,500원

ISBN 89-5505-733-4 04810
ISBN 89-5505-595-1 (SET)

※ 파본은 본사나 구입하신 서점에서 교환하여 드립니다.
※ 저자와 협의하여 인지를 붙이지 않습니다.

천마군림

좌백 新무협 판타지 소설

6 사자림

天魔君臨

도서출판 청어람

목차

第六卷 사자림

제51장	요서 철령위	7
제52장	사자 군림가	39
제53장	비전 오호란	73
제54장	뭉케 텡그리	105
제55장	천하 경략론	133
제56장	월영 손지백	161
제57장	삼색 지옥도	197
제58장	사자 열병식	233
제59장	강습 혈랑대	255
제60장	출정 사자군	285

제 51 장
요서 철령위

▌험준한 산과 절벽이 천연의 성벽을 이루고
 거기 집채만한 돌들을 세워 성문을 만들었다
고불고불 협곡을 지나 하늘로 치솟은 성문을 지나면 산을 파서 만든 광장이 있고
 산등성이를 따라 네모난 돌집을 상자처럼 쌓아 만든 전각들이 있었다
 이곳이 철령위성이었다

요서 철령위 1

 대규모의 인원이 동원된 전쟁이라면 요동에서도 있었다. 그러나 요서의 철령에서 벌어진 이 전쟁은 몇천의 기마대와 기마대가 동원되었고, 양쪽 모두 제대로 훈련받은 정예 병력이라는 점에서 전쟁에 대한 새로운 시각을 무영에게 열어주었다.
 몇천의 군사들이 정연하게 전진하고 이동하다가 한순간 볶은 콩이 튀어 오르듯 격렬하게 움직여 격전에 돌입했다. 한 방향으로 흐르던 격렬하고도 도도한 물결에 또 다른 해일이 양쪽으로부터 감싸 안듯 밀어닥치며 수천 개의 소용돌이를 만들었다. 창칼과 창칼이, 창칼과 방패가 부딪치고 어우러져 만드는 소용돌이였다.
 완만하다고는 해도 계곡으로 접어든 것은 흑사광풍가의 실수였다. 계곡 양쪽 산기슭은 경사가 급하지 않긴 하지만 그래도 기울어진 지형이라 자연스럽게 조금씩 말과 말, 기수와 기수 사이의 간격이 좁아져 버렸다. 그런 상황에서는 바깥쪽의 기수들부터 이탈하면서 간격을 넓히지 않으면 방향 전환이 불가능한 것이다. 그런데 방향 전환을 하지 않으면 사자군림가의 무사들과 맞서 싸울 수가 없었다.

처음에는 일방적인 학살에 다름없었다. 사자군림가 기마대는 횡으로 넓게 펼쳐져서 흑사광풍가 전사들의 외곽을 때렸다. 창을 던지고 칼을 뽑아 들었다. 창에 맞은 기수와 말들이 넘어지고 뒹굴었다. 방향을 틀려다가 자기들끼리 부딪치기도 했다. 급하게 달려드느라 같이 부둥켜 안고 뒹구는 사자군림가 무사도 있었다. 그런 충돌들 하나하나가 핵이 되었고, 계속해서 밀려드는 기마대의 흐름이 거기 휘감겨 소용돌이를 만들었다.

엎어지고, 쓰러지고, 죽고, 죽어가는 사람과 말들이 거대한 혼돈을 이루었다. 수천의 인마가 만드는 것이라 그 속에 있는 사람도, 지휘하는 사람도 어찌지 못하는 격렬한 혼돈 상태였다. 그러나 혼돈의 안팎에는 보이지 않는 질서가 있었고, 그건 시간이 지나면서 점차 명확하게 드러나 전장을 지배했다.

혼돈 내부의 질서는 각 전사들의 살고자 하는 욕구였다. 일방적으로 당하고 있는 흑사광풍가 전사들은 물론 그렇게 밀어붙이는 사자군림가 무사들조차도 이런 상태에서는 말발굽에 밟혀죽는다는 인식을 하고 있었다. 그들은 한편 칼을 휘둘러 적을 죽이면서도 다른 한편으로는 어떻게든 이 아수라장에서 빠져나가려고 노력했다.

혼돈 외부의 질서는 크게 보아 결국 사자군림가가 이기고 있다는 상황에 의한 것이었다. 그들은 무영단이 전진 방향을 틀어막고 있는 바람에 마개 닫힌 호리병에 갇힌 듯한 꼴이 되어버린 흑사광풍가 전사들을 좌우로부터 압박해 들어가서 결국 뒤로 밀어붙여 버렸다. 그렇게 해서 결국 하나의 질서가 만들어졌다. 후퇴하는 흑사광풍가를 사자군림가가 추격하는 긴 대열을 이룸으로써.

전투는 반 시진도 채 되기 전에 끝나 버렸다. 무영단에게는 그랬다. 그들이 달려온 먼 길을 쫓고 쫓기며 달려가는 흑사광풍가와 사자군림가의 기마대가 일으키는 먼지구름이 멀리 지평선 끝으로 사라지면서 전쟁의 폭풍도 같이 멀어져 가버렸다.

혈영과 월영은 향주들을 부려서 전사자와 부상자를 챙기고 있었다. 무영은 금방이라도 쓰러져 버릴 것 같은 피로감을 느끼며 묵묵히 서서 시체들을 바라보았다. 그의 앞에 펼쳐진 구릉과 평원에는 상처 입어 울부짖는 말과 이젠 울부짖을 수도 없는 사람과 말의 시체가 가득했다. 거의 대부분이 흑사광풍가의 것이었지만, 사자군림가 무사들도 적잖게 죽었고 무영단에서도 이십여 명의 사망자가 나왔다.

적을 추격하지 않고 남아서 사상자를 찾던 사자군림가 무사들 중 지휘관으로 보이는 금빛 갑옷의 사내가 무영단을 향해 다가와 물었다.

"이화태양종?"

월영이 대답했다.

"그래요."

금갑의 사내가 말했다.

"환영하오. 나는 금사자군(金獅子軍) 제삼단(第三團)을 맡고 있는 항연(項淵)이라고 하오. 귀하들의 지휘자는?"

월영이 무영을 가리키며 말했다.

"우린 무영단이고 이분이 단주시죠."

무영이 고개를 까닥하고 말했다.

"무영이다."

항연은 무영의 무뚝뚝한 말투보다는 그 특이한 생김새에 놀란 듯 잠시 바라보더니 말했다.

"가주께서 기다리고 계시니 성으로 갑시다."

종리매가 물었다.

"언제부터 여기 있었나?"

항연이 종리매의 옆에 서 있는 노준혁을 힐끔 보고는 대답했다.

"당신들이 온다는 건 며칠 전부터 알고 있었소. 신빈보에서 전령이 왔었기 때문에. 그때부터 매복을 준비했지요."

종리매가 다시 물었다.

"그때부터 지금까지 계속 매복해 있었다는 건 아니겠지."

항연이 허를 찔린 듯 찔끔하는 모습을 보이며 말을 더듬었다.

"무, 물론 그건 아니오."

종리매는 쏘는 듯한 시선으로 항연을 바라보며 말했다.

"우리가 쫓겨오는 걸 계속 지켜보고 있었겠지?"

항연은 얼굴을 살짝 붉히며 고개를 끄덕였다.

"그렇소. 당신들이 개원에서부터 여기까지 오는 동안 벌인 모든 전투들을 우린 알고 있었소. 계속해서 보고가 도착했지요. 중간에 끼어들지 않은 것은 미안하지만……."

종리매가 코웃음을 쳐서 그의 말을 잘랐다.

"제대로 끌어들여서 흑사광풍가에 타격을 주자는 계략이 있었겠지."

항연은 대답하지 않았다. 종리매가 말했다.

"요괭도도 늙으니 꽤나 교활해졌군. 예전엔 그런 사내가 아니었는데."

항연이 분노한 빛을 드러내었다.
"가주께 무례한 언사는 삼가하시오!"
그는 진지하게 덧붙였다.
"당신들에게는 미안하지만 흑사광풍가의 병력을 이만큼 모아놓고 타격할 수 있다는 것은 상당히 매력적인 일이었소. 그놈들은 잘해야 일이백 기 정도의 숫자로 돌아다니면서 우릴 괴롭혀 왔으니 말이오. 그런 병력들이 당신들을 뒤쫓아 모여들고 있다는 정보를 알게 되고 나서는 좌우에서 열심히 가주를 설득했었소. 가주께서는 끝까지 내켜하지 않으셨지만 마지못해 승인을 하셨고……."
그는 무영을 향해 고개를 숙여 보이고 말을 이었다.
"당신들의 분전에는 경의를 표하오. 대단한 투지와 무력이었소. 진작 구원병을 보내지 못해……."
"구원병은 필요없었다."
무영이 항연의 말을 잘랐다. 그는 무뚝뚝하게 덧붙여 말했다.
"우리만으로도 충분했다. 사자군림가가 오지 않았어도 이곳은 흑사광풍가 전사들의 시체로 덮였을 것이다."
그는 입을 열지 못하고 있는 항연을 무표정하게 바라보다가 혈영에게 시선을 돌렸다.
"가자!"

사자군림가의 철령 거점은 고대에 흉노를 막기 위해 세워진 철령위성(鐵嶺衛城)이었다. 그 후 요서 지역을 차지한 거란족이 이곳을 성으로 삼아 칭기즈칸과 싸우기도 했었다. 그 성에 지금 사자군림가의 가주 철사자 요괭도와 휘하 무사들이 웅거하고 있는 것이다.

험준한 산과 절벽이 천연의 성벽을 이루고, 거기 집채만한 돌들을 세워 성문을 만들었다. 고불고불 협곡을 지나 하늘로 치솟은 성문을 지나면 산을 파서 만든 광장이 있고, 산등성이를 따라 네모난 돌집을 상자처럼 쌓아 만든 전각들이 있었다. 이곳이 철령위성이었다.

무영단에서 말등에 실어 보낸 부상자들은 이미 성안에 들어가 있었다. 그중에도 이미 시체가 된 자들이 있었고, 치료는 하고 있지만 살릴 수 없을 것 같은 중상자도 있었다. 그들까지 모두 제외하고 남은 숫자는 무영과 당주, 향주들까지 포함해서 이백오십육 명. 향주급 이상으로는 단 한 명의 사망자가 없었고, 살아남은 무사들의 비율도 무저갱 출신과 배화교도 출신이 비슷했다. 아수라장에서 살아남는 생존력, 그러면서도 목숨을 아끼지 않고 싸우는 투지에 있어서 양쪽이 엇비슷했다는 것을 보여주는 숫자였다.

무영은 사자군림가의 가주가 기다리고 있으니 어서 들어가자는 항연의 말에도 아랑곳하지 않고 무영단의 사망자, 부상자가 모두 처리되는 것을 보고서야 움직였다. 양 옆에 철갑마와 종리매, 그리고 혈영과 월영까지 거느리고 도착한 곳은 전각 세 개가 품(品) 자형으로 서서 만든 넓은 공간이었다. 거기에는 이미 사자군림가의 지휘관급 인물들과 호위무사들이 도열해서 기다리고 있었다.

황색과 홍색, 금색, 은색으로 갑옷 색깔을 맞추어 입은 장수와 무사들 사이로 늘어선 기치와 무기들이 광장을 밝히는 수십 개의 횃불 불빛을 받아 빛을 내고 있었다. 그 대열 사이로 걸어가자 정면의 전각 앞에서 기다리던 한 사람이 계단을 밟고 내려와 무영을 맞이했다.

"잘 왔네. 내가 요굉도일세."

구 척에 가까운 장신에 자주색 갑옷을 입고, 거기 다시 하얀 목면으로 만든 피풍의를 두른 노인이었다. 구릿빛 얼굴에 가슴팍까지 내려오는 긴 수염을 길렀는데, 수염에도, 투구 대신 작은 관을 써서 거의 다 드러난 머리카락에도 새치 하나 보이지 않았다.

무영이 사전에 들은 정보로는 이 사람이 제강산보다 몇 살 연상이었다. 그럼 거의 육십 대 중반은 되었을 텐데 전혀 그렇게 보이지 않았다. 사십 대 사내처럼 강건한 몸에 험산준령처럼 삼엄한 기상이 흘렀다.

구릿빛 얼굴은 온통 잔주름이 그려져 있었지만 그건 늙어서가 아니라 오랜 시간을 전장에서 보내며 햇볕 아래 있었던 때문일 것이다. 한때는 미남 소리를 들었다 싶게 반듯이 뻗은 콧마루와 단정한 입술, 그리고 호랑이눈이 있었다. 분노하지 않아도 위엄을 드러내는 그런 기상이었다. 이 사람이 마교 대종사의 호위대장으로 마교통일대전을 수행했고, 그 공헌으로 요서 땅을 받아 십팔 년간 지배해 온 사람, 요서의 철사자 요굉도였다.

무영은 그의 앞에 한쪽 무릎을 꿇고 인사했다.

"이화태양종 무영단 단주 무영이 종사의 명을 받아 왔다."

장내는 물이라도 뿌린 것처럼 고요했다. 거기 도열한 무사들에게 무영의 어색한 인사말이 들리기에 충분했다. 그 반응으로 불쾌한 듯한, 분노한 듯한 기류가 일어나는 것도 당연했다. 요굉도조차도 침묵하고 있었다.

그러나 무영은 그런 싸늘한 분위기를 느끼면서도 아랑곳하지 않고 일어나라는 말도 없었지만 그냥 일어났다. 그리고 요굉도에게 무뚝뚝하게 말했다.

"여기까지 오면서 죽인 모든 흑사광풍가 전사의 생명을 사자군림가에 선물로 준다."

요괭도가 딱딱한 표정으로 말했다.

"자네들이 세운 혁혁한 전공에 대한 보고는 충분히 들었네. 수고했네."

"종사의 명령이었다."

분위기는 점점 더 싸늘해지고 있었다. 도열한 사자군림가의 무사들은 무영을 동맹의 사자로 영접했었지만 이젠 적이라도 되는 것처럼 노려보고 있었다.

요서 철령위 2

종리매는 내심 매우 곤혹스러워하고 있었다. 철사자 요굉도는 마도 십웅의 하나로 제강산과는 사십 년 가까이 우정을 유지해 오고 있었다. 그 열 명 중에서도 둘이 가장 어렸기 때문에, 그리고 성격 또한 맞는 데가 있어서 각별한 사이라고 할 수도 있었다. 하지만 두 사람이 한 가지 점에서는 분명히 달랐는데, 그건 요굉도가 좀 더 고지식하다는 점이었다.

요굉도는 원칙과 규율을 대단히 중시하는 사람이었다. 의형제라지만 대종사의 호위 역을 맡게 되자 그는 대종사를 철저히 주군으로서 모셨다. 사적으로나 공적으로 오로지 주군이었다. 어떤 자리에서도 대종사를 의형으로 호칭한 일이 없었다.

그러나 제강산은 대종사를 의형으로만 여겼을 뿐이었다. 적어도 마교에 합류해서 이화태양종이라는 호칭을 얻기 전에는 그랬다. 그래서 합류하는 것을 반대해 왔던 것이고, 제강산이 변절했다고 오랜 세월 오해한 것이기도 하지만. 지금 생각해 보면 마교 합류 이후에도 제강산은 대종사를 주군이라거나 교주로 생각하지는 않았던 것 같았다. 목적을 위해 손을 잡은 정도라고 여긴 것 같았다. 그런 점에서 요괭도와 제강산은 분명히 달랐다.

어쨌든 지금 무영의 태도는 요괭도의 심기를 건드린 것이 분명했다. 무영이 요괭도의 수하가 아닌 것이 다행이었다. 만약 수하였다면 전공이고 뭐고 당장 목을 베어버렸을 것이 분명했다. 나서서 한마디 도와주고 싶지만 그럴 수도 없었다. 다른 사람도 아니고 그가 무영을 단주로서 받들 것을 강조해 놓고 월권 행위를 할 수는 없었다.

'뭐, 하는 수 없지. 건방지다고 죽이기야 하겠나. 인상을 강하게 남겼으니 차라리 잘된 일일지도……'

요괭도 정도의 인물이라면 어지간한 사람은 눈에 들어오지도 않을 것이다. 하지만 무영의 특이한 용모와 건방진 태도는 오늘 충분히 각인되었으리라. 그래서 무슨 도움이 될지는 알 수 없지만.

마침 요괭도가 종리매에게 말을 걸었다.

"오랜만에 뵙소이다, 종리 노야. 아직 정정한 모습을 보니 반갑구려."

종리매가 말했다.

"고생이 너무 심해서 늙어 죽을 틈도 없었소. 나도 가주를 다시 보니 반갑구려."

요괭도가 비로소 표정을 풀고는 하하 웃었다.

"제강산 아우의 선물은 늘 날 놀라게 했지요. 종리 노야와 무영단은 일만의 병력으로도 세우기 어려운 전공을 단 몇백 명이 세움으로써 나와 사자군림가에 큰 선물을 한 거요. 선물 고맙게 받았소."

종리매는 가볍게 고개를 숙여 보이고 말했다.

"종사와 여기 단주님의 덕분이지 나 같은 노인네에게 무슨 공이 있겠소."

요굉도는 못 들은 것처럼 철갑마를 향해 시선을 돌리며 물었다.

"이분은?"

종리매가 소개했다.

"그냥 철갑마라고 부르시오. 그리고 이쪽은……."

그가 월영과 혈영을 소개하려고 하자 요굉도가 손을 저었다.

"알고 있소. 제강산 아우의 손발과 같았던 친구들이라는 것. 아마 혈영과 월영이었지?"

혈영이 고개를 숙여 보이고 말했다.

"이젠 무영단 혈영당주와 월영당주입니다."

요굉도가 고개를 끄덕였다.

"그 이야기도 이미 듣고 있었지."

그의 시선이 해동 구선문에서 온 세 사람을 향했다. 종리매가 말했다.

"해동에서 오신 손님들이오. 요동을 공략하는 데 큰 도움을 준 분들이시오."

요굉도는 가볍게 고개를 끄덕이고는 노준혁을 보았다. 그는 마교 팔가십종의 사람들 외에는 관심이 없는 것이다. 노준혁은 요굉도가 보이자마자 바로 깊이 부복해서 아직도 일어나지 않고 있었을 뿐 아니라 감히 고개도 못 들고 있었다. 요굉도가 말했다.

"수고했다. 돌아가서 쉬어라."

"존명!"

노준혁이 크게 외치고 일어났다. 그리고 한쪽으로 물러나서 부동 자세로 서 있었다. 요굉도가 무영을 못마땅한 듯 바라보다가 하는 수 없다는 듯 억지로 말했다.

"들어가세. 주연이 마련되어 있네."

그는 무영의 대답을 기다리지 않고 먼저 돌아서서 계단을 올라갔다. 종리매가 무영의 옆구리를 찌르며 속삭였다.

"들어가세. 안에서는 되도록 말을 하지 말고."

무영이 알겠다는 듯 고개를 한 번 끄덕이고 요굉도의 뒤를 따라 계단을 올라갔다. '더 밉보여서 좋을 게 없다'는 말을 덧붙이려고 했지만 그럴 사이도 없었다. 마침 해동 구선문의 삿갓검객이 말을 붙여왔다.

"우린 자리가 불편하니 그냥 가서 쉬겠습니다."

종리매는 고개를 끄덕였다.

"좋도록 하시오."

노준혁이 말했다.

"제가 안내해 드리지요."

해동 구선문의 세 사람이 노준혁을 따라가자 종리매와 월영, 혈영이 서둘러 무영의 뒤를 따랐다. 무영단의 사람들 뒤로 다시 사자군림가의 지휘관급 인물들이 줄줄이 계단을 올라 전각으로 들어갔다. 전각 안에는 넓은 정청이 있고, 거기 음식과 술이 마련되어 있었다. 함께 정청으로 들어온 사자군림가 지휘관급 인물들의 수는 이십여 명이었다. 그들이 하나씩 일어나 인사했다.

"금사자군(金獅子軍)을 맡고 있는 한당(韓塘)이오."

요괴도보다 훨씬 늙어 보이는 노인으로 금빛 화려한 갑옷 위에 하얗게 센 수염을 늘어뜨리고 있었다. 종리매는 이 사람을 잘 알고 있었다. 이름은 한당, 별호는 창천금붕(蒼天金鵬), 사자군림가 서열 삼위, 마교혈맹록 서열 삼십사위의 고수였다.

사자군림가의 직제는 이화태양종과는 달리 전체를 금은동철(金銀銅鐵)의 네 개로 분류해서 금사자군, 은사자군(銀獅子軍) 하는 식으로 네 개의 군을 만들고 각각의 군은 다시 일부터 구까지 숫자를 붙인 아홉 개의 단(團)으로 구분해서 전체 사군(四軍), 삼십육단(三十六團)의 체제로 구성되었는데, 각각의 단에는 일천 명의 무사가 있으니 총 삼만 육천의 병력을 운용할 수 있고, 거기에 가주 및 각 군의 친위대와 별동대를 포함하면 전체 사만의 군세가 되었다. 각 군의 군주(軍主) 및 부군주(副軍主)와 각 단의 단주, 부단주들만 모아도 총 팔십 명이 되는데, 그들이 사자군림가의 핵심이었다. 오늘은 그중 참석 가능한 사람만 모였다고 했다. 나머지는 요서 각 지역의 요충지를 지키고 있거나 철령위성 주변을 돌아다니고 있어서였다.

한당 다음으로 일어난 것은 은빛 갑옷을 입은 노인이었다. 정말 은으로 만들었는지 거울처럼 불빛을 반사하고 있어서 눈이 부실 정도였다.

"은사자군의 정봉(丁鳳)이오."

설산비붕(雪山飛鵬) 정봉이었다. 사자군림가 서열 사위, 마교혈맹록 서열 사십이위.

"동사자군의 군주 반송(潘松)은 무영단을 쫓아온 적들을 추격하고 있소. 나중에 인사하시오."

요괴도의 설명이 있었다. 종리매는 반송도 알고 있었다. 신조혈붕(神

爪血鵬) 반송. 사자군림가 서열 오위, 마교혈맹록 서열 오십위.

검은색 갑옷을 입은 노인이 일어나 인사했다. 흑요석으로 만든 것처럼 윤기가 흐르는 검정 갑옷이었다.

"철사자군의 군주, 이정(李霆)이오."

흑천뇌붕(黑天雷鵬) 이정. 사자군림가 서열 육위, 마교혈맹록 서열 오십일위.

다음으로 마흔이 채 되지 않은 것 같은 사내가 일어났다. 한당처럼 금빛 갑옷을 입고 있는데, 한당이 투구에 금빛 수실을 달고 있는 데 비해 이쪽은 붉은색이었다. 사각형의 얼굴에 주먹코가 두드러진 강직한 인상의 사내였다.

"금사자군의 부군주인 한굉(韓宏)입니다."

은빛 갑옷을 입고 투구에는 붉은 수실을 단 사내가 일어났다. 그 역시 마흔이 채 되지 않은 것 같았다.

"은사자군의 부군주 천유명(天游明)입니다."

동사자군의 부군주는 군주와 함께 추격전에 나섰는지 넘어가고 철사자군의 부군주가 인사했다. 서른을 갓 넘긴 것 같은 청년이었다.

"야율지용(耶律志勇)입니다."

'야율'이라는 성으로 보아 거란족 출신인 듯했다. 종리매가 눈살을 찌푸렸다. 방금 인사한 야율지용이라는 부군주 때문은 아니었다. 그를 포함한 부군주 셋이 다 모르는 이름, 모르는 얼굴이기 때문이었다. 군주를 서열 삼위부터 육위까지의 고수들이 나란히 맡은 것에서도 알 수 있듯이 사자군림가는 철저한 계급제를 지키고 있었다. 그런데 서열 칠위부터 십위까지의 자리를 나이로 보아 새로 큰 듯한 청년 무사들이 차지하고 있는 것이다.

단순한 부관, 참모 역할로 앉혀놓은 것인지, 아니면 젊은 세력들이 치고 올라온 결과인지 알 수 없었다. 만약 후자라면 의미심장한 일이라 아니 할 수 없었다. 한당에서 이정까지 네 명의 군주들은 지금 최하 일흔, 많으면 여든까지의 노인들이었다. 아무리 무림인이라 하나 죽음이 머지않은 그들이 물러나고 나면 그 자리를 이들 청년 무사들이 차지하게 되지 않겠는가. 그때는 세대교체가 되는 것이다. 그렇게 세대가 교체된 이후에 사자군림가의 모습은 어떻게 될 것인가 하는 것은 그들 이화태양종에도 대단히 중요한 일이었다.

단주들이 차례로 일어나 인사하고 부단주들까지 인사가 끝났다. 종리매는 안면이 있는 한당에게 짐짓 웃으며 물었다.

"삼안대붕(三眼大鵬) 곽진(郭眞) 형은 보이지 않는구려. 설마 나보다 젊은데 벌써 떠난 것은 아니겠지요?"

사자군림가 서열 이위, 마교혈맹록 서열 이십사위의 고수인 삼안대붕 곽진은 종리매보다 두세 살 어렸다. 그래도 얼추 아흔 가까이 되니 혹시 죽었나 해서 물어본 것이었다.

원래 삼안대붕 곽진, 창천금붕 한당, 설산비붕 정봉, 신조혈붕 반송, 흑천뇌붕 이정은 요괴도가 대종사의 호위가 되기 전에는 강북 흑도를 장악했던 십이비붕방(十二飛鵬幇)의 수뇌진들이었다. 그리고 그 대방주(大幇主)가 요괴도의 죽은 아버지, 혼세마붕(混世魔鵬) 요수(姚樹)였다. 그를 비롯한 열두 명의 의형제가 만든 방파인 십이비붕방은 혼세마붕 요수가 죽고 요괴도가 방주가 된 후, 그가 대종사의 호위를 자청하면서 모두 마교 대종사의 친위대로 흡수되었다. 길고 격렬했던 마교 통일대전을 거쳐 살아남은 것은 다섯 명, 그들이 지금 사자군림가의 중핵을 이루고 있는 것이다.

한당이 웃으며 대답했다.

"곽진 형이 연로하긴 하지만 아직 돌아가실 때는 되지 않았죠. 은퇴한 후 장원(莊園)에서 한가로운 노후를 보내고 계신다오."

종리매가 부러운 듯 한숨을 내쉬었다.

"누구는 명예로운 은퇴 후에 한가한 은거 생활도 하는데 이 몸은 사슬을 감고 벌판을 뛰어다니는 신세라니……!"

한당이 하하 웃었다.

"원하시면 언제든 은퇴할 수 있지 않소. 이화태양종 최고의 배분이신 종리 노야가 은퇴하겠다고 하는데 누가 말릴 수 있겠소. 오랜 세월 이화태양종을 위해 고생하셨는데 어찌 소홀히 대접하겠소. 이 몸이 한번 귀 종사께 여쭈어보리까?"

종리매 역시 소리 내어 웃고는 대답했다.

"그만두시오. 농으로 해본 소리외다. 이 몸은 팔자가 박해서 죽을 때까지 뛰어다니다가 들판에 구르는 해골이 될 신세요. 그게 내게 어울린다오."

요굉도가 가벼운 기침을 했다. 종리매와 한당은 잡담을 그치고 요굉도를 바라보았다. 요굉도가 자리에서 일어났다. 무영을 비롯한 무영단의 전원, 한당을 비롯한 사자군림가의 전원이 자리에서 일어났다. 요굉도가 건배 석 잔을 제의했다. 그 말에 따라 전원 석 잔을 마셨다.

요굉도는 슬쩍 무영을 살펴보았다. 보고에 따르면 사흘 밤낮을 자지도, 쉬지도 못하고 달리며 싸웠으니 그냥 두어도 지쳐 떨어질 것 같은 상태일 것이다. 그런 몸에 독한 술 석 잔을 들이부었으니 조금은 흐트러진 모습을 보일 만도 했지만 무영은 꼿꼿이 서 있었다. 그 눈 또한 아직 살아 있어서 다시 한 번의 격전을 치를 수도 있을 것 같았다.

요굉도는 내심 감탄했지만 그런 빛을 드러내지 않고 말했다.
"다들 피곤할 테니 오늘 자리는 이것으로 마치겠네. 무영단 손님들에게는 전원 편히 쉴 수 있도록 준비를 해주겠네. 다시 한 번 환영하네."
사람들은 자리를 떴다.

요서 철령위 3

　월영은 새벽같이 잠에서 깨어났다. 사흘 밤낮을 싸운 무영과 철갑마만큼은 아니지만 그녀도 이틀은 샜기 때문에 피곤에 지쳐 침상에 눕자마자 잠에 곯아떨어졌었다. 그런데 새벽같이 눈이 뜨인 것이다. 아마도 낯선 곳이라서 그런 모양이었다. 동맹 관계라고는 하지만 언제 적이 될지 모르는 사이이기도 하니까.

　그녀는 일어나 앉아서 팔을 휘둘러 보았다. 뻐근한 감이 남은 것을 보면 하루 이틀 더 쉬어야 피로가 완전히 풀릴 것 같았다. 들창을 바라보니 바깥은 아직 어두운 듯 빛이 새 들어오지 않고 있었다. 굳이 일찍 일어나서 할 일도 없다고 생각한 그녀는 다시 침상에 누워 잠을 청했다. 하지만 한 번 깬 후라 쉽게 잠이 오지 않았다. 게다가 오줌도 마려웠다. 그녀는 일어나 어두운 방 안을 더듬어 옷을 걸치고 방에서 나갔다.

흐릿한 횃불이 밝혀진 복도에는 무저갱의 무사 둘이 불침번을 서고 있다가 그녀를 보고 인사했다. 월영은 손을 들어 답례하고 다가가서 질문을 던졌다.

"이상 없나?"

무사가 대답했다.

"이상 없습니다!"

월영이 인상을 썼다.

"귀 안 먹었으니까 목소리 낮춰! 자는 사람들 깨지 않도록."

무사가 속삭이듯 대답했다.

"예."

월영이 다시 물었다.

"아침까지 너희가 보초냐?"

"예."

"아침 식사는 화두타의 향에서 가지러 가는 걸로 결정된 건 알겠지?"

"몰랐습니다."

월영은 혀를 찼다.

"그런 것도 확인 않고 뭘 했냐. 너희들 밥 먹기 싫어? 배 안 고파?"

"아닙니다."

"뭐, 좋아. 하여간 그렇게 결정됐으니 조금 있다가 밝아지면 화두타 네만 깨우란 말이다. 가서 밥 가져오라고 해. 밥이 도착하면 전체를 기상시키도록 하고…… 무사들 중에는 밥보다 자는 게 더 중요한 사람도 있겠지. 그런 놈들도 어떻게든 깨워서 먹여. 그 후에 다시 재우란 말이다. 알겠지?"

"알겠습니다."

월영은 잠시 서성거리다가 다시 말했다.

"참, 여긴 삼층이지. 화두타네는 일층이나 이층에 있겠군. 거기 보초들이 알고 있겠다. 쳇. 괜히 입 아프게 떠들었잖아. 관둬라."

그녀가 복도 끝으로 가려고 하자 무사 하나가 입을 벌렸다.

"저……."

"뭐야?"

"별 이상은 없었습니다만 아까 단주님이 나갔다 오셨습니다. 혹시 몰라서……."

월영은 무영도 여기 삼층에서 잤다는 걸 기억해 내고 복도 맞은편 방을 바라보았다. 문은 닫혀 있었고 아무 소리도 들려오지 않았다. 그녀는 피식 웃고는 말했다.

"오줌 마려웠나 보지."

그 말을 하자 자신이야말로 소변이 급하다는 사실을 기억해 냈다. 그녀는 서둘러 이층을 지나 일층으로 내려갔다. 그리고 어슴푸레 새벽 기운이 깔리고 있는 밖으로 나갔다. 측간이 어디 있는지 둘러봤지만 측간으로 짐작되는 곳은 보이지 않았다. 그녀는 잠시 망설이다가 담장 한쪽 아래로 가서 치마를 걷고 바지 끈을 풀었다. 쪼그리고 앉자 뒤도 급해졌다. 하지만 이것만은 측간에서 해결하지 않으면 안 된다.

그녀는 간신히 앞만 해결하고 한결 가벼워진 몸으로 일어났다. 그리고는 건물 주변을 산책하듯 걸었다. 측간을 찾는 것이다. 무영단이 쉬고 있는 건물 옆에 작은 건물이 하나 있었다. 그녀는 혹시 하는 마음으로 그 건물을 향해 다가갔다.

건물 앞에는 보초도 서 있지 않았다. 그녀는 뭐 하는 곳인지 궁금해하며 문을 열었다. 그리고는 눈살을 찌푸리며 다시 문을 닫았다. 안에서 풍겨 나오는 피비린내와 신음 소리만 듣고도 미리 알았어야 했다. 어젯밤에 이 건물로 부상자들을 실어 날랐던 기억도 떠올랐다. 어둠과 피로가 혼란을 가져온 모양이었다.

그녀는 떠날까 하다가 다시 문을 열고 들어갔다. 이왕 온 김에 부상자들의 상태를 파악하기 위해서였다.

건물 안은 하나로 트인 넓은 공간이었다. 사방에 횃불을 밝혀놓아 대낮처럼 밝았고, 의원과 의원을 돕는 무사들이 바쁘게 돌아다니고 있었다. 이곳만은 어젯밤부터 지금까지 계속 대낮이나 마찬가지였던 것이다.

그녀는 천천히 환자들을 살펴보며 걸었다. 무영단의 부상자만이 아니라 사자군림가의 부상자들도 섞여 있었다. 아니, 그쪽이 부상자는 압도적으로 많았으니 무영단이 사자군림가에 섞여 있는 셈이었다.

'몇 명이었더라……'

그녀는 어젯밤 파악한 부상자 수가 몇이었는지 기억해 내려 노력하며 한 사람씩 찾아다녔다. 사소한 부상을 입은 무사들은 이미 어젯밤 여기서 치료를 받고 나갔다. 여기엔 중상자만 남았고, 그 대부분이 죽어버렸으니 남은 사람은 몇 되지 않았다. 그녀는 건물 끝에서 끝까지 돌아다니며 아직 숨이 붙어 있는 부상자들을 찾아 상태를 살펴보았다. 대부분이 이미 반쯤 죽은 상태거나 곧 죽을 것 같았다. 살아남은 사람들도 대개는 팔다리가 잘려 나갔으니 여기서 치료하다가 움직일 만하게 되면 백림으로 돌려보내야 할 것이다.

"당주님……"

누군가가 그녀의 옷자락을 잡았다. 가슴을 천으로 감싼 환자였다.

다른 부상자들에 비해 많이 다친 것 같진 않은데 얼굴에는 이미 사색이 드리워져 있었다. 그녀는 이 부상자가 무저갱 출신의 무사이며 화두타 휘하에 있었다는 것도 기억해 냈다. 가슴에 동인 천에서는 핏물이 배어 나오고 있었다. 가슴을 관통당해 폐부를 다친 모양이었다. 그녀는 부상자의 손을 잡아주었다.

부상자가 입을 벌리자 핏물이 흘러나왔다. 그 입으로 무언가 말하려 애를 쓰는 부상자의 모습을 보고 월영은 그 입가에 귀를 갖다 대었다.

"화, 황천 향주에게 부탁해서……."

갑자기 부상자가 격렬하게 기침을 하기 시작했다. 입에서 튀어나온 핏물이 월영의 얼굴에 가득 묻었다. 하지만 월영은 얼굴을 닦지도, 고개를 돌리지도 않았다. 부상자의 마지막 말을 듣기 위해서였다.

"나, 날 화장해 달라고……."

그 말이 끝이었다. 부상자의 목으로부터 꺼억 트림하는 듯한 소리가 새 나오더니 더 이상 기침도, 말도 하지 않았다. 월영은 잠시 그의 손을 놓지 않고 있다가 부상자의 눈을 감겨주고 자리를 떠났다.

부상자가 무얼 원한 것인지는 알아차렸다. 무저갱 출신이니 죄수였을 것이다. 그런 주제에 죽어가면서는 배화교에 귀의해서 그 식대로 화장을 해달라고 원한 것이다.

"바보 같은 놈. 죽는 판에 뉘우친다고 극락에라도 갈 줄 알고."

중얼거리는 월영의 얼굴에서 핏물이 흘러내렸다. 그녀는 의원 한 사람에게 다가가 천을 얻어서 얼굴을 닦았다. 그때 건물 안으로 한 사람이 들어왔다. 무심히 바라보던 월영의 눈이 크게 뜨였다. 갑옷에 투구까지 하고 있어서 몰라봤었는데 의원 앞에 앉아 투구를 벗자 여자, 그것도 젊고 아름다운 여자인 것을 알아볼 수 있었던 것이다.

더 놀라운 것은 이 여자가 주변의 시선도 의식하지 않고 웃통을 훌렁훌렁 벗더니 젖가슴까지 드러낸 채 의원에게 상처를 보여준 것이다. 하긴 그렇게 하지 않으면 제대로 볼 수 없는 곳에 상처가 나긴 했다. 가슴과 팔뚝 안쪽으로 상처가 나란히 있는 것으로 보아 적의 무기를 겨드랑이로 끼거나 했던 모양이었다.

의원이 그 상처를 치료해 주는 동안 여자는 자신을 바라보는 월영을 향해 시선을 돌렸다. 두 사람의 시선이 마주쳤다. 월영은 여자의 눈빛이 맑은 호수같이 고요하다는 것에 조금 놀랐다. 순진한 소녀의 눈빛이 아니면 상당한 고수의 눈빛이었다. 물론 사자군림가에, 그것도 화려한 갑옷으로 보아 상당한 지위에 있는 여자가 순진한 소녀일 리는 없으니 상당한 고수일 것이 분명했다.

월영은 그녀로부터 시선을 돌렸다. 그리고 다시 한 번 놀랐다. 의원들도 남자고, 그들을 돕는 무사들도 남자일 테니 여자 젖가슴에 관심이 없을 리가 없는데 이쪽을 힐끔거리는 사람도 없었다.

'사자군림가의 군기가 이렇게 엄정한가?'

그녀는 문득 다른 가능성도 있다는 것에 생각이 미쳤다. 이 여자가 무서워서 감히 시선을 못 두는 것일지도 모른다. 그녀는 호기심이 생겨서 말을 걸었다.

"아주 씩씩한 분이군요. 명호를 물어도 될까요?"

여자는 대답을 않고 오히려 월영에게 질문을 던졌다.

"처음 보는 얼굴이군. 이화태양종 사람이오?"

월영은 그녀의 남자 같은 말투에 잠시 당황했지만 얼른 미소를 띠며 대답했다.

"제 이름을 먼저 밝히지 않는 실례를 범했군요. 이화태양종 무영단

"월영당 당주예요. 이름은 월영. 월영당은 제 이름을 딴 거죠."
여자가 말했다.
"사자군림가 동사자군 부군주 섭무(攝武)요. 당신들이 유인해 준 흑사광풍가 놈들을 추격해 갔다가 방금 돌아왔지."
월영은 이번에야말로 정말로 놀라 버렸다. 이십 대 중반 이상으로는 안 보이는 예쁘장한 얼굴의 여자가 사자군림가 핵심 열 명 중에 들어가는 부군주 중 하나일 줄은 몰랐던 것이다. 그녀는 이런 놀라움을 숨기고 대수롭지 않다는 듯 물었다.
"밤새 추격했다니 수고하셨군요. 그래서 적은 어떻게 됐나요?"
섭무가 대답했다.
"보이는 적은 모두 죽였지. 보이지 않는 적은 나도 어쩔 수 없었소."
그렇게 간단하게 말하고는 마침 치료가 끝나자 그녀는 옷을 걸쳐 입었다. 젖가슴을 천으로 단단히 동이고, 남자의 무복처럼 헐렁한 윗옷을 입은 위에 갑옷을 걸쳐 입는 복장이었다. 팔뚝에 비구까지 단단히 차고서 그녀는 투구를 들고 일어났다. 그리고는 월영에게 짧게 목례하고 성큼성큼 걸어서 자리를 떠났다.
그녀가 사라지자 월영은 비로소 한숨을 내쉬었다.
"대단히 씩씩한 여자군."
섭무를 치료해 준 의원이 피로한 듯 목덜미를 주무르고 있다가 그 말에 동의해 말했다.
"대단한 분이죠. 동기들 중에서도 가장 출세한 분입니다. 그 많은 남자들 다 제치고 홀로 부군주가 됐죠."
월영은 의원의 말 중에서 생소한 단어를 듣고 물었다.
"동기라는 게 뭐죠?"

"사자무궁(獅子武宮) 십사기(期) 출신이란 말입니다. 그 십사기의 동기들 중에서 가장 출세한 사람이 저분이죠."

어렴풋이 들은 기억이 났다. 사자군림가에서 상급 무사를 양성하는 곳이 사자무궁이라는 이야기는 오래전 들었었다. 그곳 출신들만이 사자군림가의 상급 지위에 올라갈 수 있기 때문에 그들이 새로운 귀족처럼 행세한다는 이야기도.

"그게 벌써 십사기까지 왔나요? 사자무궁은 사자군림가가 요서로 온 뒤에야 만들어진 걸 텐데?"

의원은 그녀가 뭘 모르는구나 하는 눈으로 바라보더니 헛기침을 하고 말했다.

"뭐, 여기선 다들 아는 이야기니 기밀 누설을 했다고 벌받지는 않겠지요. 내가 말해 주리다."

그의 말에 의하면 사자무궁의 기수는 철사자 요괭도로부터 시작한다고 했다. 요서로 와 상급 무사 양성소로 사자무궁이라는 것을 만든 이후 요괭도는 자신이 일기라고 선언하고 마교통일대전이 벌어졌던 십년간 대종사의 친위대로 활약한 자신의 부하들을 서열과 직위, 공헌에 따라 이기부터 십일기까지 자격을 주었다. 일종의 품계인 셈이었다.

그 후 사자무궁의 첫 번째 수련생들이 십이기, 그 다음해에 들어온 수련생들은 십삼기 하는 식으로 기수가 매겨졌다. 섭무는 십오 년 전 십여 세의 나이로 사자무궁에 들어가 수련을 했기 때문에 십사기였다.

월영은 알겠다는 듯 고개를 끄덕였다.

"일 년에 한 번 뽑는다. 그리고 기수로 구분한다. 알기 쉬운 체계군요. 아마 올해 들어간 수련생들이……?"

"이십구기요."

의원이 대신 말해 주고 부러운 듯 한숨을 쉬었다.

"여기선 그게 과거에 급제한 것만큼 훌륭한 일이오. 일 년에 백 명밖에 안 뽑기 때문에 선발 시험을 치를 때가 되면 온 요서의 사람들이 들썩거리오. 합격자가 나오면 가문의 영광이요 부락의 명예라고 하면서 큰 잔치를 벌이기도 한다오."

그는 다시 한 번 한숨을 내쉬고 말했다.

"자식놈이 다섯이나 있는데, 한 놈도 그걸 통과 못해서 의술 배우는 큰놈을 빼고는 모두 졸개 노릇이나 할 수밖에 없으니 원……."

"거기 들어가면 뭐 특별히 좋은 게 있나요?"

의원이 그것도 모르냐는 듯 그녀를 바라보더니 목소리를 낮추어 말했다.

"여기가 어디요, 사자군림가가 다스리는 땅 아니오. 그 사자군림가의 상급 무사가 된다는 게 어떤 의미겠소? 부와 명예를 손에 쥐는 거나 다름없는 일이오, 그게."

백 명이 들어간다고 백 명이 모두 상급 무사가 되는 것은 아니다. 수련 중에 죽기도 하고 중간에 쫓겨나기도 해서 나올 때는 그 반으로 줄어 있는 게 보통이었다. 그러나 통과하기만 하면 단번에 십호장(十戶長)이 된다. 열 명의 수하를 거느리는 지휘관이자 열 가구의 농민들에게서 세금을 걷을 수 있는 부자가 되는 것이다. 그 뒤에 공을 세우면 백호장(百戶長)이 되고 다시 천호장(千戶長)이 되는데, 천호장이 바로 단주(團主)였다. 그 위가 일만의 무사와 일만 가구의 영지를 소유한 군주였다.

월영은 이쯤에서 다시 헷갈리기 시작했다. 요서는 요동과 마찬가지로 여진족이 주로 사는 곳인데, 이쪽 여진족은 요동의 여진족과는 조금 혈통이 달라서 과거 거란이라 부르던 부족에 몽고 계통의 돌궐족 혈통이 섞인 사람들이었다. 사는 법도 요동 여진족과는 달라서 주로 농사를 짓고 있었다.

하지만 이곳 거란족들의 수가 그렇게 많단 말인가? 네 개의 군이 있으니 군주 몫만 사만 가구인 셈이다. 한 가구를 다섯으로 잡으면 이십만 명이 된다. 그 정도 인구는 된다고 쳐도 그 아래 단주들이 또 이십만의 인구를 소작농으로 데리고 있어야 한다. 다시 백호장이 이십만, 십호장이 또 이십만이다. 부단주니 부군주니 하는 사람들이 몇 명을 데리고 있는지는 모르겠지만 그걸 제외하고 계산해도 팔십만의 인구가 필요한데, 그건 요서를 탈탈 털어도 나오지 않는 숫자였다.

북해만 해도 거기 사는 한족, 여진족, 야구트족, 기타 소수 부족들을 다 합쳐서 삼십만이 겨우 될까 말까 한다고 알고 있는 그녀에게 요서의 팔십만 인구라는 것은 납득할 수 없는 일이었다. 그 이야기를 의원에게 하자 의원은 고개를 저으며 웃었다.

"나도 잘 모르긴 하지만 여기 인구가 사십만은 넘는다오. 그런데 그 인원이 다 필요한 것도 아니오. 설명해 줄 테니 잘 들어보시오."

월영의 오해는 군주나 단주 등이 소작농을 따로 두고 있다는 것으로 들은 데에서 비롯된 것이었다. 실제로는 그렇지 않았다. 대충 잡아 요서의 인구 사십만이 모두 정밀하게 구획된 영지에 속해 있다. 요서의 백성 모두가 사자군림가 무사들의 소작농 신세인 것이다.

그들을 관리하는 사람은 전쟁에서 부상을 입거나 늙어서 더 이상 전쟁에 나가지 못하는 퇴역 무사들이었다. 이들이 영지에서 나오는 소출들의 일정 부분을 세금으로 받아내 자신들 몫을 떼고 사자군림가에 바친다. 무사들이 열 가구의 소작농을 거느리고 있다는 것은 상징적인 것이고, 실제로는 열 가구분의 세금을 그들이 녹봉으로 받는다는 뜻이었다.

이 녹봉이 모두 그들의 것이 되는 것도 아니었다. 그들은 걷은 세금에서 일정 부분을 떼서 상급자인 백호장에게 바쳐야 했다. 그리고 백호장은 십호장 열 명에게서 받은 세금의 절반을 다시 천호장인 단주에게 바친다. 단주는 군주에게, 그리고 최종적으로 군주는 가주에게 세금의 절반을 바친다. 가주는 그렇게 걷은 세금에 따로 걷은 세금을 합쳐 하급 무사들을 먹인다. 이것이 사자군림가가 요서를 다스리는 체제였다.

"실제로는 가주가 모두 걷어서 각자의 몫을 나눠주는 식이지만, 계산은 그렇게 한다오. 하여간 한번 상급 무사가 되면 죽을 때까지 먹고 살 걱정은 않아도 되니 얼마나 부러운 일이오."

월영이 고개를 저었다.

"소작농들만 불쌍한 셈이군요."

북해의 경제는 요서와는 전혀 달랐다. 거기 사는 여진족들도 세금을 내야 하긴 했지만 거의 안 낸다고 해도 좋을 만큼 적었고, 소작농으로 부려지지도 않고 있는 것이다. 월영이 생각하기에는 요서의 체제는 무사라는 이름의 귀족들이 노예를 부려먹는 것이나 다름없었다.

그런데 의원의 말은 의외였다.

"소작농이 고생스럽긴 하오. 요즘처럼 동원령이 내려진 상황에서는 나이가 맞고 팔다리가 성하기만 하면 한 집에 한 명씩 나와서 병졸 노릇을 해야 하니 그것도 괴롭지. 하지만 억울하면 상급 무사가 되면 되는 거요. 사자무궁에 들어가는 자격은 모두에게 동등하게 열려 있으니 말이오."

여덟 살에서 열다섯 살 사이의 모든 남녀에게 사자무궁에 들어가는 시험에 응시할 자격이 주어져 있다는 말이었다. 나이만 맞는다면 몇 번이고 다시 응시할 수도 있었다. 그리고 그건 부족의 제약도 없었다. 거란족이든 돌궐족이든 모두가 평등하게 시험을 볼 수 있는 것이다.

꼭 상급 무사가 되지 않아도 무사가 되는 길은 열려 있었다. 소집된 졸개가 아니라도 직업적인 무사가 되어 사자군림가에서 복무할 수도 있었다. 이쪽은 사자무궁처럼 그렇게 까다롭게 굴지 않기 때문에 건강하기만 하면 얼마든지 할 수 있었다. 그러다가 부상당하거나 늙어서 더 이상 무사 노릇을 못하게 되면 고향으로 돌아가 소작농들을 관리하는 자리를 맡아서 여생을 보낼 수 있는 것이다.

그렇게 길고 장황하게 설명을 해주던 의원이 저쪽에서 부르는 소리에 놀라 일어났다.

"에구, 너무 쉬었군."

서둘러 환자에게 가려다가 멈춰 서서 의원이 말했다.

"참, 당신네 단주도 새벽에 와서 약을 얻어갔소. 치료해 주겠다니까 필요없다고 약만 가져가더구려. 여자도 훌렁훌렁 벗는데 남자가 뭐 부끄럽다고 그러는지 모르겠지만."

월영은 무영이 어딜 다쳤는지 잠시 생각하다가 의원이 가려고 하자 불러 세우고 물었다.

"그런데 측간이 어디 있죠?"

제 52 장
사자 군림가

우리는 대종사께 이곳을 지키라는 명령을 받고 왔다. 적은 흑사광풍가뿐만이 아니다. 명왕유명종, 이화태양종까지 모두 우리의 경계 대상이다. 우리는 중원의 동북방인 이곳을 지킴으로써 대종사의 마도천하를 굳건히 지키는 역할을 하고 있는 것이다.

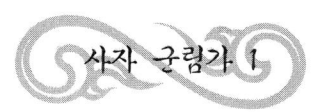

사자 군림가 1

 월영이 숙소로 돌아왔을 때, 해는 아직 뜨지 않았지만 새벽은 이미 청신한 푸르름으로 밝아온 뒤였고, 사람들도 깨서 부산스럽게 오가고 있었다. 그녀는 삼층으로 올라가 무영의 방문을 두드렸다.
 "월영이에요. 들어가도 돼요?"
 아까 이야기를 나누었던 보초가 아직도 거기 서서 급히 고개를 저었다. 그리고 속삭이듯 말했다.
 "아까 다시 나가서서 큰 통에다 물을 담아서 들고 들어가셨습니다. 목욕이라도 하시는 것 같던데요."
 그러나 안에서는 들어오라는 소리가 들려왔다. 월영은 보초를 쏘아 보아 주고는 문을 열었다. 안에서는 과연 한 사람이 목욕을 하고 있었다. 그러나 그녀가 내심 은근히 기대하고 있었던 것처럼 무영이 하는 것은 아니었다. 철갑마가 투구와 호심갑을 제외한 갑옷이며 옷을 모두 벗고 통 속에 서 있었다. 그리고 무영이 팔을 걷어붙이고는 철갑마를 씻겨주고 있었던 것이다.

월영은 호기심 어린 눈으로 철갑마를 살펴보았다. 들은 바대로 투구와 호심갑은 벗겨낼 방법이 없는 듯했다. 그 아래로는 맨살이 그대로 드러나 있었는데, 화상이라도 입은 것처럼 타고 비틀려 있어서 보기에 끔찍한 몰골이었다.

월영이 중얼거렸다.

"안 죽고 있는 것만도 신기한데, 무공까지 펼칠 수 있다니 정말 괴물이네."

무영이 말했다.

"나아지고 있다."

그는 손으로 물을 움켜 철갑마에게 뿌리고, 손으로 문질러 때를 벗겨내는 일을 반복해서 하고 있었다. 월영이 팔을 걷어붙이고 달려들었다. 그리고는 무영이 물을 뿌리면 자기가 문질러 닦았다.

무영이 물었다.

"왜 왔나?"

월영이 대답했다.

"의원이 말하기를 단주님이 약을 가져갔다고 해서 왔죠. 혹시 손 안 닿는 곳에라도 바르게 되면 도와드리려고."

"나 혼자로도 충분했다."

"목욕이라도 도울 수 있으니 됐어요."

그녀는 철갑마의 다리를 씻겨주고 있다가 문득 코앞에 덜렁거리고 있는 철갑마의 남근을 보고는 감탄하는 빛으로 말했다.

"물건은 멀쩡하네요. 탄력도 있어 보이고."

무영은 아무 말도 않았다. 그러나 월영이 슬쩍 손을 뻗어 만지려고 들자 그 손등을 때렸다.

"함부로 굴지 마라!"

"자기 걸 만지는 것도 아닌데, 쳇."

월영이 투덜거리다가 눈을 빛냈다.

"단주님, 찌부둥하지 않으세요? 한동안 굶었잖아요."

"무슨 소리냐?"

월영이 눈웃음을 치며 무영의 엉덩이를 만졌다. 무영이 얼른 몸을 피하고는 화를 냈다.

"함부로 굴지 말라고 했다!"

월영은 조금도 기가 죽지 않은 모습으로 말했다.

"소봉 그년도 없으니 뭐라고 할 사람은 아무도 없잖아요. 게다가 단주님 나이면 하루에 열 번을 해도 만족스럽지 않을 시기고. 비밀은 지켜 드릴 테니까 저랑 한 번 하죠."

아예 대놓고 뻔뻔스럽게 나오니 무영이 오히려 기가 질릴 지경이었다. 그는 묵묵히 월영을 바라보다가 고개를 저었다.

"하고 싶지 않다."

그 태도가 단호하기 짝이 없어서 월영은 입 속으로 궁시렁거리며 다시 철갑마를 씻겨주는 일에 몰두했다. 그런데 무영이 거절한 것이 다행이었다. 잠시 후 문밖에서 종리매의 목소리가 들려왔던 것이다.

"단주, 일어나셨는가?"

무영이 들어오라고 외치자 종리매가 들어왔다. 방 안의 풍경을 보고는 그가 웃었다.

"보기 좋군."

그는 침상에 걸터앉으며 말했다.

"새벽바람에 나갔다 왔다고 해서 무슨 일인가 했네."

무영이 대답했다.

"상처가 없나 살펴보다가 씻겨줘야겠다고 생각했다."

월영이 중얼거렸다.

"씻겨야 할 사람이야 많죠. 다들 땀에 피로 범벅이 되었으니 냄새가 엄청나요."

무영이 말했다.

"산성이라 물이 풍족하지 않다. 단체로 씻으려면 산을 몇 개 넘어가서 강으로 가야 한다고 들었다."

월영이 무영에게 다가앉으며 응석 부리듯 말했다.

"그래도 단주님이 저 목욕할 물은 얻어주실 수 있죠? 여기 풀은 거칠어서 엉덩이가 찜찜해요."

종리매가 물었다.

"풀이 거친데 엉덩이는 왜 찜찜하다는 거냐? 그거랑 목욕하고는 무슨 관계고."

월영이 투덜거리듯 말했다.

"똥 닦는 풀이 영 거칠어서 찜찜하다고요. 씻어야겠어요."

전통적으로 중국에서는 대변을 본 후에는 풀, 혹은 짚으로 엉덩이를 닦았다. 그래서 측간을 달리 모방(茅房)이라고 불렀는데, 항상 엉덩이를 닦을 풀을 준비해 두는 곳이라는 의미였다. 황제나 귀족, 부호들은 부들풀이라고 해서 특별히 부드러운 풀에 향기나는 풀까지 사용하고 시녀가 씻겨주기도 하지만 평민이나 무사가 그런 사치를 누릴 수는 없었다. 이곳 사자군림가의 모방에도 그래서 거친 풀잎들만 준비되어 있었기 때문에 엉덩이가 따가울 지경이었던 것이다.

종리매가 기가 막힌 듯 그녀를 바라보다가 버럭 소리를 질렀다.

"무슨 계집애가 남부끄러워하지도 않고 똥 이야기를 하는 거냐!"

월영이 그게 무슨 소리냐는 듯 눈을 크게 뜨고 대들었다.

"똥 안 싸는 사람이 어디 있다고 똥 이야기를 부끄러워해요!"

종리매는 더욱 기가 막힌 듯 중얼거렸다.

"이년이 눈을 부릅뜨고 덤비네. 잘하면 치겠다."

월영은 코웃음을 치며 돌아앉았다. 무영이 철갑마에게 물을 뿌려주고는 말했다.

"됐다. 옷 입히자."

종리매가 말했다.

"어? 전보다 많이 나아진 것 같은걸?"

철갑마의 화상 입은 듯한 피부가 상당히 나아진 것을 알아본 것이다. 무영이 고개를 끄덕였다.

"나아졌다."

월영이 말했다.

"그게 나아진 거예요? 그럼 전에는 훨씬 심했나 보군요. 정말 대단하네."

무영은 묵묵히 철갑마를 바라보았다. 확실히 나아지고 있었다. 처음 빙궁에서 나와 백림에 도착했을 때보다도 나아진 것은 물론, 장춘에서는 죽지 않을까 싶을 정도의 부상을 입었는데도 금세 회복해 버렸다. 별다른 치료도 해주지 않았는데도 그랬다. 엄청난 생명력이라고밖에 말할 수 없었다. 이렇게 시간만 지나면 완전히 회복될지도 모른다. 그때는 어떤 힘을 발휘할 수 있을까. 상상도 하기 어려웠다.

월영이 철갑마의 윗옷을 입혀주며 말했다.

"그래도 투구 속과 호심갑 속은 못 씻겨주니 안됐군요. 얼마나 가려울까, 그냥 물이라도 뿌려줄 걸 그랬어요."

무영이 아무 말도 않고 물 한 방울을 찍어 철갑마의 호심갑에 뿌렸다. 물은 호심갑에 닿아 아래로 흐르다가 천천히 얼어버렸다. 월영은 놀란 눈으로 그걸 바라보다가 손가락을 내밀어 호심갑을 만졌다. 그리고 번개같이 떼고는 몸을 부르르 떨었다. 엄청난 한기가 손가락으로 밀려왔던 것이다. 이러니 물을 퍼부었다간 얼음 기둥이 만들어질 게 뻔했다.

종리매가 중얼거렸다.

"달리 만년한철이겠냐. 저런 걸로 갑옷을 해 입고도 얼어 죽지 않는 걸 보면 정말 엄청난 고수라고 할 수밖에. 아니, 괴물이라고 하는 게 낫겠군."

무영이 말했다.

"이렇게 차가워야 할 이유가 있는지도 모른다."

종리매는 고개를 끄덕였다. 사의 소광정이 이미 한 말을 기억하는 것이다. 저 투구와 호심갑은 단순한 갑옷이 아니라 철갑마의 생명을 지탱해 주는 틀일지도 모른다. 종리매는 불현듯 기묘한 생각을 떠올렸다. 투구와 호심갑이 철갑마의 생명을 지탱해 주는 틀이라면 그 틀이 깨어지는 날이 철갑마의 최후일지도 모른다는 것이었다.

그를 얽매고 있는 제약이 풀리면 죽게 될지도 모른다는 것은 종리매에게도 남다른 느낌을 주었다. 철갑을 벗어버리면 죽어버릴지도 모르는 철갑마와 언제부터인가 몸의 일부처럼 되어버린 사슬을 감고 다니는 그 자신은 여러 면에서 비슷하지 않은가. 스스로 원해서가 아니라 어쩔 수 없이 받아들인 제약이 몸의 일부가 되어버렸다는 점에서 말이다. 그러니 어쩌면 철갑마의 철갑과 그의 사슬은 운명이라는 것의 다른 이름일지도 모른다. 그리고 운명을 벗어버리면 그게 곧 죽음이다.

"무슨 생각을 그렇게 골똘히 하세요?"

퍼뜩 정신을 차려보니 월영이 이상하다는 듯 바라보고 있었다. 종리매 자신도 왜 그렇게 불길한 생각을 하게 되었는지 이상해서 잠시 생각해 보고는 쓰게 웃었다. 표시는 안 냈지만 그 역시 피곤에 지쳤던 모양이었다. 덕분에 생각난 것이 있어 무영을 향해 말했다.

"무사들이 매우 피로한 상태라네. 적어도 보름은 여기 머물면서 정비를 해야겠네. 일단 이삼 일은 그냥 쉬게 해주고, 그 다음부터는 천천히 몸을 풀어주도록 훈련을 시키는 방식으로 하세."

무영이 고개를 끄덕였다. 종리매는 월영에게 말했다.

"무사들을 잘 먹이도록 해라. 혈영과 이야기해서 여기 사자군림가 애들에게 얻어낼 수 있는 건 다 얻어내. 무기 수리와 장비 보충도 하고."

월영이 알겠다고 대답했다. 무영이 말했다.

"훈련을 시키자."

그는 철갑마의 갑옷을 완전히 입혀준 뒤에 손을 떼고 종리매를 바라보며 말을 이었다.

"살아남도록 훈련을 시키자."

종리매가 잠시 그 말의 뜻을 생각하다가 되물었다.

"무공 수련을 시키자는 말인가?"

무영이 고개를 끄덕였다.

"그들 모두를 가능한 한 고수로 만들고 싶다."

월영이 중얼거리듯 말했다.

"나이 든 사람들이 많아서 어려울 걸요. 열양신공 정도야 가르칠 수 있겠지만, 서른 넘어서 수련해서는 상승 경지에 다다르지 못해요."

무영이 고집스럽게 말했다.

"그래도 가르치자. 내공, 경신술, 권법, 무기술. 살아남는 데 도움이 되는 거라면 뭐든지."

종리매가 고개를 끄덕였다.

"그렇게 하세. 각 향주들도 포함해서 모두 수련을 시켜보세나. 안 하는 것보단 낫겠지."

무영이 또 말했다.

"휴식과 수련, 거기에 정보 수집도 해야 한다."

종리매가 물었다.

"흑사광풍가에 대해서 말인가?"

무영은 고개를 끄덕였다. 그리고 말했다.

"사자군림가에 대해서도."

그는 그 이유를 짧게 설명했다.

"언제 적이 될지 모르니까."

월영이 그 말에 생각난 듯 의원에게서 들은 이야기를 했다. 사자군림가의 독특한 체제에 대한 것과 우연히 마주친 섭무에 대한 이야기까지.

무영이 말했다.

"그런 식으로 가능한 한 많은 것을 알아내라."

종리매가 생각에 잠겨서 중얼거렸다.

"요광도에게 딸이 하나 있지 아마. 지금 스물댓 살 됐을 텐데… 성이 섭씨라면 딸은 아닌가."

그는 갑자기 무영을 향해 진지하게 말했다.

"단주, 자네가 어제 한 언행은 요괴도에겐 큰 실례로 비춰질 수 있었네. 요괴도는 몰라도 그의 수하들은 자신들의 주군이 모욕받았다고 생각할 걸세. 사자군림가의 전통은 그런 걸 못 참지. 소속이 다르니까 노골적으로 뭘 어쩌지는 못하겠지만 조심하는 게 좋을 걸세. 뭐, 자네가 당할 거라고 생각하는 건 아니지만 동맹의 화기를 깨는 것도 그리 좋은 일은 아닐 듯해서 그러네."

무영은 말없이 고개를 끄덕였다. 종리매의 말을 수긍할 수 있기 때문이었다. 하지만 자신이 뭘 잘못했다고 생각하지도 않았다. 만약 사자군림가의 무사들이 도발을 해오면 그걸 참을 수 있을 거라고 생각하지도 않았다.

제강산으로부터 받은 구체적인 명령은 모두 수행했다. 그리고 그 명령 속에 사자군림가와 다투지 말라는 것은 없었다. 가능하면 사자군림가와 협조해서 함께 싸우겠지만, 그쪽에서 먼저 거부하면 어쩔 수 없는 것이다. 그는 싸우러 왔지 요괴도나 사자군림가의 무사들에게 잘 보이러 온 것은 아니니까.

사자 군림가 2

　수하들을 쉬게 하는 것은 계획대로 진행되었다. 그러나 그와 철갑마, 종리매와 각 당주, 향주들은 거의 쉴 수가 없었다. 낮에는 무사들의 정비와 장비 보충을 위해 바쁘게 돌아다녀야 했고, 밤에는 사자군림가 지휘관급 무사들의 초청에 응해 주연(酒宴)에 참석해야 했다. 종리매는 어쩐지 홍문지연(鴻門之宴)에 참석하는 것 같다고 투덜거렸지만 마교 서열로도 위고, 사자군림가의 원로이기도 한 한당의 초대를 손님으로서 거부할 수는 없었다. 첫날 저녁 참석해야 했던 주연이 바로 한당이 개최한 금사자군의 연회였던 것이다.
　철령위성은 경사진 산기슭을 성벽으로 두르고, 산의 경사를 따라 상자처럼 작고 네모진 건물들을 따닥따닥 붙여서 성채를 만든 곳이었다. 구조적으로 넓고 평평한 공간이 허용되지 않기 때문에 큰 건물을 만들기 난감한 곳일 것이 분명했다. 그런데 그런 곳이 있었다. 어제 무영단을 맞아들인 전각 앞 광장이 그랬고, 오늘 연회가 열린 곳도 그랬다.

낙일각(落日閣)이라는 이름이었다. 네모진 석조 건물들과 벽돌을 쌓아 올린 성벽들 사이로 난 계단을 밟고 한동안 고불고불 걸어가다가 홀연 하늘이 열린 곳으로 오면 거기 푸른 벽돌로 바닥을 삼은 넓은 공간이 있었다.

그 공간의 삼면을 막고 있는 전각은 경(冂) 자처럼 꺾여 있어 세 채의 건물처럼 보이지만 사실은 통째로 하나인데, 계단과 마루, 지붕까지 직선으로 길게 길게 이어놓아서 여기까지 오는 동안 느낀 갑갑함을 한 번에 날려보내는 시원스러움이 있었다. 색조도 화려하게 꾸미지 않고 회칠한 하얀 벽과 자연스럽게 이끼가 낀 푸른 기와, 그 지붕을 받치는 붉은 기둥이 띄엄띄엄 서 있는 것이 다였다. 그게 낙일각이었다.

전각의 지붕 아래에는 일 인당 하나씩 상을 받게 되어 있도록 만들어진 사각 탁자와 등받이 없는 의자가 늘어서 있었다. 거기가 비교적 지위가 높은 사람들의 자리인 것 같았고, 실제로 상석에 앉은 한당의 왼쪽으로 부군주, 단주, 부단주들이 앉아 있었다. 오른쪽에는 무영단의 자리인 듯 다섯 개의 탁자가 비어 있었다. 그 다음부터 다시 사람들이 앉아 있었는데, 갑옷 색깔로 보아 은사자군, 동사자군, 철사자군의 단주급 인사들인 것 같았다.

전각의 계단 아래로 펼쳐진 벽돌 마당에도 긴 탁자와 의자들로 자리가 만들어져 있었고, 이미 많은 사람들이 앉아 있었다. 대충 백여 명이 되는 것으로 보아 금사자군의 백호장 이상급 무사들이 모두 모인 모양이었다.

금사자군 제구단주의 안내를 받아 나타난 무영단 일행을 그들은 일제히 일어나 맞아주었다. 하지만 열렬한 환영의 분위기라기보다는 무

사자 군림가 51

슨 일이 일어날 것을 기대하는 듯한 호기심과 긴장이 깔려 있는 영접이라고 종리매는 느낄 수 있었다.

'젠장, 아무래도 말썽을 피할 수 없겠군.'

그는 무영을 힐끔 보았다. 무영의 태도는 담담하기만 해서 속을 알 수가 없었다. 어쩌면 한순간에 적으로 돌아설지도 모를 백 몇십 명의 무사들, 그것도 삼엄한 기상을 풍기는 갑옷을 전원 착용한 무사들 속으로 걸어 들어가면서도 조금도 위축된 기색이 없는 것이다. 도부수(刀斧手)가 숨어 있지는 않겠지만 여차하면 이들 모두가 도부수가 될 수도 있지 않은가.

'눈치가 없는 건지, 겁이 없는 건지…….'

종리매도 갑자기 긴장이 풀려 버렸다. 스물도 안 된 애송이가 이렇게 여유를 보이는데 온갖 난관을 경험하며 구십여 년을 살아온 노강호(老江湖)가 그보다 못할 수는 없는 일이었다. 그는 그들을 맞아 나오는 한당과 부군주 한굉을 한결 여유있게 바라볼 수 있었다.

한당이 포권하며 말했다.

"어서 오시오."

원래는 이런 경우 무영이 나서서 초대해 줘서 고맙다는 말을 해야 하는 것이다. 하지만 그런 말을 할 리가 없었다. 종리매가 대신 나서서 감사 인사를 했다. 연회장의 분위기가 한층 더 싸늘해지는 것을 예민하게 느끼면서.

장내의 분위기와는 상관없이 한당은 아무렇지도 않은 것처럼 무영을 안내하며 말했다.

"시간을 잘 맞춰 오셨소. 이곳 낙일각은 철령에 저무는 해를 구경하기에 최적의 장소요. 화산 낙일애(落日崖)만은 못하겠지만 말이오."

화산 낙일애가 어떤지 무영이 알 리가 없었다. 이번에도 그는 말없이 고개만 끄덕이고 종리매가 맞장구를 쳤다.

"낙일애, 훌륭하지요. 이곳 풍광이 거기 비교된다는 것만으로도 얼마나 훌륭한지 알겠소. 기대가 되는구려."

한당이 웃으며 말했다.

"그렇죠. 종리 노야는 낙일애에 가보셨겠지요. 이곳 젊은이들은 거기 가봤을 리가 없으니 비교조차 불가능한 일이오."

그는 자리에 앉으며 가볍게 한숨을 쉬었다.

"요서로 온 지 벌써 십팔 년이라는 세월이 흘렀구려. 그동안 화산은 물론이고 산해관(山海關) 너머로는 발 한 번 들인 적이 없었소. 여기서 어린 시절을 보낸 젊은이들이야 말할 것도 없지. 세상이 모두 요서와 달단의 황야 같을 거라고만 생각한다오."

종리매 또한 자리에 앉아 말했다.

"지금 어딘들 안 그렇겠소. 대종사가 열여덟 구역을 나누어준 이후 그 하나하나가 모두 나라처럼 되어 한 지역에서 다른 지역으로 감히 넘어가는 것이 금기처럼 되어버렸잖소. 사천의 사람들은 사천이 세상 전부인 줄 알고, 북해의 사람들은 세상이 모두 그런 숲이거나 동토일 거라고 생각하는 게 당연하오. 특히 북쪽 끝에 있는 우리는 중원에서 벌어지는 일들에 대해 전혀 아는 바가 없다오. 요즘 거기 돌아가는 꼴이 어떻다는 소문이라도 들은 것 있소?"

실제로 그랬다. 마도천하가 되기 전에는 각 문파의 영역이 있다고 하더라도 거기 가는 게 어렵지 않았다. 하지만 마도천하가 된 이후에는 마치 전쟁 중의 적국이라도 되는 것처럼 인접 종파를 경계하고, 허락없이 들어갔다가 잡히면 첩자로 몰려 죽기 십상이었다. 같은 마교의 하늘 아래 있지만 각각의 종파는 고립된 섬처럼 움직이고 있었다. 예전보다 더욱 서로의 사정을 모르는 상황이 된 것이다.

사자군림가는 그나마 마교총단과 가까운 사이이니 중원에서 벌어지는 일에 대해 주워들은 소문이라도 있을 것 같아서 슬쩍 떠본 것인데, 한당은 대답하지 않았다. 그는 다른 일에 정신이 팔려 있었다.

"거기 형장은 어째서 앉지 않으시오?"

철갑마를 두고 하는 말이었다. 명목상 무영단의 호법인 철갑마를 위한 자리도 따로 마련되어 있었는데, 그는 거기 앉지 않고 무영의 자리 뒤에 호위하듯 팔짱을 끼고 서 있었다. 종리매는 아차 하는 마음에 서둘러 변명했다.

"그 사람은 신경 쓰지 마시오. 좀…… 설명하긴 곤란하지만 원래 그런 사람이오. 그의 안중에는 단주 외에는 없다오. 철저히 단주를 호위하기 위해서만 사는 사람이오."

해명에도 불구하고 한당의 표정은 더욱 굳어졌다.

"여기가 뭐 위험한 자리라도 된다는 거요? 무슨 위험한 일이 있을 거라고 그렇게 긴장해서 지키고 그러는지 모르겠구려. 내 체면을 봐서라도 자리에 앉도록 말해 주시오."

종리매는 곤란한 표정이 되어 손으로 뺨을 긁었다. 뭐라고 더 설명한단 말인가. 그가 말한다고, 심지어 무영이 말한다 해도 들을 것 같지도 않은 상황을 어떻게 이해시킬 것인가. 문득 그는 철갑마가 비천제일룡일 가능성이 대단히 높다는 것, 아니, 거의 확실하다는 것을 알면 한당이 어떻게 할 건지 생각하고 등골이 오싹해졌다.

그때 무영이 일어났다.

"나는 앉아서 술을 마신다. 이 사람은 서 있는다. 그게 우리 방식이다. 이게 싫다면 나는 가겠다."

이젠 종리매로서도 어쩔 수 없는 상황까지 와버렸다. 종리매는 이제 될 대로 되라는 기분이 되었고, 한당은 극도의 불쾌감을 감추지 못하고 있었다. 한당이 분노에 가득 찬 눈으로 종리매를 바라보았다. 어떻게 이럴 수 있느냐 하는 말이 그 눈빛에 담겨 있었다. 종리매는 어깨만 으쓱였다. 나보고 어쩌라고.

금사자군의 부군주인 한굉이 이때 입을 열었다.

"상관의 안위를 걱정하는 저 철갑… 호법의 성의가 가상하지 않습니까. 우리 무사들에게도 귀감이 될 일입니다. 용납하시지요."

인상대로 강직하면서도 낮은 목소리였다. 그래서 더욱 무게감이 있었는지도 모른다. 금방이라도 터질 것 같던 한당의 열기가 차츰 가라앉는 듯했다. 그는 잠시 숨을 돌리더니 억지로 입을 열어 말했다.

"꼭 그래야 한다니 어쩔 수 없구려. 애써 오신 것인데 돌아간다는 말씀은 마시고 주연을 즐겨주기 바라오."

그는 화난 것처럼 외쳤다.

"술을 돌려라!"

시중을 드는 무사들이 잔마다 술을 채웠다. 한당이 잔을 들고 일어나 말했다.

"다들 즐겁게 즐겨주기 바라네!"

그는 단번에 잔을 비워 버리고 자리에 앉았다. 그 뒤에는 한동안 침묵이 이어졌다. 누구도 입을 떼지 않았다. 아까 못 들은 대답을 다시 듣고 싶었던 종리매조차도 한당의 굳어진 얼굴을 보고는 말을 붙일 수가 없었다. 그러거나 말거나 무영은 무덤덤하게 앉아 있고, 혈영 또한 덥수룩한 머리카락으로 얼굴을 가리고 있어 표정의 변화를 읽을 수 없었다. 철갑마는 무슨 생각이라는 게 있을 리 없었다. 월영 혼자 넋 빠진 것처럼 해실해실 웃으며 오랜만에 맛보는 만찬을 즐기고 있었다.
생각해 보면 다들 만만찮게 이상한 놈들이었다. 이런 놈들 사이에 있으니 한때 남 못잖게 괴이한 인물로 이름 높았던 그, 광마 종리매가 정상적인 사람처럼 보이게 되지 않는가. 그는 쓴웃음을 지으며 술을 비웠다.
한굉이 다시 입을 열었다.
"자리가 평소와 달리 매우 조용하군요. 여흥이라도 있어야 할 것 같습니다."
한당이 허락의 뜻으로 고개를 끄덕이자 한굉이 손뼉을 쳤다. 십여 명의 무사들이 상석과 백호장들의 자리 사이에 있는 공간으로 나와 군무(群舞)를 추기 시작했다. 제각각 다른 무기를 들고 전투를 벌이는 듯한 모습의 춤이었다. 그들이 한참 시끄럽게 만들고 난 후 금빛 갑옷을 화려하게 차려입은 사내가 나와 역시 금빛 번쩍이는 두 자루의 검을 들고 쌍검무(雙劍舞)를 췄다. 빙글빙글 돌아가다 문득 멈추고, 몇 번의 칼질을 하다 다시 돌아가는 등 제법 능숙한 솜씨였다.
그때 상석 좌측으로 늘어선 자리에서 단주인 듯한 한 사람이 일어나 외쳤다.
"한심한 솜씨 그만 보이고 물러가라!"
쌍검무를 추던 무사가 그 소리에 멈췄다. 고함을 질렀던 사람이 한당을 향해 포권을 하며 말했다.
"맘대로 여흥을 중단시켜 죄송합니다. 하지만 무사들의 자리에 한낱 춤꾼이 나와 칼춤을 추는 것이 무어 의미가 있겠습니까. 미력하나마 소관이 한판 창무(槍舞)를 보여 드릴까 합니다."

그리고는 허락을 기다리지 않고 앞으로 나왔다. 키보다 약간 긴 철창을 들고 있었다. 그것으로 창무를 보여주겠다는 것이다.

한당이 말했다.

"삼단주가 그렇게까지 말한다면야 한번 기회를 주지. 잘하면 상을, 못하면 벌을 내리리라."

금사자군의 제삼단주라는 사내는 서른이 채 되지 않은 듯한 청년이었다. 끝이 잘려 나간 듯한 빗자루 눈썹에 사나운 눈, 거칠게 자란 수염이 성미를 말해 주고 있었다. 그는 허락이 떨어지자마자 창 자루를 한 손으로 잡고 그 끝을 무영을 향해 겨누었다. 도발적인 행위였다. 그 자세로 한참이나 무영을 노려본 후에야 그는 창을 돌려 창무를 추기 시작했다.

단순하면서도 파괴적이고, 과격하면서도 예리한 움직임이었다. 춤이라고 볼 수는 없었다. 그건 도전이고 도발이었다. 그리고 과시였다.

'이제 시작이군.'

종리매는 코를 만지며 생각했다. 뺨이며 코며 자꾸 가려워지는 것은 아무래도 분위기 탓일 것이다. 연회장에 가득한 적개심, 아직 살기로까지 번지지는 않았지만 언제든 그렇게 될 수 있는 기분 나쁜 공기에 반응하는 것일 게다. 종리매는 그에 대한 당연한 반응으로 자신의 기분도 점점 불쾌해지는 것을 느끼고 가벼운 코웃음을 쳤다.

그게 연무자에 대한 비웃음은 아니었는데 한당이 예민하게 듣고는 물었다.

"눈에 안 차시나 보오."

종리매가 대답했다.

"아, 뭐, 나로서는 알아볼 수도 없구려. 양가창법도, 조가창법도, 사가창법도 아니고, 그렇다고 마교 고유의 냄새도 없는, 나로서는 처음 보는 것이니 말이오."

한당이 웃었다.

"여기 와서 만들어진 창술이오. 양가창, 조가창, 사가창이 유명하다 하나 다 과거의 한때 이야기 아니겠소. 그런데 기마 전투를 수행하자면 창술은 필수란 말이오. 그래서 연구 끝에 만들어진 것이지요. 사자창술(獅子槍術)이라고 하오."

"흠, 그렇구려. 하지만 저래서야 너무 둔한 것 아니겠소? 극히 투박하구려."

"투박함이야말로 창술의 정수요. 창처럼 실전적이고 파괴적인 무기는 군이 기교를 부릴 필요가 없소. 기교를 부리면 오히려 위력이 떨어지는 법이오."

종리매는 한당의 한 수 가르쳐 준다는 식의 말투에 기분이 상해 버렸다.

"그럴 수도 있겠소. 하지만 철창은 좀 문제가 있어 보이는구려. 난 예전부터 창을 제대로 사용하는 건 나무 자루여야 한다고 생각해 왔소. 철창을 들고 휘두르는 것은……."

그는 조금 말을 끌다가 판결을 내리듯 거만하게 말했다.

"힘 자랑은 될지 몰라도 좋은 선택은 아니오."

한당의 얼굴이 붉게 달아올랐다. 그가 무어라 반박하려고 하는데 마침 연무가 그쳤다. 금사자군 제삼단주라는 그 사내가 한당의 눈치를 슬쩍 보고는 표정을 읽었다. 그리고는 자신의 연무가 마음에 안 들어 그러는 줄 아는지 얼른 변명했다.

"모자란 솜씨 보아주셔서 감사합니다. 하지만 이건 원래 연무용 창술이 아니라 실전용이지요. 상대만 있다면 제대로 보여줄 수 있을 텐데요."

그러면서 무영을 보는 것이다. 종리매가 큰 소리로 웃었다. 참석하면서부터 계속 신경을 써왔던 것이 지금 와서는 울화가 되어 터져 버린 것이다. 한참이나 웃음을 터뜨린 다음 그는 분노한 눈빛으로 제삼단주를 노려보며 말했다.

"건방지기 짝이 없는 눈길이로고. 감히 누굴 보는 거냐. 같은 글자 쓰는 단주라고 같은 단준 줄 알아? 이화태양종에서 단주라면 종사 바로 아래란 말이다! 네놈이 하늘같이 모시는 군주와 동급이야. 그런데 감히 그런 눈으로 봐? 버릇을 고쳐 주랴!"

제삼단주의 얼굴이 분노로 굳어지고 한당 또한 '군주와 동격'이라는 말에 분노를 더했다. 설사 직급상 그렇다고 쳐도 무영과 같은 어린 애와 동격이라는 생각은 단 한 번도 해보지 않은 그였다. 하지만 여기서 화를 낼 수는 없었다. 그는 애써 체면을 지키려 노력하며 입을 열었다.

"화 내지 마시오, 종리 노야."

그 뒤엔 달래는 말을 해야 할 텐데 할 말이 없었다. 아니, 화가 나서 아무런 말도 생각나지 않았다. 그때 무영이 제삼단주를 향해 말했다.

"나와 싸워보자는 건가?"

제삼단주가 반색하며 대답했다.

"피곤하지 않으시면 한 수 가르침을 주기 바라오."

무영이 말했다.

"나는 가르침을 주지 않는다. 나는 죽이기 위해 싸운다."

뚝뚝 부러지는 말투로 그렇게 말하고 그는 제삼단주를 지그시 노려보며 물었다.

"죽고 싶나?"

장내가 싸늘하게 식었다. 아니, 속으로는 부글부글 끓어올라 그 열기가 폭발 직전에 다다랐지만 그 누구도 먼저 터뜨리지 못하고 있을 뿐이었다.

한당이 물꼬를 텄다.

"비무에 있어서 죽음은 언제든 있을 수 있는 일이지. 우리 무사들은 언제 어디서나 죽음을 각오하고 싸운다오. 그렇지 않나?"

"물론입니다!"

제삼단주가 우렁차게 대답했다. 한당이 어쩔 테냐 하는 빛으로 무영을 보았다. 무영이 자리에서 일어나려 했다. 그때 혈영이 손을 잡아 말렸다.

"제가 하죠."

무영이 다시 자리에 앉았다. 혈영이 일어나 말했다.

"나는 무영단 혈영당주 혈영이다. 이화태양종 서열 구위, 마교혈맹록 서열 사백삼십구위다. 당신들이 말하는 단주라면 내가 나서는 게 옳다."

그는 말릴 틈도 없이 계단을 밟으며 아래로 내려갔다. 항상 휴대하고 다니는 세 날 도끼가 오른손에 잡혔다. 왼팔 팔뚝에 감긴 사슬들이 스산한 소리를 내며 풀려 나왔다.

제삼단주가 난처한 듯 한당을 바라보았다. 한당은 불쾌한 표정으로 입을 다물고 있었다. 제삼단주는 하는 수 없다는 듯 혈영을 향해 태세를 갖추었다.

"사자군림가 서열 삼십팔위 등각(鐙角)이다. 혈맹록 서열은 없다."

그래서 어쩔 테냐 하는 듯한 말투였다. 종리매는 인상을 썼다. 요서에 들어와 사자군림가 사람들을 만나면서 어렴풋이 느꼈던 것이 지금 확실해졌다. 이곳의 젊은 무사들은 마교혈맹록의 서열을 인정하지 않는 듯한 분위기였다. 아니, 그게 뭐 대단하다는 거냐 하는 빛을 노골적으로 드러내고 있었다. 지금 배석한 단주들의 대다수가 서른 전후로 보인다는 것도 신경에 거슬렸다. 여기서 마교혈맹록 서열에 들어가 있는 사람은 군주인 한당 하나 정도인 것 같은데, 만약 그렇다면 사자군림가의 세대교체는 상당한 수준까지 진행된 것일 터였다. 그건 즉 지금의 사자군림가는 그가 과거에 알고 있던 사자군림가가 아니라는 뜻이었다.

그는 슬쩍 한당을 보았다. 우연인지 몰라도 마침 한당도 그를 보고 있었다. 종리매는 한당의 눈빛에서 분노를 읽었다. 그러나 그건 그에게, 혹은 무영에게만 향한 분노는 아닌 것 같았다. 지나친 생각인지는 몰라도 그는 한당의 분노에서 늙은 사자의 좌절감 같은 것을 보았다고 느꼈다.

계단 아래에서는 등각의 선공으로 싸움이 벌어지고 있었다. 직선으로 찌르는 듯 창을 뻗다가 갑자기 떨구어서 바닥을 때리고, 아래에서 위로 솟구치듯 창날이 올라가 혈영의 목을 노렸다. 물러서는 것 외에는 대항할 방법이 없는 것 같은데 혈영은 물러서지 않았다. 그는 왼팔을 휘둘러 창날을 막고 오른손의 도끼를 내던졌다.

이 과감한 일초가 그대로 성공했다. 도끼는 등각의 투구를 쪼개고 이마에 반쯤 박혀들다가 멈추었다. 등각이 썩은 통나무처럼 뒤로 쓰러졌다. 혈영이 사슬을 당겨 도끼를 거두어들이자 쓰러진 등각이 반쯤 딸려 올라오다가 다시 넘어갔다. 분수처럼 피가 솟아올랐다.

혈영은 도끼에서 핏방울을 떨구며 계단을 올라 다시 자리에 앉았다. 무영이 술을 권했다.

"수고했다."

혈영이 두 손으로 잔을 받아 단숨에 들이켜 버렸다.

무영이 일어났다. 무영단의 사람들이 함께 일어났다.

"해가 지는 풍경은 잘 봤다. 돌아간다."

어느새 철령의 산자락으로 해가 반이나 잠겨들고 있었다. 동쪽 하늘은 검푸르게 어두워져 가고, 서산으로 가라앉는 해 주변에는 붉은 낙조가 드리워져 천지가 보랏빛으로 물들었다. 그 보랏빛 노을 아래로 무영과 무영단 무사들이 사라졌다.

한당이 일어났다.

"주연은 끝났다."

그는 피풍의를 거칠게 휘날리며 전각 안으로 들어가 버렸다. 무영단 사람들이 사라지고, 한당이 자리를 비우고, 금사자군이 아닌 다른 소속 사람들이 모두 물러간 이후에도 한굉은 자리를 지키고 있었다. 금사자군의 단주, 부단주, 백호장들도 조각상처럼 꼿꼿이 서서 움직이지 않았다. 그들 앞에는 금사자군 제삼단주 등각, 즉 그들의 동료가 조용히 죽어가고 있었다.

한 단주가 외쳤다.

"이 수치를 씻어야 합니다!"

한굉은 소리 지른 단주를 바라보았다. 그리고 자리한 모든 사람들을 둘러보았다. 그 뒤에 그는 천천히 고개를 저었다.

"때가 아니다."

그는 한당이 들어간 전각을 향해 돌아서서 걸었다. 주연이 벌어지는 동안 계속 견지한 무표정 그대로였지만 사람들이 표정을 볼 수 없게 된 지금 그의 입꼬리에는 작은 미소가 걸려 있었다. 그건 흔쾌하다거나 즐거워서 짓는 미소가 아니었다. 흥미로운 일이 벌어지고 있을 때, 그리고 그의 머리 속에 흥미로운 생각들이 떠오를 때 짓는 미소였다. 이 순간 그는 내일 있을 은사자군 주최의 주연에도 참석해야겠다고 생각하고 있었다. 원래는 참석할 마음이 없던 자리였다.

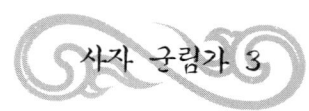

사자 군림가 3

　은사자군이 주최한 연회는 통천루(通天樓)에서 열렸다. 철령위성이 자리한 봉우리 정상을 평평하게 다듬고 거기 지어놓은 누각인데, 수십 개의 기둥 위에 지붕만 얹어놓은 곳이었다. 낙일각과 마찬가지로, 아니, 그보다 훨씬 극단적으로 장식을 생략했기 때문에 단순하고 투박해 보였지만 대신 동서남북으로 트여 있어서 철령의 산줄기와 그 너머 광활한 평원을 한눈으로 조망할 수 있었다.
　오늘 통천루에 모인 사람은 어제 낙일각의 두 배나 되었다. 은사자군의 백호장 이상 무사들이 전원 참석한 것은 물론이고 타군의 단주급 이상 무사들도 거의 대부분 참석했다. 게다가 타군의 백호장 이상 무사들도 상당수가 몰려와서 따로 자리도 배정받지 못한 채 통천루 밖에 모여 앉아 구경꾼처럼 둘러서 있는 형편이었다. 어제의 사건이 알려진 후 오늘의 주연에 대한 기대가 커진 덕분이었다.

그렇게 모여든 구경꾼들의 일각이 갈라지더니 무영을 비롯한 무영단 사람들이 나타났다. 오늘은 이쪽도 참석 인원이 많았다. 은사자군의 초청에 의해서 향주들도 참석했던 것이다. 갈래머리 꺽다리 담오에 커다란 철금을 든 공손번, 우울한 표정의 손지백 등이었다.

은사자군에서는 설산비봉 정봉과 부군주 천유명, 휘하 아홉 단주가 영접을 나왔다. 간단한 인사가 정봉과 종리매 사이에 오가고 착석 후 연회가 시작되었다. 오늘이야말로 홍문연이 벌어지리라 예상하고 온 자리였고, 실제로 연회가 시작되기 전까지 통천루의 분위기도 그랬다. 전원 대적(大敵)이라도 맞이하는 것처럼 굳은 표정의 무사들이 저마다 무장한 채 석상처럼 도열해 있는 사이로 지나와서야 자리에 앉을 수 있었던 것이다.

그런데 막상 연회가 시작되자 분위기는 사뭇 달라졌다. 은사자군의 부군주 천유명은 금사자군의 한굉과는 달리 쾌활한 사내였다. 군주인 정봉이 의례적인 인사를 마치자 그 다음부턴 자신이 나서서 연회를 주도하기 시작했다. 향주들에게까지 일일이 이름을 묻고 인사를 나눴다. 그리고는 자신있게 준비했다는 말과 함께 여흥을 시작하도록 명령했다.

준비된 여흥이란 이젠 중원에서도 볼 수 있을지 없을지 의문스러운 광대들의 공연이었다. 난쟁이가 재주를 넘고 소년이 줄타기를 했다. 먹같이 검은 피부의 거한이 목에 창끝을 대고 눌러 창을 휘게 하는 은창자후(銀槍刺喉)를 하고, 기름을 물고 있다가 불을 토했다. 악사들이 호금(胡琴)과 호적(胡笛), 징과 북으로 펼치는 요란한 연주가 흥을 돋웠다.

무사들이란 조야하고 단순하기 마련이라 여흥이 진행되고 술이 몇

순배 돌아가자 애초의 살벌하고 긴장되었던 분위기는 차츰 풀어져 갔다. 초대받지 않은 구경꾼들에게까지 인심 좋게 술이 돌아가자 더욱 그랬다. 그들은 여전히 힐끔힐끔 무영단 사람들을 곁눈질하긴 했지만 차츰 시장통의 소란을 방불케 하는 왁자한 이야기들이 오가기 시작했다.

그때 알록달록한 채색의 복장을 한 소녀가 광대패 틈에 나타났다. 사자군림가 무사 중에도 여자가 없는 건 아니었지만 다들 갑옷을 차려입은 틈에 채의소녀가 나타나자 단번에 좌중의 이목이 집중되었다. 그녀는 상석을 향해 곱게 인사하고 말뚝을 세워 줄을 연결해 놓은 곳으로 걸어갔다. 먹같이 검은 피부의 거한이 그녀를 들어 줄 위로 가볍게 던져 주었다. 무게가 전혀 없는 듯한 모습이었다.

채의소녀는 허공을 가르지른 밧줄 위로 사뿐사뿐 걸었다. 어느새 그녀의 손에는 나비의 날개 같은 두 개의 부채가 들려 있었다. 그녀가 앉았다 일어섰다, 혹은 돌아서서 뛰며 줄 위에서 춤을 추는 동안 장내의 소란은 그치고 이목이 하나로 집중되었다. 소녀는 떠다니는 물풀 같았다. 꽃 위로 흐르듯 나는 나비 같았다. 그러다가 한순간 삐끗 줄에서 미끄러져 떨어졌다. '아' 하는 탄성이 울려 퍼지는 사이 소녀는 한 손으로 줄을 잡고 회전하며 허공에 떠올랐다. 그리곤 줄 위에 사뿐히 내려서서 양손을 치켜들었다. 애초에 준비된 연출이었다.

갈채가 퍼졌다. 그 갈채에 부응하듯이 용춤이 시작되었다. 화려한 용의 가면과 껍질을 뒤집어쓴 사람들이 몰려나와 구불구불 용의 형상을 하고 춤을 추었다. 줄 위의 소녀가 용머리로 뛰어내렸다. 그녀는 그렇게 용을 탄 채 부채를 흔들다가 갑자기 입고 있던 채의를 벗어 던졌다. 그녀는 순식간에 은빛 갑옷을 입은 소년 장수로 변해 버렸다. 그가, 혹은 그녀가 부채를 검처럼 모아 쥐고 용머리에 올라 천군만마를 지휘하는 듯한 자세를 취했다. 다음 순간 용 주위에 분홍 연기가 터지고 장내에 달콤한 향기가 감도는 듯하더니 용의 탈은 진짜 용이 되어 통천루 지붕 위로 기어오르고 있었다. 그 머리에 소년 장수를 태운 채로.

용이 지붕 아래로 기어 내려와 상석을 향해 날아오며 불을 뿜었다. 한순간 통천루 지붕 아래로 불길이 폭풍처럼 휘감고 지나갔다. 그러나 어떤 것도 태우지 않는 그런 불길, 환상 같은 불길이었다. 소년 장수가 몸을 띄웠다. 용이 말 그대로 용틀임을 하더니 순간적으로 터져 버렸다. 용의 잔해가 꽃잎이 되어 장내에 날렸다. 그 붉고 노란 꽃잎 사이로 소년 장수가 떠오르더니 쥐고 있던 부채를 허공에 던졌다.

부채는 두 마리 나비가 되어 너울너울 통천루 안을 날아다녔다. 우연인 듯, 혹은 그렇게 던진 것인 듯 나비는 무영을 향해 다가왔다. 마치 무영의 술잔 위에, 혹은 코끝에 앉으려는 듯한 모습이었다. 무영은 가볍게 손을 내밀어 두 마리 나비를 한 손에 움켜쥐었다. 나비는 두 자루 비수가 되어 그의 손 안에서 바스러졌다. 그가 손을 벌렸을 때 그의 앞에 있는 탁자에는 철편(鐵片)이 우수수 떨어졌다.

장내가 찬물을 뿌린 듯 고요해졌다. 악사의 연주도 어느새 그쳐 있었다. 무영의 자리 앞에는 소년 장수가 도발적인 눈빛으로 서 있었다.

무영은 소년 장수를 가만히 훑어보았다. 열대여섯 살 정도로 보였다. 곱게 화장하고 눈썹까지 그린 그 모습에서 소년 장수가 남자인지 여자인지 알아보는 것은 쉽지 않았다. 어느 쪽이든 가능할 것 같았다. 무영은 애초에 용이 나타났을 때도, 소년 장수의 부채가 나비로 변했을 때도 속지 않았다. 그의 눈은 용이란 단지 용 탈을 쓴 사람들에 불과하며, 나비란 부채 아래 숨은 두 자루의 비수임을 꿰뚫어 보고 있었다. 아마도 약한 미혼분(迷魂粉)일 것이 분명한 분홍색 연기와 향긋한 냄새에 당하지 않았던 것이다.

"앵속(罌粟)이었군."

종리매가 중얼거렸다. 앵속, 즉 양귀비에서 추출한 즙액을 응고시키면 아편(阿片)을 만들 수 있다. 이걸 태워 그 냄새를 맡으면 가벼운 환각 증상이 일어나고 반응이 둔화된다. 여기에 약간의 기교와 연출을 더하면 용을 그린 탈에 불과한 것이 진짜 용처럼 보이게 만들 수도 있는 것이다.

그보다 이건 중요한 문제였다. 소년 장수의 방금 행동은 암살 시도라고도 간주할 수 있었다. 시비를 걸어오는 것도 아니고 암살을 시도한 것이다. 이게 은사자군의 뜻이라고 봐야 할 것인가.

천유명이 박수를 쳤다. 그는 흔쾌하고 즐겁다는 표정으로 한참이나 박수를 치더니 무영에게 말했다.

"정말 훌륭한 구경거리 아닙니까. 중원에서나 볼 수 있는 재주지요. 과거 중원에서 저런 재주를 가지고 있던 노인들을 찾고, 새로 훈련을 시키는 데 무척 공을 들였습니다. 아마 이 정도로 훌륭한 재주를 보여줄 수 있는 재인(才人)들은 이제 중원에서도 찾기 힘들 겁니다."

"가본 것처럼 말하는군."

종리매가 무뚝뚝하게 말했다.

"중원 소식에 대해서는 좀 아는 게 있나?"

"보지 않아도 엉망일 지 뻔합니다. 그런 걸 가봐야 아나요."

어제 한당에게서 듣지 못한 것을 들어볼까 해서 질문한 것이었는데 천유명은 관심없다는 듯 가볍게 대꾸하고는 다시 재인에 대한 이야기를 했다. 그는 소년 장수를 가리키며 말했다.

"이 아이는 동가기(董嘉麒)라고 하는데 아직 사자무궁에서 수련 중입니다. 이십삼기에서 가장 뛰어난 아이죠. 여자 아이인 게 아쉽지만요. 하하."

그는 즐겁다는 듯 웃고는 손을 저었다. 동가기가 인사하고 물러갔다. 그러나 물러가기 전에 무영과 천유명을 한 번씩 노려본 것이 이상한 느낌을 주었다. 천유명도 그걸 느꼈는지 변명하듯 말했다.

"아, 물론 제가 여자를 무시하는 건 아닙니다. 동사자군의 부군주도 여자지만 훌륭하지요. 하지만 아무래도 여자는 남자에 비해 불리한 점이 있지 않겠습니까?"

"그 말을 빙궁 사람들에게 들려주고 싶군요. 아주 좋아할 거예요."

월영이었다. 천유명은 실수했다는 듯 어색하게 웃었다.

"아, 거기 월영 당주님도 계셨군요. 실례했습니다. 하지만 제 말이 틀리진 않잖습니까? 남자에 비해 여자는 아무래도 강호를 행보하기에 힘든 면이 있죠."

월영이 무어라 반박하기도 전에 천유명이 말을 이어갔다. 비밀스러운 이야기라도 하려는 듯이 목소리를 낮추어서.

"빙궁 이야기가 나왔으니 말인데, 아무래도 빙후가 움직일 것 같죠?"

바짝 흥미를 느낀 종리매가 물었다.

"무슨 낌새라도 있는가?"

"한 달 전쯤에 빙궁의 제칠설녀가 요서를 거쳐서 총단으로 갔잖습니까. 그때 자세히 말은 않았지만 빙궁에 뭔가 변고가 있었던 것 같더군요. 빙궁에 엄청난 집착을 가지고 있는 빙후 악산산이 당장이라도 달려오려고 할 거라는 게 뻔하잖습니까."

그는 무영을 힐끔 보며 말했다.

"제자가 무영 단주에게 참패했다는 일도 있고……."

종리매가 다시 물었다.

"빙궁의 움직임이 전해진 것은 아직 없고?"

천유명이 웃었다.

"빙궁설녀가 총단으로 간 게 한 달 전입니다. 총단에서 바로 전갈을 했다고 해도 해남까지 도착하려면 아직 두 달은 더 걸릴 걸요. 빙궁에서 뭔가 움직임이 있어서 그 연락이 총단까지 전해지려면 다시 석 달, 그걸 총단에서 저희에게 바로 알려줄 리도 없고, 연락해 준다면 그땐 아마 꽤나 문제가 된 이후일 테니까 적어도 석 달은 더 걸리겠지요. 그러니 앞으로 적어도 여덟 달은 있어야 그쪽 일을 알 수 있다는 결론입니다."

"한심한 이야기군."

종리매의 말에 천유명도 어이없다는 듯 한숨을 내쉬고 말했다.

"같은 마도의 하늘 아래에서 이렇게 교류없이 사는 것도 참 웃기는 일입니다. 첩자라도 사방에 뿌려두고 싶지만 저 먼 곳에서 일어나는 일을 일 년이나 지나서 우리가 알게 되었다고 해도 별 의미가 없고, 괜히 첩자가 드러나기라도 하면 불필요한 분쟁이 일어나겠죠. 무엇보다 우리에겐 흑사광풍가라는 당면한 적이 있으니까 말입니다. 그걸 완전히 치워 버리기 전에는 다른 곳에 눈을 돌릴 틈이 없습니다."

"눈을 돌려서는 안 된다!"

주연을 여는 의례적인 인사 이후 시종 침묵하고 있던 정봉이었다. 오랜 침묵을 깨는 말인데다가 호통에 가깝게 큰 소리로 말했기 때문에 시끌벅적하던 소음이 단번에 그치고 장내의 이목이 집중되었다.

정봉은 이글이글 타오르는 눈빛으로 천유명을, 무영을, 그리고 종리매를 바라보며 말했다.

"우리는 대종사께 이곳을 지키라는 명령을 받고 왔다. 적은 흑사광풍가뿐만이 아니다. 명왕유명종, 이화태양종까지 모두 우리의 경계 대상이다. 우리는 중원의 동북방인 이곳을 지킴으로써 대종사의 마도천하를 굳건히 지키는 역할을 하고 있는 것이다."

그의 시선이 종리매와 무영에게 고정되었다.

"명왕유명종이라는 악종을 제거하기 위해, 그리고 흑사광풍가를 제거하기 위해 지금은 이화태양종과 손을 잡고 있지만, 명심할 일이다. 이화태양종이 중원을 넘본다면 그땐 이화태양종도 우리의 적이다. 우리는 눈을 돌려서는 안 된다. 우리의 눈은 동북방으로 고정되어 있어야 한다. 그게 대종사의 뜻이다."

제53장
비컨 오호란

▌멈추었다가 전진하고, 작은 원을 그렸다가 직선으로 뻗었다
땅바닥을 두드리는가 하면 허공을 긁었다. 그건 사자, 아니, 호랑이의 움직임을 닮았다
오랫동안 웅크리고 있다가 고요히 움직이고, 한순간 폭발적으로 뛰어올라
일격에 사냥감을 쓰러뜨리는 움직임이었다. 속도가 빨라지고 창의 움직임이 현란해지기 시작하자
호랑이는 한 마리에서 두 마리로, 두 마리에서 네 마리로, 거기서 다시 여덟 마리로 늘어난 듯했다
무영의 창들은 호랑이들의 군무(群舞)를 그리는 듯했다

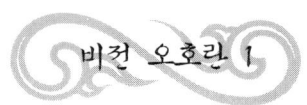

비전 오호란 1

"소관은 그렇게 생각하지 않습니다!"

정봉의 말에 정면으로 반론을 들고 나온 것은 천유명이었다. 은사자군의 두 수뇌가 모든 수하들, 그리고 타군(他軍)의 수뇌진들이 보는 가운데서 의견 대립을 보이고 있는 것이다.

"대종사의 진정한 뜻은 대종사께서 건설하신 마도천하를 제대로 유지하고 지키도록 하라는 것임이 명백하지 않습니까. 우리의 적은 중원을 침탈하는 세력이 아니라 마도천하를 무너뜨리는 세력이라고 생각해야 할 것입니다. 흑사광풍가라는 당면의 적을 제거한 뒤에는 마땅히 중원으로 눈을 돌려 마도천하를 어지럽히는 자가 누군지, 마도천하의 미래에 해악이 될 자가 누군지 가려 처단해야 할 것입니다. 그게 대종사의 뜻을 받들어 모시는 바른 길이며, 그것이 대종사의 뜻을 이어받은 우리 사자군림가가 마땅히 수행해야 할 책무라고 소관은 감히 주장하는 것입니다."

정봉이 자리를 박차고 일어나 외쳤다.

"필부의 도량으로 감히 대종사의 흉금을 짐작하려 들지 마라!"

그는 뭐라고 더 말하려 하는 듯했지만 입만 달싹거릴 뿐 더 말을 내뱉지 못했다. 그저 성난 숨을 헐떡일 뿐이었다. 그러다가 그는 거칠게 자리를 떠났다. 은사자군의 단주, 부단주, 백호장 등이 일제히 일어났다. 그러나 그들의 눈빛은 차가웠다. 정봉은 동상처럼 늘어선 그들 사이를 말 한마디 없이 지나가서 통천루 밖으로 나가 버렸다.

천유명이 중얼거렸다.

"이런, 이런, 노인네를 화나게 해버렸군."

중얼거렸다지만 가까운 곳에 있는 사람들에게는 충분히 들릴 만큼 큰 소리였다. 지금처럼 싸늘하게 식어버린 분위기에서는 더했다. 은사자군 수뇌들 속에서 작은 웃음소리가 들려왔다.

종리매는 표정을 굳혔다. 어제 금사자군의 연회에서도 그런 낌새를 알아채긴 했지만 이젠 확실해졌다. 금사자군에서는 여전히 한당이 큰소리를 치고 있지만 세대교체의 기운이 엿보였다. 은사자군에서는 그보다 더해서 군주인 정봉은 퇴물 취급을 받고 천유명이 실권을 잡고 있는 것 같았다. 나머지 두 군은 어떤지 모르지만 그쪽에서도 비슷한 압력을 받고 있거나, 아니면 은사자군과 마찬가지 상황일 것이다. 이건 요괭도가 원해서 이끌어가는 방향인 것인가. 아니면 그조차도 어쩔 수 없어서 내버려 두고 있는 상황인가.

"기껏 말한다는 게 대종사의 명령을 따르라일 뿐이겠지. 하도 들어 귀만 아플 소리."

천유명이 중얼거리고 있었다. 이것 역시 가까이 있는 사람들의 귀에는 충분히 들어갈 것이고, 못 들은 사람들에게 전달될 것이다. 최종적으로는 이게 천유명을 따르는 사람들의 의견이 되고, 말이 되어 퍼질 것이다. 군주와 군주로 대표되는 구세력은 마교 대종사의 오래된 명령, 십팔 년이나 지난 명령을 따르는 멍청이로 알려지고 자신들이 진정한 사자군림가의 정통임을 주장하게 될 것이다. 종리매의 머리 속에는 이런 과정이 눈으로 보듯이 스쳐 가고 있었다.

천유명이 무영을 향해 묻고 있었다.
"단주께서는 어떻게 생각하시오?"
무영이 간단히 대답했다.
"당신들 일이다."
천유명이 말문이 막혔는지 입맛을 다셨다.

종리매는 피식 웃었다. 무영다운 대답이었다. 사자군림가가 어떻게 움직이든 무영은 자기 할 일을 할 것이다. 그게 어떤 방향이든 말이다. 하지만 사실 생각해 보면 사자군림가의 이런 움직임은 이화태양종에 불리한 일은 아니었다. 아니, 여차하면 이런 신세력과 힘을 합쳐 중원을 평정하는 시도를 해볼 수도 있었다. 한당이나 정봉과 같은 고지식한 인물들이 여전히 사자군림가의 실권을 잡고 있다면 이화태양종의 중원 진출 시도를 그냥 둘 리가 없으니 말이다. 정봉이 이미 그 뜻을 드러내지 않았던가. 그러니 세대교체는, 특히 중원에 야망을 둔 세력으로 교체되는 것은 이화태양종에게는 다행일 것이다.

하지만 어쩐지 기분이 나빴다. 마음에 들지 않았다. 그는 곰곰이 생각해 보고 천유명의 방금 행동이 결국은 정봉으로 대표되는 구세력을 밀어내는 과정이기 때문이며, 종리매 자신도 따지고 보면 구세력의 하나이기 때문이라는 것을 깨달았다. 늙은이들이 젊은 놈에게 밀려나는 건 남의 일이라고 그냥 즐겁게 구경할 수 있는 일은 아니었다. 불쾌했다. 아주 불쾌한 일이었다.

"한 부군주께서는 어떻게 생각하시오?"

무영에게서 별달리 재기있는 반응을 얻지 못한 천유명이 손님으로 참석한 금사자군의 부군주 한굉에게 말을 걸었다. 불상처럼 묵묵히 앉아 있던 한굉이 천천히 고개를 저었다.

"사자군림가에는 상명하복(上命下服)의 원칙이 있소. 위에서 명령하면 아래에선 따라야 하오. 이게 깨어지면 사자군림가의 통합에 심각한 문제가 생길 것이오. 나는 가주와 군주의 명에 따를 뿐이오."

사안 자체에 대해서는 언급을 않았지만 천유명의 의견에 대해 정면으로 반대한다는 뜻으로 들을 수도 있는 발언이었다. 그러나 천유명은 재반박을 하거나 화를 내지 않고 그냥 어쩔 수 없다는 듯 고개를 저을 뿐이었다.

"한 부군주는 효자니까."

종리매는 그게 무슨 소린지 몰라 잠시 의아한 빛을 떠올렸다. 그걸 보고 천유명이 웃으며 말했다.

"한 부군주가 금사자군주님의 자제 분이시라는 걸 모르셨나 보군요. 소문이 자자한 효자시지요."

한굉이 바로 한당의 아들이었던 것이다. 종리매는 고개를 끄덕였다. 한굉이 천유명에 비해 신중한 이유를 알 수 있었다. 속으로야 어떻게 생각하든 아버지에게 반대하는 모양을 보여주긴 힘들었을 것이다.

천유명의 시선이 다른 곳으로 옮겨갔다.

"야율 부군주께서는?"

야율이라는 특이한 성을 가진 부군주, 철사자군의 야율지용이 거기 앉아 있었다. 그 성이 상징하듯이 거란족인 것이 분명했지만 외모나 복장은 거란족처럼 보이지 않았다. 거란족들은 정수리 부분을 삭발하고 주변의 머리는 남겨서 뒤로 땋는 독특한 머리 모양을 하고 있는데, 그건 몽고족들과도 같은 풍습이었다. 담오가 머리를 두 갈래로 땋는 것도 그런 몽고, 거란족의 풍습을 따라 한 것이었다. 그런데 야율지용은 머리를 한족처럼 올려서 묶었고, 얼굴도 한족 기준으로 미남이라 할 만한 용모였다. 사내답다기보다는 선이 가는 서생풍의 인상, 나이도 셋 중 가장 어려서 삼십 대 초반에 불과했다.

그는 부드러운 미소를 지으며 수줍은 듯 말했다.

"저는 천 부군주처럼 과감하지 못합니다."

여러 의미로 해석될 수 있는 말이었다. 천유명의 의견에 동의하지만 감히 입 밖으로 꺼내지 못한다고 볼 수도 있고, 천유명의 의견이 지나치다는 뜻일 수도 있었다. 이런 애매함이 마음에 들지 않는지 천유명은 혀를 차며 말했다.

"내가 과감한 것이 아니라 한 부군주와 야율 부군주가 너무 신중한 거요. 우리 사자군림가가 요서를 다스린 지 어언 십팔 년, 체제는 안정되었고 전력은 극대화되었소. 이런 힘을 가지고 중원의 북동쪽 끝에 안주하여 마도천하의 안위를 돌보지 않는다면 이것이야말로 대종사께서 한탄하실 일이 아니겠소?"

야율지용은 조용히 웃으며 고개를 저었다.

"우리에겐 아직 적이 있습니다. 흑사광풍가를 해결하기 전에는 다른 곳에 눈을 돌리고 싶어도 할 수 없을 것입니다. 그런데 저 흑사광풍가와 싸운다는 것은 몽고와 싸운다는 것과 마찬가지 일이고, 중국 역대 왕조가 모두 달려들어 해결해 보려 했으나 해결 못한 나라가 몽고지요. 우리는 지금 한 나라가 하지 못했던 일을 하려고 하는 것입니다. 쉽게 여겨선 안 될 일입니다."

천유명은 인상을 쓰며 손을 저었다.

"사기 죽이는 소리 그만 하시오. 이번에야말로 흑사광풍가를 처리해야 한다는 건 당연한 일이오. 그 당연한 일을 당연하게 수행한 뒤에 뭘 할 것인가, 이게 내 뜻이라는 걸 잘 알잖소. 뭐, 어쨌든 재미없는 이야기는 그만 합시다."

그는 뒤에 서 있던 무사에게 손을 내밀었다. 무사가 기다렸던 것처럼 창 한 자루를 내주었다. 날도, 자루도 은빛으로 빛나는 창, 그야말로 은창(銀槍)이었다. 그는 그 창을 들고 자리 앞에 만들어진 공터로 나가 섰다.

"어제 무영단의 종리 노야께서 철창에 대해 비판하셨다는 이야기를 전해 들었습니다. 고개를 끄덕였지요. 그거야말로 제가 오랫동안 주장해 왔던 것입니다. 창은 모름지기 강하기만 한 것으로 여겨져 왔지만 강과 유를 겸비하지 못하면 창의 위력을 제대로 발휘할 수가 없는 것이죠. 그리고 그건 창대를 무얼로 만드느냐에 달려 있습니다."

천유명이 한 손으로 창을 잡고 휘둘렀다. 순간적으로 창은 그의 몸을 수십 번 휘감고 돈 뒤 갑자기 멈추었다. 창대가 물푸레나무처럼 휘어지며 창끝이 좌우로 크게 흔들리다가 천천히 고정되었다. 무영을 가리키면서.

"적당한 탄력을 가진 자루를 사용하는 게 가장 좋지만 그럴 경우 나무밖에는 대안이 없죠. 하지만 나무는 쉽게 잘려 나가거나 부러진다는 단점이 있소. 일 대 일의 비무에선 몰라도 난전을 벌일 경우에는 더욱 그렇지. 그게 우리가 철창을 선호하는 이유요. 난 이 약점을 해결하기 위해서 이 창을 고안해 냈지요."

천유명이 다시 창을 움직였다. 이번에는 위아래로 움직여 돌 바닥을 때리고, 계단을 쳤다. 돌려서 다시 돌 바닥을 때리고 또 한 번 때린 뒤에 처음과 같은 자세로 무영을 겨누었다. 자욱한 먼지가 일어났다가 가라앉았다. 창에 맞아 깨어져 날린 돌가루가 일으킨 먼지였다. 마치 지진이 일어난 후의 풍경 같았다. 돌 바닥은 깨어지고 갈라져 입을 벌리고 있고, 계단은 단 한 번의 타격으로 반이나 부서지고 무너진 채였다. 그러나 창은 멀쩡했다.

"나무로 기본을 삼고 가는 강사(鋼絲)를 감아 만들었소. 이 정도면 강과 유를 겸비했다고 할 수 있겠지요."

그는 창을 내리고 하하 웃었다. 그리고는 웃음기를 거두고 무영을 향해 말했다.

"부군주라고 무시하시진 않겠지요? 단주께 한 수 가르침을 부탁드리오."

무영은 천유명과 은창을 찬찬히 바라보았다. 그리고 말했다.

"나는 가르침을 주지 않는다."

천유명이 얼른 말을 가로챘다.

"단지 죽이려고 싸운다. 이거군요."

그는 웃었다.

"괜찮소. 그럴 작정으로 나오시면 나도 편하지요."

종리매가 일어났다. 그의 눈빛이 분노로 타오르기 시작했다.

"보자 보자 하니까 정말……."

그는 몸에 감았던 사슬을 풀며 아래로 걸어 내려갔다.

"사람을 초대해 놓고 연거푸 시비를 걸어? 얼마나 대단한 실력을 가졌길래 그러는지 이 할아버지가 한번 봐주마."

비정 오호란 2

　주연에 참석한 무영단 사람들 중 종리매만큼 불쾌해하는 사람이 또 하나 있었다. 손지백이었다. 술을 끊은 그에게 술자리에 참석해 앉아 있어야 한다는 것은 고문에 가까운 일이기 때문이었다.
　술은 그에게 오래된 옛 실연의 상처와도 같아서 완전히 잊혀지는 일이란 결코 없고, 그저 오래된 기억의 우물 속에 잠겨 있다가 계기만 있으면 수면 위로 부상해 다시 그를 심연과도 같은 괴로움 속으로 끌고 들어가는 그런 존재였다. 끈끈하고 강인한 수초처럼 발목을 휘감아 당기는 유혹이었다. 한 번 끊는 것으로 끝나는 것이 아니라 매일매일, 생각날 때마다 처음과 같은 결의로 매번 다시 끊어야 하는 것이 술의 마력이었다.
　지금처럼 잔에 담긴 벽록색 술을 보고 그 향기를 맡으면, 사람들의 입술을 적시고 목으로 넘어가는 모습을 보면 그는 헤어진 옛 여인이

다른 남자의 품에 안겨 있는 것을 보는 듯한 괴로움에 잠기게 되는 것이다. 미칠 노릇이 아닐 수 없었다.

그래서 그는 잔뜩 불쾌해진 기분을 해소할 길이 없나 찾던 중에 천유명이 도발을 해오고 종리매가 화를 내자 마침 잘됐다 생각하고 일어나 외쳤다.

"호법께서 직접 나서실 필요도 없습니다. 소관이 하겠습니다!"

좌중의 시선이 그에게 모였다. 그는 기세 좋게 검을 뽑아 들었다. 날은 이미 어두워져 사방에는 횃불이 밝혀져 있었다. 그 불빛을 받은 검이 푸른빛 검기를 뿜어내고 있었다.

종리매가 말했다.

"너로는 안 돼."

손지백이 인상을 찌푸렸다.

"한번 해보겠습니다. 죽으면 그것밖에 안 되는 놈이었거니 하시면 되고요. 호법님 무기가 완전하지도 않잖습니까."

주연에 참석하면서 쇳덩이를 달고 오기도 뭐해서 오늘 종리매가 철구는 떼고 사슬만 감고 온 것을 말하는 것이었다. 종리매도 마주 인상을 썼다.

"그래서 내가 질 것 같다는 거냐? 네가 대신 죽어주겠다고?"

그때 단하에 앉아 있던 누군가가 외쳤다.

"저게 누군지 알겠다! 화산의 파락호, 주귀 손지백 아닌가!"

손지백은 소리 지른 자가 누군지 쳐다보았지만 사람들 틈에 가려져 있어 누군지 알아볼 수가 없었다. 그자가 다시 외쳤다.

"미륵환희종의 계집에게 넘어가 사문을 배신한 얼간이잖나!"

또 다른 사람들이 외쳤다.

"저기 삼류 떨거지 방파 방주였던 혈면염라 최주도 있다!"

"무영단은 쓰레기, 패잔병들이 모인 집단인가 보군!"

손지백은 웃었다. 목소리들로 보아 젊은 녀석들이었다. 그들이 그를 알아볼 리가 없었다. 사전에 무영단 향주들의 면면을 조사하고 입을 맞춰 모욕을 주는 것이 분명했다. 이렇게 되면 더욱 참을 수가 없었다. 그는 검을 천유명에게 겨누고 말했다.

"그래, 화산의 파락호, 배신자 주귀 손지백이 나요. 귀하가 날 두려워 않는다면 한판 창검을 섞어보지 않으시려오?"

천유명은 미소를 머금고 그를 바라보다가 불쑥 말했다.

"건방진 것, 이 몸이 너와 손을 섞을 몸이더냐."

손지백은 다시 웃었다. 소리 내어 자신이 받은 모욕감과 모멸감, 그리고 분노를 표현했다. 그때 무영이 그를 향해 손짓했다.

"앉아라!"

손지백이 외쳤다.

"단주!"

무영이 말했다.

"저 사람이 쓰는 창술을 아나?"

불의의 일격이었다. 손지백은 입을 벌리다 말고 고개를 저었다. 무영이 말했다.

"그럼 앉아라!"

월영이 손지백을 당겨서 앉혔다. 손지백은 하는 수 없이 앉아 자리 앞에 검을 꽂았다. 검병을 잡은 손이 부들부들 떨리고 있었다.

종리매가 천유명의 앞으로 다가갔다.

"덤벼라, 애송이!"

천유명은 무언가 묻고 싶은 거라도 있는 것처럼 무영을 봤지만 때가 아니라고 판단한 듯 종리매를 향해 창을 겨누었다.

"원로인 것을 인정해서 먼저 공격하겠소."

말이 끝나기가 무섭게 그의 창이 직선으로 뻗었다. 종리매는 날파리를 쫓는 것처럼 가볍게 손을 휘둘렀다. 그러나 그의 팔에 감긴 사슬은 가벼운 동작과는 달리 무겁고 파괴적인 소음을 내며 창을 감아갔다. 천유명의 창이 순간적으로 뒤로 빠졌다가 다시 앞으로 뻗고, 옆으로 움직였다가 회전하여 원을 그렸다. 한 동작처럼 신속하면서도 종리매의 사슬에 못지않게 힘이 실린 초식이었다.

연달아 불꽃이 튀었다. 종리매의 사슬을 은창이 막고 때려서 되날려 보내는 과정에서 일어나는 불꽃이었다. 종리매는 팔을 저어 돌아오는 사슬을 감고, 다른 한편으로는 발을 내뻗어 거기 감겨 있던 사슬을 날려 보냈다. 끝에 철구가 달려 있지 않다고는 하지만 사슬 본래의 무게가 있기 때문에 종리매가 날려 보낸 사슬은 강철로 만들어진 구렁이처럼 격렬하게 꿈틀대며 천유명을 향해 날아갔다.

현란하게 움직이던 천유명의 창이 한순간 멈추었다. 천유명은 창을 옆구리에 끼고 철추처럼 강력한 사슬 끝이 사정권 안에 들어올 때까지 석상처럼 멈춰 서 있다가 목 바로 아래까지 육박해 왔을 때에야 움직였다. 단순하고 쾌속한 동작이었다. 그는 창을 수평으로 휘둘러 사슬 중간을 때렸다. 사슬이 다가올 때보다 더욱 빠르게 옆으로 날려갔다. 그리고 종리매를 축으로 한 원(圓) 궤도를 그리며 감겨갔다.

종리매는 튕겨온 사슬의 진행 방향을 따라 몸을 팽이처럼 회전시켰다. 안 그러면 돌아온 사슬에 자신이 감겨서 상처를 입을 수도 있기 때문이었다. 그의 팔다리에 묶인 사슬은 그의 심후한 내공과 오랫동안

다루며 닦은 기술로 손발의 연장(延長)처럼 사용할 수 있는 것이었다. 그러나 손발이 길면 꼬이기도 쉬운 법이다. 네 가닥 쇠사슬을 제대로 사용하기 위해서는 서로 간의 궤적과 동선이 겹치지 않도록 유지하는 것이 절대적으로 필요했다.

지금처럼 적의 힘에 밀려 사슬이 종리매의 의도와는 다른 방향으로, 그것도 엄청난 힘과 속도로 움직일 때는 고도의 집중력과 임기응변의 능력이 필요했다. 그는 마치 네 가닥 긴 손발을 가진 불가사리처럼 회전하며 움직였다. 그 손발 끝에 걸린 탁자가 날아가고 기둥이 부러졌다. 사람들이 분분히 물러났다. 간신히 중심을 잡았을 때 그는 한바탕 아수라장 속에 서 있었다.

천유명이 창끝으로 땅바닥을 톡톡 두드렸다.

"서열 삼십칠위? 흥!"

길게 말하지는 않았지만 종리매의 성질을 폭발시키기에는 충분했다. 종리매의 옷자락이 바람을 불어넣은 것처럼 부풀어 오르고 눈빛이 불타오르기 시작했다. 이미 타버려서 다시는 나지 않는 눈썹과 머리카락, 수염이 있었다면 그것들도 가닥가닥 치솟아올랐을 것이다. 대신 네 가닥 사슬이 네 마리 구렁이처럼 꿈틀거리며 고개를 쳐들었다.

"애송이 놈이!"

종리매의 입술 틈으로 뱀의 혓소리처럼 위협적인 한마디가 흘러나왔다. 천유명도 이런 모습에는 긴장하는 빛을 보였다. 종리매의 엄청난 내공이 그대로 드러나는 광경이기 때문이었다.

종리매는 마치 이글이글 타오르는 불길과 같은 기상을 뿜으며 천유명에게 다가갔다. 천유명은 자칫 한 발 물러서려는 듯한 기색을 보이다가 간신히 버티고 섰다. 그의 창끝이 바르르 떨리고 있었다. 내공은 그가 아래라는 것을 이 순간 그는 느끼고 있었다. 그러나 그에게는 아직 자신이 있었다. 사자무궁을 가장 좋은 성적으로 통과한 이후 단 한 번도 져보지 않은 그의 이력이 자신감의 근거였다.

그는 군주인 정봉이나 금사자군의 군주인 한당에게도 지지 않을 거라고 자신하고 있었다. 한때는 그들이 마교천하를 주름잡던 고수였겠지만 이제는 단지 늙은 사자에 불과한 것이다. 여기 또 하나의 늙은 사자, 아니, 늙은 미치광이가 있다. 그래서? 달라질 것은 없었다. 그에게는 젊음이 있고, 패기가 있고, 고강한 무공이 있었다. 잠시 불리할 수는 있어도 지지는 않을 것이다.

그는 창끝을 움직였다. 기세에 압도되면 안 된다. 선제공격이 최선의 방책일 것이다.

그때 누군가가 그의 창과 종리매 사이에 내려섰다.

"그만!"

하마터면 천유명은 그 사람을 공격할 뻔했다. 그러나 그게 무영인 것을 알아보고 최후의 순간에 그는 창을 멈추는 데 성공했다. 종리매 역시 뒤로 물러서고 있었다.

무영이 말했다.

"그만 하자. 둘 중 하나는 죽는다."

그러면서 천유명을 힐끔 보는 것이 마치 죽는 건 천유명으로 정해졌다는 듯한 눈치로 읽혔다. 천유명은 머리끝까지 분노가 치밀어 올랐지만 천성의 이지로 분노를 억누르고 빙글빙글 웃었다.

"종리 노야의 안위를 걱정한 것으로 이해하겠소."

종리매의 눈이 다시 분노를 띠었다. 그러나 무영이 먼저였다. 무영은 천유명을 차갑게 바라보며 말했다.

"당신은 종리 노야도, 나도 이길 수 없다."

천유명이 어이없다는 듯 무영을 바라보았다. 백 번 양보해서 종리매에게는 조금 밀릴 수 있다. 지진 않겠지만 이기지 못할 수도 있다. 그러나 무영에게는 자신이 있었다. 서열도 고작 백오십위 아닌가. 그 정도라면 충분히 꺾을 수 있는 것이다.

"대단한 자신감이구려. 그 자신감의 근거를 보고 싶다는 게 무리는 아니겠지요?"

무영이 손을 내밀었다. 천유명은 그게 무슨 뜻인지 몰라 잠시 머뭇거리다가 창을 들어 보였다.

"이게 필요하다는 거요?"

무영이 고개를 끄덕였다. 천유명은 창을 던져 주었다. 무영은 한 손으로 창을 받아 가볍게 몇 번 무게를 가늠하는 듯했다. 그리고는 창을 잡고 자세를 취했다.

천유명은 그 모습을 보고 실소를 터뜨릴 뻔했다. 무영의 자세가 마치 처음 창을 잡아보는 사람처럼 어색해 보였던 것이다. 무영이 곧 천천히 움직이기 시작했는데, 그 동작 또한 어색하고 서툴기 짝이 없었다. 그러나 동작이 차츰 진행되자 천유명의 눈빛이 달라지기 시작했다.

처음에 그는 무영이 사자창술을 보고 흉내 내는 것인 줄 알았다. 단순하고도 호쾌하고, 일 보 후퇴 후에 이 보 전진을 거듭하며 거칠게 전진하는 타법은 사자창술과도 비슷해 보였다. 아니, 똑같아 보였다. 그러나 점차 달라지기 시작했다. 비슷했지만 달랐다. 무영의 손이 안정되고 자세가 제대로 잡히기 시작하면서, 그의 손에 잡힌 창이 드디어 살아 있는 생물처럼 움직이기 시작하면서 그가 펼치는 창술은 사자창술과 비슷하지만 전혀 다른 어떤 것, 오래전 잊혀진 고대의 생물처럼, 신화 속의 영수처럼 솟아올라 천지를 제압하는 그런 창술임이 드러났다.

 멈추었다가 전진하고, 작은 원을 그렸다가 직선으로 뻗었다. 땅바닥을 두드리는가 하면 허공을 긁었다. 그건 사자, 아니, 호랑이의 움직임을 닮았다. 오랫동안 웅크리고 있다가 고요히 움직이고, 한순간 폭발적으로 뛰어올라 일격에 사냥감을 쓰러뜨리는 움직임이었다. 속도가 빨라지고 창의 움직임이 현란해지기 시작하자 호랑이는 한 마리에서 두 마리로, 두 마리에서 네 마리로, 거기서 다시 여덟 마리로 늘어난 듯했다. 무영의 창들은 호랑이들의 군무(群舞)를 그리는 듯했다.

 단주들 중 누군가가 속삭임처럼 중얼거렸다.

 "오호란(五虎亂)……!"

 벼락이 떨어져 내리는 것처럼 한순간에 무영의 동작이 멈추었다. 그의 손에 들린 창은 방금 소리난 곳을 향해 길게 내밀어져서 가늘게 떨리고 있었다. 불빛에 비친 창끝이 예리한 광채를 발했다. 무영의 보석 눈은 오색 신비한 빛을 뿜어내었다. 사람들은 그 빛에 홀린 듯 무영을 보고, 그 눈빛을 따라 창끝이 가리키는 곳으로 시선을 움직였다. 거기엔 초로의 늙은이 한 사람이 앉아 있었다. 은빛 투구와 갑옷을 보면 은사자군의 부단주급 무사 중 하나임을 알 수 있었다.

 "그래, 오호란이다. 그걸 아는 넌 누구냐?"

 초로의 부단주는 장내의 시선이 집중하자 적잖게 당황하는 눈치였다.

 "나, 나는……."

 "대답할 필요 없다!"

천유명이 외쳤다. 무영은 그를 힐끔 보고는 창을 던져 주었다. 천유명이 엉겁결에 창을 받아 드는 순간 무영이 몸을 날렸다. 그는 사람들의 머리 위를 건너 뛰어 탁자를 밟고 다시 뛰었다. 천유명이 뒤늦게 무영의 뒤를 따라 달려갔다. 무영이 한 번 더 탁자를 밟고 뛰어서 초로의 부단주 앞에 내려서려는 순간 천유명이 그 뒤를 따라 창을 뻗어갔다. 그때 밤하늘을 가르는 유성처럼 한 사람이 천유명의 앞으로 떨어져 내렸다. 그러면서 천유명이 뻗은 창대를 잡고 비틀었다.

천유명은 본능적으로 창을 잡은 손에 힘을 주었다. 그러나 창을 통해 전해진 힘은 부드러우면서도 완강하고, 대하의 흐름과도 같이 도도해서 그가 저항할 수 있는 수준의 것이 아니었다. 그는 창과 함께 허공으로 떠올라서 내동댕이쳐졌다. 탁자가 부서지고 술과 음식이 쏟아졌다. 그는 부서진 탁자 조각 위에 누워 그를 내던진 사람을 멍하니 바라보았다.

철갑마였다. 온통 철갑을 두르고 있다는 그 특이한 모습 외에는 조금도 주목을 끌지 못하던 자가 천유명을 어린아이처럼 한 손으로 내던져 버린 것이다. 그는 잠시 자신이 어디 있는지도 모르는 듯 멍청한 표정을 하고 있다가 갑자기 고함을 지르며 철갑마에게 덤벼들었다. 어느새 그의 손은 허리에 찬 요도(腰刀)를 뽑아 들고 있었다. 코끼리의 상아처럼 가늘고 길게 휘어진 칼이었다.

철갑마는 천유명의 요도가 자신을 베어오는 것을 보고 있다가 그 칼그림자 속으로 뛰어들어 칼을 쥔 손목을 잡아당기고 한 발로는 천유명의 발목을 받쳤다. 천유명의 몸이 붕 뜨더니 철갑마를 넘어서 저만치 떨어진 곳에 날아가 떨어졌다.

무영은 철갑마가 천유명을 막아선 사이 초로의 부단주 앞에 내려서서 한동안 노려보았다. 그러다가 손을 뻗어 부단주의 투구를 벗겼다. 부단주는 뱀 앞에 선 개구리처럼 꼼짝도 못하고 있었다. 대머리였다. 그냥 대머리가 아니라 이마 윗부분이 화상을 입은 것처럼 타고 일그러져 있었다.

무영이 말했다.

"계인(契印)?"

화상 자국은 소림화상의 표지인 정수리의 여덟 개 계인을 지운 흔적이라고 본 것이다.

초로의 늙은이는 대답하지 않았다. 그저 괴로운 듯 눈을 감을 뿐이었다. 무영은 가만히 바라보다가 다시 투구를 씌워주고 돌아섰다. 그의 눈앞에서 천유명이 다시 철갑마에게 덤비려 하고 있었다. 무영이 외쳤다.

"그만!"

천유명이 멈춰 서서 그를 보았다. 은빛 번쩍이던 투구는 어디론가 날아가 버리고 없었다. 은빛 찬란하던 갑옷도 음식물 찌꺼기와 흙에 더럽혀져 있었다. 상기된 얼굴에는 천유명이 시종일관 내비치던 자신감과 당당함을 잃고 처참하게까지 보였다.

"당신은 날 이길 수 없다고 말했다. 이제 이유를 알겠나?"

천유명의 얼굴이 일그러졌다. 사자군림가가 요서로 온 이후 자신있게 만든 창술이 알고 보면 소림무술의 변형에 불과하다는 것을 들킨 당혹감 때문이었다. 오호란은 소림곤법 중에서도 핵심 중의 핵심, 비전 중에서도 비전이라 어지간한 사람은 그 이름조차 알 수 없었던 무공이었다. 그걸 전해준 사람은 소림사 멸문 당시 간신히 살아남아 그들에게 투항한 소림사 십팔나한(十八羅漢) 중 한 사람인 광법(光法) 화상이었다. 방금 무영이 다그치던 그 초로의 부단주.

 천유명은 사자무궁에 있을 때 무공에 특출한 재능을 보이는 몇몇에게만 심화된 무공 수련을 시키는 자리에서 광법이 시전해 보이는 오호란을 본 일이 있었다. 훌륭한 곤법이었다. 그러나 그것을 개량한 사자창술은 더욱 훌륭했다. 그건 당연한 일이 아닌가. 더 못해진다면 개량이라고 할 수 없을 테니까.

 그러나 지금 그 생각은 박살이 났다. 광법이 펼쳤던 오호란은 방금 무영이 보여줬던 오호란에 비하면 흉내 정도에 불과했다. 조악한 복제품에 불과했다. 다른 사람은 몰라도 그의 안목으로는 그걸 충분히 알아볼 수 있었다. 처음의 어색하고 서툰 동작은 창으로 곤법을 시전했기 때문일 것이다. 적응이 된 이후에 보여준 오호란은…… 천유명은 죽도록 인정하고 싶지 않았지만 거기에는 정통의 무게가, 소림비전의 가공할 위력이 있었다.

 물론 무영의 오호란이 대단한 위력을 가지고 있다고 해서 사자창술에 이길 수 있다고는 생각하지 않았다. 문제는 무영이 오호란의 투로를, 그 이념을 충분히 알고 이해하고 있다는 점이었다. 그런 사람에게 조악한 복제품인 사자창술을 사용한다는 것은 다음 수를 모두 읽힌 상태로 싸운다는 것이나 다름없었다. 그러므로 무영은 천유명이 그를 이기지 못한다고 단언할 수 있었던 것이다.

 천유명은 문득 눈을 빛냈다. 무영의 약점 한 가지를 잡은 것 같았다.

 "단주는 어떻게 오호란을 알고 있는 거요? 마도천하에서 정종 핵심 무공의 수련은 금지되어 있음을 아시오?"

 종리매가 다가오며 소리 내어 웃었다.

 "오호란을 변형시켜 창술을 만든 사자군림가가 그런 걸 따질 자격이 있느냐?"

무영이 말했다, 한마디도 더 말을 걸 수 없도록 단호하고도 냉정하게.

"대접은 잘 받았다."

무영을 필두로 무영단의 사람들이 통천루를 빠져나갔다. 천유명은 그 모습을 바라보며 이를 갈았다. 평생 처음 맛보는 수치와 좌절감이 그를 사로잡고 있었다. 보는 사람이 없었다면 광분하거나 쓰러졌을지도 모른다.

"재미있는 주연이었다."

한굉이 수하 단주들을 이끌고 그의 앞을 지나가며 말을 던졌다.

"그런데 너는 철갑마라는 자가 사용한 무공이 무당금나수인 것은 알아보지 못했나 보구나."

천유명이 고개를 들었을 때 한굉은 이미 등을 보이고 있었다.

"소림, 무당무술을 선보이다니…… 간이 떨어지는 줄 알았네."

돌아가는 길에 종리매가 그렇게 말하자 월영이 말을 받았다.

"잘 상대하셨잖아요. 소림무술을 연구해서 자기들 무공으로 만든 게 명백한 이상 그들도 따질 계제가 못 되죠."

종리매가 기분 좋게 웃었다.

"임기응변이긴 했지만 훌륭했지?"

그는 곧 표정을 가다듬고 진지하게 말했다.

"사자군림가는 마교의 수호자라는 자부심을 자랑으로 삼는 자들인데, 그들조차 정종무공을 받아들였을 줄은 몰랐다. 이렇게 된 이상 다른 종파들은 안 봐도 뻔하지. 더 이상 정종무공이니 뭐니 따질 이유가 없는 걸지도 모르겠다."

월영이 고개를 끄덕였다.

"종사께서도 그걸 알고 단주님이 정종무공을 사용하는 걸 버려두셨는지도……. 그나저나 오늘 그 천가는 제법이었지요? 종리 노야와도 맞상대를 할 수 있는 수준이었잖아요."

그녀는 종리매의 표정이 굳어지는 것을 보고 얼른 덧붙였다.

"물론 그냥 됐으면 종리 노야의 손에 목이 비틀려 죽었겠지만요."

종리매는 월영을 꾸짖으려 준비하던 말을 목구멍에 와서 천유명에게 향하는 것으로 바꾸어 내뱉었다.

"그 족제비 같은 놈!"

월영은 깔깔 웃었다.

"과연 족제비처럼 경박하고 음흉하고 음험하더군요. 적절한 비유예요. 그럼 어제 본 한굉은 어떻게 생각하세요?"

종리매가 대답했다.

"언뜻 보면 곰같이 우직해 보이지? 실제로는 곰 흉내를 내는 너구리에 불과하다. 그놈도 음흉하긴 마찬가지야."

월영이 고개를 끄덕이고 말했다.

"금은동철 순서대로라면 내일은 동사자군의 초대가 있어야겠지만 그들은 지금 출동 중이라더군요. 그럼 철사자군이 초대하겠지요? 그곳의 부군주는 야율… 지용이라는 이름이었죠. 거란족인가 보군요."

그녀는 야율지용의 모습을 떠올리는 듯 눈을 깜박이더니 미소를 지으며 말했다.

"제법 미남이라 호감이 가던데, 그 사람은 어떤지 모르겠군요."

종리매가 말했다.

"안 봐도 뻔하다. 여우야."

그는 밤하늘을 바라보며 짐짓 한숨을 내쉬었다.

"족제비에 너구리에 여우라……. 사자군림가의 앞날도 뻔하구나. 사자 굴에 사자는 없고 조무래기들만 있으니 말이다."

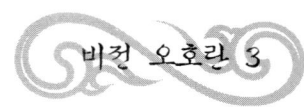

비전 오호란 3

어둠 속에서 눈을 떴다. 여기는 어딜까? 왜 잠이 깼을까? 그래, 여기는 철령위성 숙소의 내 방이지. 누군가가 침입해 들어오고 있다. 경각심이 일어나 잠이 깼군.

눈을 한 번 깜빡이자 사태가 파악되고, 다시 한 번 깜빡이자 일어난 지 한참 된 것처럼 멀쩡한 정신이 된 것은 무공을 익히지 않은 사람, 익혔다 하더라도 경지에 이르지 못한 사람은 결코 흉내 낼 수 없는 일이리라.

무영은 침상에 누워 가만히 기다렸다. 들창문이 움직이는 기색을 느낄 수 있었다. 그 한 가지 일을 반 각에 걸쳐서 천천히, 그러므로 소리도 없이 하고 있지만 그는 눈으로 보듯이 그것을 느끼고 있었다. 다시 반 각의 시간이 흘렀다. 이번에는 들창문 안쪽의 격자창문이 열리고 있었다. 겨우 사람 몸 하나가 빠져나갈 수 있을 정도의 틈이 만들어지자 소리도 없이 한 사람이 기어들어 왔다. 흑암처럼 깊은 방 안의 어둠 속으로 밤처럼 어두운 야행복(夜行服)과 복면을 한 사람이 스며들듯 기어들어 오고 있었다.

침입자는 방 안으로 들어오고서 다시 일각의 시간을 보내었다. 벽에 가만히 붙어서 이 어둠에 눈이 익숙해지기를, 그리고 방 안의 호흡과 기류의 움직임을 파악하기를 원하며 기다리고 있는 듯했다. 보통 사람이라면, 아니, 어지간한 고수라도 이런 식이면 뭔가 심상찮은 낌새 때문에 깨어났더라도 다시 잠들고 말 것이다.

침입자가 움직이기 시작했다. 맨발, 아니면 소리나지 않도록 천으로 된 신발을 신고 있는지 소리도 없이 걸어서 무영의 침상으로 다가오고 있었다. 암살을 하려고 왔다면 이쯤에서 비수를 꺼낼 것이다. 아니, 이미 꺼내서 입에 물고 있을지도 모른다. 그런데 침입자는 무영의 이런 예상을 깨고 그냥 맨손을 내밀고 있었다. 목을 조르려는 건가? 설마? 무영은 침입자의 손이 목에 닿기 직전에 번개처럼 움직여 침입자의 손목을 잡았다.

침입자는 크게 놀랐을 것임이 분명한데도 소리를 내지 않았다. 대신 다른 손으로 무영의 팔뚝을 그으려 들었다. 무영은 침입자의 무기가 뭔지 알 수 있을 것 같았다. 그는 무당금나수의 한 수를 발휘해서 침입자의 손목을 비틀어 던져 버렸다. 그리고 침상에 책상다리를 하고 일어나 앉았다.

침입자는 날려가서 무엇인가에 부딪쳤다. 벽? 그는 고무공처럼 튀어서 무영을 다시 한 번 공격하거나 창문을 찾아 뛰쳐나가려 했다. 그러나 그가 부딪친 벽은 팔을 가지고 있었다. 강철 족쇄처럼 단단한 손도. 침입자는 어둠 속에 석상처럼 서 있던, 그래서 방 안에 있는 줄도 몰랐던 철갑마에게 양팔을 제압당해 버렸다.

어둠 속에 불이 밝혀졌다. 무영은 불상처럼 손가락을 들어 올리고 있었고, 그 손가락 끝에서 불꽃 한 송이가 피어오르고 있었다.

철갑마는 침입자의 양 손목을 뒤로 돌려 한 손으로 제압하고 다른 한 손으로 복면을 벗겨 버렸다. 불빛 속에 침입자의 얼굴이 드러났다. 목까지 겨우 오도록 짧게 자른 머리카락이 드러나고 하얀 얼굴이 보였다. 여자 아이의 얼굴처럼 예쁘장한 용모였다. 아니, 여자 아이였다. 침입자는 은사자군의 연회에서 요술을 보여주었던 소녀 장수, 동가기였다.

무영은 잠시 그녀를 바라보다가 철갑마에게 말했다.

"놓아줘."

족쇄가 풀렸다. 동가기는 추호의 망설임도 없이 창문으로 몸을 날렸다. 철갑마가 유령처럼 움직여 창문을 막았다. 동가기는 팔뚝에 꽂아 두었던 비수를 꺼내 혼신의 힘을 다해 철갑마의 가슴을 찔렀다. 가슴 중앙이 아니라 흉갑과 견갑(肩甲), 즉 어깨 보호대가 연결되는 바로 그 부분이었다. 그것도 겨드랑이 쪽으로 찔러 넣어 전투력을 상실하게 만들려는 한 수였다.

하지만 철갑마는 어깨를 조금 움직이는 것으로 간단하게 그녀의 공격을 흘려 버리고 불가사의한 각도에서 손을 뻗어 그녀의 손목을 낚아챘다. 그녀가 어떻게 된 영문인지도 모르고 날려졌다가 정신을 차렸을 때 그녀는 침상 위, 무영의 앞에 머리를 처박고 있었다.

무영이 그녀의 손을 뒤로 꺾어 잡고 들여다보더니 말했다.

"독조(毒爪)."

손가락에 강철 손톱을 끼우고 있다는 것을 알아본 것이다. 불빛 아래 푸르게 번질거리는 모습으로 보아 독을 바른 것이리라. 무영은 불꽃 한 송이를 피우고 있던 그 손가락을 가볍게 튕겼다. 불꽃은 침상 머리맡에 있던 촛불로 옮겨졌다. 그렇게 해서 자유로워진 손으로 그는 동가기의 강철 손톱들을 하나씩 뽑아 던지며 물었다.

"누구의 명령이냐?"

동가기는 발버둥 칠 생각도 하지 않았다. 아니, 할 수가 없었다. 무영에게 단지 한쪽 손목만 제압당했지만 가공할 내력이 전해져서 꼼짝도 할 수 없었다. 그녀는 입술을 깨물고 있다가 불쑥 말했다.

"명령한 사람은 없다. 내 뜻이다."

무영은 아무런 말도 하지 않았다. 그녀의 다른 손을 잡고 거기 끼워진 강철 손톱을 하나씩 제거할 뿐이었다. 동가기가 말했다.

"너는 가주를 모욕하고 군주와 부군주에게 수치를 주었다. 사자군림가의 무사라면 누구든 널 죽이고 싶어한다. 내가 제일 먼저 나섰을 뿐이다."

무영은 그녀의 손목을 잡아 올렸다. 무영이 거구는 아니지만 동가기는 그보다도 작았기 때문에 팔을 위로 한 채 상반신이 딸려 올라올 수밖에 없었다. 그녀는 곧 무영의 눈앞에 대롱대롱 매달린 것처럼 얼굴을 대하고 있어야 했다. 무영의 성한 한쪽 눈은 냉정하게 그녀의 눈동자와 마주하고, 오색찬란한 보석 눈은 그녀의 마음을 들여다보는 듯했다. 그녀는 자기도 모르게 피하려 하는 시선을 고정해 두기 위해 안간힘을 써야 했다.

"천유명인가?"

그게 가장 당연한 추측이었다. 천유명의 뜻을 받들어 재주를 보여주었으니 암살 시도도 그의 뜻이거나, 적어도 그를 위해 한 행동일 것이다. 그러나 동가기는 부정도, 긍정도 하지 않았다. 입술을 깨물고 있는 모습에서 결코 자백하지 않겠다는 결의가 강하게 풍겨 나왔다.

무영은 그녀를 놓아주었다.

"가라."

동가기는 침상에서 굴러 떨어져 바닥에 뒹굴었다. 그렇게 바닥에 주저앉은 채 그녀는 무영을 올려다보며 말했다.

"동정이냐? 동정은 바라지 않는다. 죽여라."

무영은 잠자코 그녀를 바라보았다. 아무런 감정도 담기지 않은, 바라보고는 있지만 그녀 따위는 보이지도 않는다는 듯 무심한 눈빛이었다. 그러다가 그가 말했다.

"가라."

그는 천천히 옆으로 누웠다. 얼른 내보내고 다시 잠이나 청하겠다는 듯한 모습이었다. 동가기는 일어나서 창문을 향해 걸었다. 그러다가 갑자기 돌아서서 말했다.

"할 말이 있어요."

남자 같던 말투가 변했다. 경계심으로 단단히 뭉쳐 있던 기세도 약간은 풀려 있었다. 한 꺼풀 긴장감마저 벗겨내면 소녀다운 풋풋함이 살아날 것 같은 모습이었다. 무영이 고개를 끄덕였다. 동가기는 철갑마를 가리켰다.

"저 사람은 나가 있게 해주세요."

무영은 그녀의 진의를 파악하려는 듯 잠시 바라보다가 철갑마를 향해 말했다.

"나가 있어라."

철갑마가 그 말에 응해 문을 열고 밖으로 나갔다. 문이 다시 닫히자 동가기는 잠시 망설이는 듯하더니 상의의 어깨 부분에 있는 옷고름 세 개를 풀었다. 그리고 상의를 위로 끌어올려 벗어버렸다. 다음은 하의였다. 허리를 숙여 발목 부분을 묶은 끈을 풀고 허리띠를 풀었다. 그녀의 바지가 흘러내리고 짧은 속옷이 드러났다. 그녀는 그것마저 벗어버렸다. 일렁이는 촛불 불빛 아래 아직은 덜 성숙한 소녀의 나신이 드러났다.

열리지 않은 꽃봉오리처럼 솟아오르다 만 것 같은 작은 가슴과 밋밋한 허리의 곡선, 작은 엉덩이, 솜털만 조금 자란 것 같은 소녀의 숲까지. 성숙한 여인의 그것과는 아주 다른 느낌을 주는 육체였다. 그런 모습을 잠시 보여주다가 동가기는 무영 앞에 꿇어 엎드렸다.

"소녀, 단주님의 위용에 반해 몰래 침입하기에 이르렀습니다. 시험한 것을 용서하시길."

가냘픈 어깨 중앙에서 약간씩 도드라진 척추의 흔적이 엉덩이를 향해 달리다가 작은 복숭아 같은 둔덕 사이 계곡으로 숨어드는 모습을 무영은 찬찬히 바라보고 있었다.

동가기가 고개를 들었다. 그녀의 눈가에 반짝이는 것은 눈물인가, 이슬인가?

"단 한 번밖에 못 뵈었으나 사모하는 마음이 뼈에 사무치고 마음에 깊이 새겨져 수치도 잊고, 무례도 아랑곳하지 않게 되어 이렇게 왔습니다. 삼가 받아주시기를 간청하나이다."

무영이 손을 뻗었다.

"이리 와라."

동가기가 믿지 못하겠다는 듯 그를 바라보다가 무릎걸음으로 다가왔다. 무영이 손을 뻗어 그녀의 허리를 감아 올렸다. 동가기는 수줍은 듯 그의 품에 안겨들었다. 소녀의 냄새가 무영의 코를 자극했다. 여인이라고도, 아니라고도 말할 수 없는, 채 피지 않은 꽃의, 풀잎과도 비슷한 풋향기였다. 그 너머에 감도는 약한 향기는 또 무엇일까?

무영의 숨결이 그녀의 귓불에 닿았다. 그녀는 몸서리를 치듯 잠시 부르르 떨다가 무영의 팔 안에서 맥을 놓았다. 숨결은 뺨을 거쳐 입술로 움직였다. 무영의 입술이 그녀의 입술을 찾았다. 다시 한 번 경련이 있고, 동가기는 입술을 허락했다. 가볍게 벌어진 틈으로 무영의 혀가 파고들었다.

무영의 손은 동가기의 등을 어루만지고 있었다. 작은 어깨에서 시작해서 목덜미로 옮겨갔다가 척추의 흔적을 따라 조금씩 미끄러져 내려가고, 멈추었다가 다시 내려갔다. 소름이 돋은 작은 엉덩이는 무영의 한 손에 잡혔다. 그리고 엉덩이 사이로 손가락이 미끄러져 들어갔다.

동가기는 벼락이라도 맞은 것처럼 굳어졌다. 그녀의 손은 무영의 벌거벗은 가슴에 대어진 채 움직이지 않았다. 그러나 곧 정신을 차린 듯 그녀 또한 무영의 하반신으로 손을 옮겼다. 단단한 근육을 더듬으며 내려가던 그녀의 손가락이 속옷 안으로 파고들 찰나에 무영은 그녀를 떼어냈다. 그는 깨어지기 쉬운 구슬을 다루듯 가볍게 그녀를 침상 아래로 밀어냈다. 그리고 자신은 이불을 덮었다.

"왜, 왜……?"

영문을 모른 듯 동가기는 멍하니 입을 벌리고 무영을 바라보았다. 무영이 손을 저었다.

"가라."

동가기가 무언가 말하려는 듯 입을 달싹이자 무영이 경고했다.

"더 이상의 거짓말은 용서하지 않는다. 가라!"

그녀는 충격을 받은 것처럼 멈춰 서서 그를 바라보다가 곧 입술을 깨물고 옷을 주워 걸쳤다. 그리고는 뒤도 돌아보지 않고 창문을 빠져나가 이제 막 밝아오기 직전인 새벽의 어둠 속으로 사라졌다.

무영은 그제야 편하게 침상에 누웠다. 가벼운 시험이 몇 가지 사실을 알려주긴 했지만 동가기의 정체와 의도에 대해서는 여전히 추측하기 힘들었다. 그는 동가기가 아직 남자 경험이 없다는 것, 그리고 그에게 몸을 바치겠다는 말이 거짓이라는 것을 확신하고 있었다. 그건 가벼운 몇 번의 자극만으로도 충분히 알 수 있었다. 색공은 괜히 배운 게 아닌 것이다.

하지만 그녀가 처녀라는 것, 거짓말을 하고 있다는 것만으로는 아무 것도 밝혀지지 않는다. 정사 도중에 다시 한 번 암살을 시도하려 했던 것일까? 그럴 수도 있었다. 어쨌든 그녀는 암살을 시도하려고 했고, 실패했다. 하지만 왜? 누구의 명령으로?

그는 동가기가 자발적으로 왔다는 것을 믿지 않았다. 역시 천유명의 지시에 따른 것일 가능성이 가장 높았다. 하지만 천유명이 그 정도로 어설픈 자였던가. 실패할 게 뻔한 자객행을 지시할 정도로?

알 수 없었다.

문득 무영은 자신이 발기한 상태라는 것을 발견했다. 이건 야기(夜氣), 즉 새벽이 밝아오기 직전에 가장 충만한 음기가 그를 자극해서가 아니었다. 동가기의, 소녀의 기운이 자극한 때문이었다. 그는 문득 매소봉을 기억했다. 엊그제 월영이 말했던 것처럼 여자가 그리워질 때가 되긴 한 모양이었다.

무영은 일어나 앉아 운기조식에 들어갔다. 흥분은 금세 가라앉았다.

여자가 그립다고?
무영은 부정했다.
매소봉이 그리운 것일 터이다.

제54장
뭉케 텡그리

▍사람이란 누군가를, 혹은 무언가를 믿어야 살 수 있는 것일까?
　　　　　　사람이란 약한 존재니까

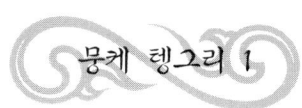

뭉케 텡그리 1

네메세테 아타르슈 마즈다오 아후라헤 후다오 마지슈타 야자타!
네메세테 아타르슈 마즈다오 아후라헤 후다오 마지슈타 야자타!
네메세테 아타르슈 마즈다오 아후라헤 후다오 마지슈타 야자타!

'만세, 오, 아후라 마즈다의 불이여. 오, 자비가 넘치는 가장 위대한 영혼의 보호자여' 라는 뜻의 주문을 세 번 외는 것으로 무영단의 열양신공 수련은 끝났다. 이틀간의 휴식을 끝내고 첫 수련을 열양신공으로 시작한 것이다. 출신도 다르고 무공 수련 내력도 제각각인 무영단 무사들이지만 이화태양종 내공 수련의 기초라 할 열화심공은 누구나 거쳤기 때문에 이단계인 열양신공으로 바로 넘어갈 수 있었다.

교두는 황씨 사 형제 중 맏이인 황천이었다. 독실한 배화교 신도답게 수련의 시작과 끝을 기도와 주문으로 한다는 게 좀 문제였지만 어렸을 때부터 이화태양종 독문내공을 수련해 와서 종리매를 제외한다면 그들 중 가장 정확하고 정순하게 열양신공을 익혔고, 따라서 가장 정확하게 가르쳐 줄 수 있다는 장점이 있었다.

심지어는 무영조차도 그의 가르침을 들으면서 그동안 잘못 이해하고 있던 것을 깨우칠 정도였다. 그의 열양신공은 누군지도 모르는 자에게 들은 것을 무공도 모르는 헤이아치가 더듬더듬 전해줘서 익힌 것이 아니었던가. 물론 그 후에 종리매에게 다시 제대로 배우긴 했지만 그건 열양신공 자체에 무게가 실린 것이 아니라 태양신공을 익히기 위해 간단하게 점검하는 정도에 불과했던 것이다.

내공심법이라는 것이 묘해서 일부를 잘못 알고 있다거나 잘못 이해하고 있다고 해서 당장 큰 문제가 생기는 것은 아니다. 어느 정도까지는 제대로 된 내공심법과 유사한 효과를 얻기도 하고 진보를 보이기도 했다. 하지만 잘못된 방식으로는 내공이 쌓이면 쌓일수록 점점 진보가 느려지고, 어느 단계 이상으로는 진보할 수 없게 되어버리는 것이다. 그걸 넘어서 억지로 진행하다 보면 주화입마라는 치명적인 결과를 맞게 될 수도 있었다.

무영도 열양신공 팔단계에 이르러 태양신공으로 넘어갈 수 있었고, 상급 신공인 태양신공을 연성한 덕분에, 그리고 소림과 무당의 내공심법들이 기초를 받쳐준 덕분에 열양신공이 십단계까지 올라가긴 했지만 아직 십이단계 대성은 하지 못한 상태였다. 그동안은 별 필요를 느끼지 못해 잊고 있었지만 황천이 초보적인 입문 단계에서부터 차근차근 가르쳐 주는 것을 옆에서 보다 보니 자기도 모르게 열양신공의 수련이 한 단계 뛰어오르는 것을 느낄 수 있었다.

그래서 그는 개인적인 감사의 마음까지 담아 황천의 수고를 치하했다. 황천은 무영의 이야기를 듣고 빙그레 웃으며 손바닥으로 하늘을 떠받치는 시늉을 했다.
"지혜롭고 인자한 태양의 신 미트라께서 가호하신 덕분입니다."
감히 손가락으로 가리키지도 못하는 공경의 대상, 태양신 미트라에게 공을 돌리는 것이다. 무영은 흥미롭게 그를 바라보다가 말했다.
"신도가 늘었다지?"
무영단은 무저갱 출신의 죄인들이 반, 배화교 신도들이 반으로 이루어진 집단이다. 초기에 종리매나 월영 등이 염려했던 것은 이 두 이질적인 세력들이 반목할 거라는 것이었다. 그보다는 덜했지만 적잖은 불안을 가지고 있었던 것은 배화교 신도들이 무저갱 출신의 무뢰한들에게 영향을 받아 타락하는 것이었다. 나쁜 물은 쉽게 드는 법이 아니었던가.
그런데 지금까지 진행되어 온 바를 보면 그 역의 현상이 벌어지고 있었다. 무저갱의 무뢰한들이 배화교 신도로 귀의하는 경우가 늘어나고 있는 것이다. 그렇다고 하루아침에 독실한 신도가 되어 엄격한 계율을 지키게 되는 것은 아니었지만 어색하나마 하루 세 번의 예배에 동참하고 남들이 안 볼 때 혼자 주문을 외우는 경우도 심심찮게 발견된다는 월영의 보고가 있었다.
황천은 겸손한 미소를 지으며 고개를 끄덕였다.
"그렇습니다."
"좋은 일이다."
무영의 짧은 말을 듣고 황천은 가만히 바라보다가 말했다.
"단주님도 교우(敎友)시잖습니까."
무영은 잠시 침묵하다가 말했다.

"난 엉터리다."

황천은 고개를 저었다.

"단주님은 교주님과 대제사장님이 아샤와 보흐만의 가호를 빌어주는 가운데 '아타시 바흐람', 승리의 불 앞에서 입교하셨습니다. 같은 교도라고 해도 그런 영광을 누리는 사람은 흔치 않습니다. 아샤는 구원자이고 보흐만은 지혜의 신입니다. 언젠가 단주님께도 절대자 아후라 마즈다의 뜻을 깨우치는 지혜가 강림할 것입니다. 그땐 교도 중의 교도, 불 중의 불이 될 것입니다. 저는 그렇게 믿습니다."

무영은 가만히 듣고 있다가 물었다.

"아타시 바흐람이란?"

"승리의 불이란 뜻입니다. 그날 성전 제단에 피워진 불을 그렇게 부릅니다. 일반 교도는 감히 바라보지도 못하는 신성한 불이죠."

"왜 내가 교도 중의 교도, 불 중의 불이 될 거라고 믿나?"

황천의 근거없는 확신이 이상할 정도라서 물은 것인데 그 이유는 어이없을 정도로 단순했다.

"대제사장께서 그렇게 말씀하셨습니다. 절대자 아후라 마즈다는 우리 북해의 태양종을 위해 사자를 내려보내신다. 그 사자는 교주님을 도와 세상을 바르게 하고 만민을 구원할 것이다. 오래전 대제사장께서는 그렇게 예언하셨죠. 단주님이 흑풍단을 진압하고, 빙궁을 격파하고, 유명종까지 괴멸시키셨을 때 저는 그 사자가 바로 단주님이라고 확신했습니다."

무영은 고개를 저었다.

"혼자 한 게 아니다. 내가 한 일은 극히 적다."

솔직한 말이었고 사실이었지만 황천은 고집스러웠다. 아니, 확신과 종교적 열정에 완전히 경도되어 있었다.

"무엇보다 확실한 증거는 단주님의 눈입니다."

그는 무영의 보석 눈을 말하고 있었다.

"불과 빛의 정화를 달고 계시잖습니까. 그런 사람은 이전에도 없었고, 앞으로도 없을 것입니다."

무영은 씁쓸한 미소를 떠올렸다. 황천과 긴 이야기를 나누는 것은 처음이었다. 그런데 막상 대화를 해보니 이건 도저히 말릴 수 없는 광신도 아닌가. 어쩌면 이 사람뿐 아니라 무영단의 배화교도 모두가 비슷한 생각을 하고 있을지도 모른다. 즉, 그를 신의 사자로 생각하고 목숨 바쳐 따르고 있을지도 모른다는 생각이 문득 떠올랐다. 그래서 질문했다.

"다른 사람들도 나를 그렇게 보나?"

"물론입니다."

씁쓸한 입맛이 더욱 짙어졌다. 입에서 시작해서 가슴까지 씁쓸하고 무거워질 지경이었다. 알고 보니 그는 여태 신의 사자를 따르는 광신도들의 집단을 이끌고 있었던 것이 아닌가. 게다가 그 광신도들은 무뢰배 악한들까지 선도해 가며 세력을 넓히는 중이었다. 무영은 막막한 기분으로 황천의 순진한 듯, 뜨거운 듯한 눈을 바라보다가 옆에서 미소를 지으며 바라보고 있던 종리매를 향해 말했다.

"사람이란 누군가를, 혹은 무언가를 믿어야 살 수 있는 것일까?"

종리매가 조금의 망설임도 없이 고개를 끄덕였다.

"사람이란 약한 존재니까."

무영은 그 뜻을 잠시 생각하다가 말했다.

"이곳 사람들도, 흑사광풍가 사람들도 무언가를 믿겠군."

황천이 대신 대답했다.

"텡그리입니다."

언젠가 들어본 단어였다. 무영은 잠시 기억을 더듬어보고 저 '텡그리'라는 말을 어디서 들었는지 기억해 냈다.

"바이칼 달라이에 갔을 때 그곳 사람들이 비슷한 신을 신봉한다고 했다. 거기선 '텐그리'라고 했던 것 같다."

"같은 말입니다. 텐그리, 텡그리, 둘 다 하늘, 혹은 하늘의 신이라는 뜻입니다. 호칭할 땐 보통 맹귀 텡그리, 혹은 뭉케 텡그리라고 합니다. 앞의 것은 저 몽고 서쪽 지역의 말이고 뒤의 것은 몽고 쪽 말입니다. 영원한 하늘이라는 뜻이죠. 그 하늘을 대리하는 건 샤먼입니다."

샤먼. 무당이라는 뜻의 투르크 말이었다. 몽고에서도 샤먼, 혹은 샤몬이라고 부르는데, 그들 몽고인, 그리고 여기 요서의 거란족, 돌궐족들도 샤먼과 그가 대리하는 텡그리를 믿는다는 뜻이었다.

"과거 칭기즈칸이 도교도 받아들이고 라마교도 받아들였고, 심지어 경교(景敎:기독교 네스토리우스파)도 받아들였지만 아직도 가장 세력이 강하고, 거의 모든 몽고인들이 믿는 건 텡그리입니다."

황천은 말을 멈추고 머뭇거리더니 얼굴을 붉히며 말했다.

"이 모든 이야기는 곽대우 행수가 말씀해 주신 것입니다. 제 말이 아니지요."

무영은 고개를 끄덕였다. 곽대우의 말이라면 믿을 만했다. 모든, 아니, 대부분의 사람이 누군가, 무언가를 믿어야 살 수 있다면 몽고인들이 텡그리를 믿는다, 샤먼이 그걸 대리한다고 하는 점을 알아두는 것은 도움이 될지도 모른다. 황천을 비롯한 황씨 형제들, 그리고 배화교도들이 신을 위해 목숨을 바친다면 몽고인들 또한 아니라는 법이 없지 않은가. 그걸 어떻게 이용할지는 나중 일이더라도.

무영은 그 사실을 기억해 두기로 하고 자리에서 일어났다. 무영단 무사들은 이제 황해의 지도 아래 이화태양종 권각술인 열양장과 태양권을 배우고 있었다. 그런데 배화교도들은 몰라도 무저갱 출신의 무사들은 제대로 따라 하지 못하고 제각각이었다. 내공심법도 그렇겠지만 권각술이라는 것에도 출신 내력이 있는 법이고, 이건 몸에 익은 것이라 하루아침에 바뀌지 않기 때문이었다. 원래 자기가 알던 권각술의 요령에 따라 열양장을 펼치고 태양권을 따라 하려 하니 제대로 될 리가 없었다.

무영은 자신이 아는 열양장을 가르쳐 볼까 하다가 몇 걸음 걸어가는 동안에 마음을 바꾸었다. 황해의 가르침도 황천처럼 정확하고 체계적인 것이라 무영이라고 더 잘 가르칠 자신도 없었을 뿐 아니라 열양장을 가르치는 일 자체가 별로 쓸모가 없다는 생각이 들기 때문이었다. 각자 몸에 익은 권각술을 교정할 필요가 있을까? 없을 것 같았다. 그래서 그는 모든 권각술에 통하는 기본을 잡아주는 것이 더 중요하다고 판단했다.

그가 다가가자 황해가 교습을 중단하고 옆으로 물러섰다. 무영이 말했다.

"권각술의 기본이 몇 가지 있다. 그중 하나가 중심 이동이다."

그는 천천히 오른쪽 다리를 들어 올렸다. 직선으로 발을 뻗은 채 느릿느릿, 굼벵이가 기어가는 속도로 들어 올리면서 상체를 조금씩 뒤로 기울여 중심을 잡았다. 거의 반 각이나 되는 시간 동안 들어 올린 그의 다리가 중천을 향해 뻗었을 때 그의 상체는 다시 앞으로 와서 다리에 붙어 있었다. 그리고 다시 다리를 내렸다. 거의 반 각의 시간에 걸쳐서.

무영이 말했다.

"빨리 한다고 좋은 게 아니다. 느리게 할 수 있는 사람이 강한 것이다. 중심을 유지하면서 느리게 할 수 있으면 빨리 하는 건 언제든지 가능하다."

태극권의 요결 중 하나를 전수하고 있는 것이다. 그는 거기에서 그치지 않고 쌍수개문(雙手開門)으로 시작해서 금강(金剛), 나찰의(懶札衣), 백학량시(白鶴亮翅), 단편(單鞭)을 거쳐 함태극(含太極)으로 끝나는 칠십오수 태극권을 보여주었다. 그리고 다시 쌍수개문 일초를 반복적으로 보여주었다. 느릿느릿, 한없이 느리고 고요한 동작이었다.

새선풍이 하품을 하며 말했다.

"그렇게 느린 권법으로 뭘 어떻게 한다는 겁니까? 토끼 한 마리 못 잡겠습니다."

무영이 말했다.

"이건 토끼를 잡기 위한 것이 아니다. 사람을 잡는 권법이다."

새선풍이 웃었다.

"안 될 것 같은데요."

"시험해 볼까?"

새선풍이 좌우를 보더니 하는 수 없다는 듯 앞으로 나왔다. 무영이 양손을 내밀고 말했다.

"양 손목을 잡아라."

새선풍이 그 말대로 했다. 다음 순간 그는 땅바닥에 주저앉아 있었다. 여전히 무영의 양 손목을 잡고 있는데도 불구하고 그의 손은 오히려 무영에게 제압당해 꿰여 있었다. 무영이 놓아주고 말했다.

"제대로 잡아라."

새선풍은 시큰거리는 손목을 만지며 무영을 노려보다가 다시 무영의 손목을 움켜쥐었다. 있는 힘껏 잡은 것이고, 충분히 경계한 것인데도 불구하고 그는 다시 땅바닥에 주저앉아 있었다. 그 상태에서 무영이 쌍수개문 일초에 대해 설명했다.

"사람의 손이란 대개 비슷하게 생겼고, 구조적으로는 똑같다. 이렇게 움직이면 저렇게 반응할 수밖에 없는 거다. 힘을 많이 줄 필요도 없다. 그냥 움직이면 된다."

그렇게 한참 설명을 한 뒤에야 다시 새선풍을 놓아주었다. 새선풍은 땀을 흘리며 불퉁스런 표정으로 투덜거렸다.

"정해진 공격에 정해진 방식으로만 대응하면 누군 못합니까. 내가 다르게 공격하면 어쩔 겁니까?"

"다르게 대응하면 된다. 해봐라."

말이 끝나기도 전에 기다렸다는 듯이, 미리 작정한 듯이 새선풍이 공격해 들어왔다. 바윗덩어리 같은 주먹을 휘둘러 무영의 안면을 가격하겠다는 동작이었다. 무영은 왼손으로 새선풍의 오른팔을 잡아당기며 그 품속으로 몸통을 밀어 넣었다. 그리고 오른쪽 어깨에서 아래로 이어지는 선으로 새선풍을 가격했다. 소림육합권(少林六合拳)의 일초였다.

새선풍의 발이 공중에 떴다. 그 상태로 그는 일 장이나 날아가 뒹굴었다.

무영은 아무 일도 없었다는 듯 태연히 서서 무사들에게 말했다.

"이 초식은 여러 가지로 응용할 수 있다. 가슴에 파고들 기회만 있으면 사용할 수 있는 초식이다. 적은 반드시 쓰러진다. 그 다음엔 어떻게 할까?"

누군가가 대답했다.

"쫓아가서 밟아버립니다."

무영은 고개를 저었다.

"어리석은 방법이다. 쫓아갔다간 역습에 당한다. 제일 쉬운 역습이 누운 채 발을 거는 것이다. 일 대 일의 싸움도 아니고 다 대 다의 싸움에서, 전쟁터에서 한번 넘어지면 어떻게 되나?"

누군가가 대꾸했다.

"죽죠."

"같이 뒹구는 건 여자하고만 하면 되지. 남자랑 뒹구는 건 취미없어."

왁자하니 웃음이 터졌다. 웃음이 가라앉자 향주 중 하나가 말했다.

"가까운 곳에서 무엇이든 던질 수 있는 걸 들고 던지는 게 최고지요. 되도록 치명적인 상처를 입힐 수 있는 게 좋겠지요. 바위라거나, 칼이라거나, 창이라거나……. 나무아미타불."

말한 내용과는 매우 어울리지 않는 불호를 꼭 말끝에 붙이는 화두타였다. 무영은 고개를 끄덕였다.

"싸우는 요령을 아는군."

화두타가 합장하고 말했다.

"평생 그렇게 살아왔습지요. 비겁하든 말든 이기고 살아남는 게 최고다 하는 신조로."

무영이 무사들에게 말했다.

"화두타 향주의 말이 옳다. 내가 제군들에게 원하는 것이 바로 그거다. 비겁해도 좋다. 도망가도 좋다. 어떻게든 살아남아라. 살아서 나와 함께 복락을 나누자. 그러기 위해 살아남아라."
월영이 부르고 있었다.
"단주님, 손님 왔어요!"
무영이 화두타에게 말했다.
"계속 가르치도록."

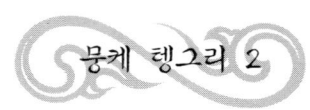

뭉케 텡그리 2

 손님은 철사자군의 군주인 흑천뇌붕 이정의 초청장을 가져온 사자였다. 장소는 금사자군 주최의 연회가 있었던 낙일각, 연회를 열 만한 장소가 그곳과 통천루밖에 없어서인 듯했다. 주연이 있으니 왕림해 주기 바란다는 글이 간단하게 적혀 있고, 말미에는 철사자군 군주 이정이라는 서명이 있었다.
 지극히 단순하고 건조한 방식의 초대장, 누군가를 초대하고 싶어서 보냈다기보다는 싫지만 하는 수 없이 부른다는 기분이 그대로 풍겨 나오는 초대장이었다. 무영은 잠시 그 초대장을 들여다보다가 사자를 향해 말했다.
 "매일같이 주연이라니. 사자군림가는 매우 한가한가 보군."
 사자의 얼굴이 붉어졌다. 부끄러워서라기보다는 분노에 의한 것인 듯 그가 항변했다.

"특별한 손님을 위한 환영회입니다. 매일같이 먹고 노는 걸로 보신다면 섭섭한 일이죠."

무영은 사자를 냉랭한 시선으로 바라보다가 종리매를 돌아보며 물었다.

"이런 일에 계속 시간을 낭비해야 할 이유가 있나?"

종리매는 무영이 연회에 참석하기 싫다는 뜻을 표현한 것이라는 걸 알아채고는 잠시 생각에 잠겼다가 천천히 말했다.

"굳이 갈 필요는 없겠지. 그쪽에서도 연회를 열어가며 환대하고 싶은 마음은 없을 테고, 이미 두 번의 연회를 통해서 단주를 시험하는 것도 끝났겠지. 하지만 거절하면 이정은 개인적인 모욕으로 받아들일 걸세. 돌이킬 수 없는 사이가 된다는 것이지."

무영은 고개를 끄덕였다. 종리매는 무영이 결정을 내리기 전에 급히 말을 덧붙였다.

"이정은 흑천뇌붕이라는 별호대로 성질이 대단히 급한 사람일세. 옹졸하기도 하지. 한번 원한을 품으면 결코 잊지 않는 사람이라는 뜻일세. 신중하게 결정해야 하네."

사자가 듣고 있다는 것도 무시하고 하는 말이었다. 사자의 얼굴이 썩은 간처럼 검게 변했다. 무영은 그런 그를 향해 초청장을 던졌다. 붉고 두꺼운 종이로 만들어진 초청장이 한 마리 나비처럼 너울너울 날아가서 사자의 손에 떨어졌다. 무영이 말했다.

"바빠서 못 간다. 그렇게 전해라."

사자는 무슨 말을 하려는 듯 몇 번이나 입술을 달싹이더니 결국 한마디를 남겼다.

"그대로 보고할 겁니다."

무영은 그를 냉정하게 바라보다가 한마디를 남기고 그 앞을 떠났다.
"마음대로."

사자는 입술을 깨물고는 급히 돌아섰다. 이정에게 보고하러 가는 것이다. 이정이 길길이 날뛰는 모습이 벌써 눈앞에 보이는 듯했다. 그런 걸 인정하는 건 불쾌한 일이긴 했지만 종리매의 지적은 정확했던 것이다. 이정은 성급하고 옹졸했다.

사자는 철사자군의 본영에 도착하기 직전에 방향을 바꾸었다. 이정에게보다 먼저 보고하는 게 좋을 사람을 떠올렸기 때문이었다. 부군주 야율지용이었다.

야율지용의 거처는 철령위성 북쪽에 있는 작은 돌집이었다. 그리 크지 않은 성에 사자군림가의 병력 반 이상이 모여서 우글거리고 있는 형편이라 지휘관이라고 해도 좋은 거처를 사용하기 어려운 상황이긴 하지만 부군주쯤 되면 이 돌집보다는 나은 곳에서 지낼 수도 있었다. 하지만 야율지용은 햇빛도 잘 들지 않는 이 초라한 돌집을 거처로 잡고 요산재(樂山齋), 즉 산을 즐기는 서재(書齋)라는 이름까지 붙여놓고는 기거하고 있었다.

야율지용의 거처 요산재에는 경비무사도 없었기 때문에 사자는 별다른 절차 없이 바로 돌집 안으로 들어갈 수 있었다. 좁긴 했지만 궁색하거나 초라하지는 않은 곳이었다. 안에서는 엷은 향내가 감돌고 벽에는 그림 한 장이 걸려 있었다.

이렇게 소박함과 우아함이 겸비되어 있고 무공과 지혜가 같이 뛰어나다는 것이 야율지용의 장점이라고 사자군림가의 무사들은 말하곤 했다. 지금 찾아온 사자 역시 그렇게 생각하는 사람 중 하나였다. 그래서 과거 눈부신 활약을 했다고는 하지만 성급하고 옹졸해 좋은 상관이라고는 할 수 없는 흑천뇌붕 이정보다는 부군주인 야율지용에게 더 충성심을 가지고 있는 것이다.

야율지용은 몇몇 단주들과 이야기를 하다가 사자를 맞이하고는 그 자리에서 보고를 들었다. 자초지종을 소상히 듣고 그는 가볍게 웃었다. 그리고는 초청장을 두고 가라고 말했다.

"군주께 보고하는 건 내가 하마."

사자는 무영의 반응을 보고한 후에 돌아올 흑천뇌붕 이정의 짜증을 감당할 일이 걱정이던 참이라 천만다행이다 싶어 몇 번이나 인사를 하고는 돌아갔다.

야율지용은 탁자 위에 놓인 초청장을 바라보며 다시 한 번 웃었다.

"군주께서 노발대발하시겠군."

"이미 그렇다고 알긴 했지만 정말 건방진 놈 아닙니까. 무영이라는 자 말입니다."

단주 중 한 명이 한 말이었다. 야율지용이 그를 향해 말했다.

"실력이 뒷받침한다면 건방져도 되지. 그는 이미 충분히 실력을 증명했다네."

"무용만 뛰어날 뿐 거칠기가 야수와 같은 자 아닙니까. 그리 높이 볼 이유가 없을 듯합니다."

또 다른 단주가 한 말이었다. 야율지용이 이 말에는 고개를 갸웃거렸다.

"과연 그럴까? 정말 야수 같은 자라고 한다면 수하들이 목숨 걸고 그를 따르는 것이 이상하지 않은가."

"야수라 해도 매력적일 수는 있으니까요."

"은사자군의 천 부군주처럼 말인가?"

단주들이 웃었다. 그중 하나가 말했다.

"야수라 해도 통솔력은 있을 수 있고, 수하들의 충성을 끌어낼 수도 있죠. 그러나 천하의 미래를 생각하는 머리와 천하의 안위를 걱정하는 흉금, 그리고 배포가 없다면 고작해야 누군가의 손에 잡혀 쓰이는 도구가 될 뿐입니다. 이를테면……."

그는 말을 조금 끌다가 의식적으로 야율지용을 힐끔 보고는 맺었다.

"천하를 생각하는 사람에게 말입니다."

누굴 두고 하는 말인지 뻔한 태도였다. 야율지용은 굳이 거부하지 않고 미소만 흘렸다. 단주 하나가 또 말했다.

"그가 쓸 만한 도구나 될지가 문제겠지요. 약관도 안 된 나이에 무공 좀 한다고 그렇게 천방지축 하늘 높은 줄도 모르고 까불어대는 어린아이는 빠르든 늦든 꼬꾸라지기 마련 아닙니까. 우리 사자무궁 출신으로도 그런 애들은 많았지요. 능력 이상의 오만함을 가졌던 애들 말입니다. 그런 애들 중에 제대로 큰 애가 없었다는 것은 여러분 모두 잘 알고 계시지 않습니까."

야율지용이 미소를 지우지 않은 채로 손을 저었다.

"정보에 따르면 무영 단주는 이미 이화태양종의 실세 중 하나일세. 공식 서열은 팔위지만 실제로는 삼위, 혹은 이위라고 봐야 한다고 하네. 이화태양종의 제왕인 제강산 바로 아래에서 제강산의 유일한 제자인 두심오와 이위 자리를 겨루고 있다는 것이지."

단주 하나가 거들었다.

"두심오는 비밀스럽게 움직여 각 종파 간의 교섭, 혹은 밀약에 주로 참여하고 있죠. 이건 제강산의 유일한 제자로 여차하면 제강산을 대리할 수 있다는 그의 신분 때문입니다. 지금도, 그리고 마교통일대전 때도 비밀스러운 일에만 나섰기 때문에 대외적인 명망은 대단하지 않지만 그 실력과 위치는 각 종파의 최고위급 인사들에게는 잘 알려져 있습니다. 반면 무영은 최근 몇 년 사이에 갑자기 등장해서 주로 위험스러운 일에 나서 왔다지요. 그걸 잘 해내서 갑작스럽게 떠오르고 있는 신성으로 비춰지고 있는 모양입니다."

다른 단주가 말했다.

"위험스러운 일이야말로 영예를 얻기에 좋은 기회가 되지."

먼저 말했던 사람이 말을 받았다.

"위험한 일은 말 그대로 위험한 일이지. 그걸 매번 잘 해낸다는 건 쉽지 않고, 쉽지 않은 일을 몇 번이나 해냈다는 건 대단한 것 아닌가. 이번에 개원에서 여기까지 흑사광풍가의 추격을 뿌리치고 오면서 거둔 전과만 해도……."

"그건 인정하고 있네. 인정하고 하는 말 아닌가."

제삼의 단주가 끼어들었다.

"제강산의 처사에는 의문스러운 점이 있습니다. 두심오는 사실 과거 통일대전 때부터 치면 남 못지않게 화려한 전과를 거두었고 실제로 신분도 높습니다. 단지 제강산의 제자라서가 아니라 실적으로 그 자리에 걸맞는 능력이 있음을 증명해 보였다고 할 수 있습니다. 그런데도 공식 후계자로 삼는다거나 해서 공개적으로 드러내 주지 않고 계속 비밀스러운 일에만 종사시킨다는 것은 그 본인으로 보면 좀 억울할 수도 있는 일이죠. 반면 무영은 처음에는 학대에 가깝게 어렵고 위험한 일에만 도전시키면서 여기까지 끌고 왔습니다. 그건 이미 지적된 것이지만 빨리 이름을 드러내기에 적합한 일을 시켰다는 것일 수도 있습니다. 어쩌면 제강산은 무영이라는 이 소년을 진짜 후계자로 삼고 싶은 것이 아닐까 보고 싶을 정도로 말입니다."

"스물도 안 된 소년을? 말도 안 돼!"

"나이는 중요하지 않소. 우리 부군주님만 해도 스물에 단주가 되셨소."

"다른 이야기일지도 모르지만 이화태양종에서 구자헌이라는 사람의 존재도 무시할 수가 없소. 두심오가 드러나지 않고 있는 동안은 그가 명실공히 이인자가 아니었소. 잠시 무저갱에 유폐되어 있나 했더니 지금은 다시 나타나 요동 지역에 대한 전권을 허락받았다지 않소."

"이화태양종의 공식 서열 이위는 광마 종리매요. 그런 사람을 호법으로 데리고 다니는 무영이야말로 이인자요! 그 휘하에는 서열 이십위 안의 수하가 둘이나 더 있소."

단주들의 담화는 점차 논쟁에 가깝게 격화되어 갔다. 야율지용은 그걸 가만히 바라만 볼 뿐이었다. 사자군림가의 기풍은 책사 따로 무사 따로라는 것을 인정하지 않았다. 특히 야율지용이 그러한 신념의 열렬한 추종자였다. 그는 열 명의 부하를 데리고 있는 사람은 열 명의 목숨을 책임지고 있는 것이고, 그러므로 그 책임에 걸맞는 능력이 있어야 한다고 생각했다. 백 명의 목숨을 맡은 자는 마땅히 그만한 능력이 있어야 하고, 일만 명의 목숨을 맡은 자에게도 그것은 예외가 아니다. 그리고 그 능력이라는 것은 싸움만 잘하는 짐승 같은 무력만이 아니라 머리도 포함되는 것이 당연했다.

그래서 그는 직속 부하들에게도 그걸 요구했고, 그런 능력을 길러주기 위해 노력했다. 지금처럼 불시에 난상토론이 벌어지는 것을 허용하는 것도 그런 생각의 일환이었다. 그는 수하 단주들의 논쟁이 더 진행되도록 두고 보다가 말이 잠깐 끊어진 틈을 타서 입을 열었다.

"무영이 흥미로운 인물인 것은 분명한 듯하네. 나는 정말 흥미를 가지고 있어."

흥미롭다는 말을 두 번 반복함으로써 단주들의 이목을 집중시켜 놓고 그는 말을 계속 이었다.

"그가 정말 야수에 불과한지 아니면 천하를 함께 이야기해 볼 수 있는 자인지는 이야기를 해봐야 알겠네."

"그를 만날 작정이십니까?"

"안 그러면 어떻게 이야기를 하겠나."

"군주의 초대도 거절한 자입니다. 그런 자를 어떻게? 그보다 군주의 분노는 어떻게 처리하시려고요?"

"군주의 분노는 간단하게 처리할 수 있네. 일이란 보는 방향에 따라서 얼마든지 달라질 수 있지. 그가 초대를 거절했다는 것은 싫어서 안 오겠다고 하는 것이지만 돌려 말하자면 무서워서 못 오는 것으로 볼 수도 있잖은가."

"정말 그렇게 보십니까?"

"물론 아니지. 하지만 군주가 그렇게 믿도록 할 수는 있네."

단주들이 웃음을 터뜨렸다. 야율지용이 계속 말했다.

"그를 만나는 건 더욱 간단하네. 안 오겠다면 내가 가면 되지."

그는 탁자 위에 놓여진 찻잔을 만지며 말을 맺었다.

"나는 그에게 차를 선물할 작정이네. 그걸로 여러 가지를 알게 될 걸세."

뭉케 텡그리 3

"뭐니 뭐니 해도 싸울 땐 던지는 게 최고야. 암기술에 자신이 있다면 그보다 좋은 게 없지만 그게 아니라도 뭐든 던지는 게 좋아. 돌멩이, 부러진 칼, 투구, 굴러다니는 시체 대가리 등등……. 안 되면 신발이라도 벗어서 던지라구. 그럼 틈이 생기지. 그 틈을 노려서 칼을 찔러 넣는 거지."

무영이 없는 동안에도 화두타의 강론은 계속되고 있었다. 평소 그랬듯이 점잖 빼는 말투도 사용하지 않고 열을 내어 말하는 화두타였다.

"사실 권각술이 살인에 무슨 소용이 있겠어. 권각술이란 상대를 죽이지 않고 제압하기 위한 무술이고 몸을 단련하기 위한 무술이야. 물론 손발로도 사람을 죽일 순 있지. 하지만 무기를 들고 있으면 그걸로 하지 왜 손발을 피로하게 하겠나? 힘의 낭비에 불과하다는 것이지."

그는 침을 한 번 삼키고 말을 이었다.

"무기로 넘어가서 말하자면, 무기는 길면 길수록 좋아. 한 치가 길면 한 치만큼 위험하다는 말도 있지만 그건 정말 진리야. 창이 좋지. 어지간한 고수가 아니고는 찔러내는 창을 피해서 접근할 수 있는 놈은 드물어. 다가오기 전에 찌르고, 접근하면 휘둘러 치면 되지. 오래 살고 싶으면 창을 써라. 이게 내 충고야. 이 충고를 따르면 한 달쯤은 더 살아남을 수 있다는 걸 보장하지."

누군가가 물었다.

"그래서 그 지팡이를 사용하시는 겁니까? 말씀대로라면 창이 낫지 않습니까?"

화두타가 무기 삼아 가지고 다니는 석장(錫杖)을 두고 하는 말이었다. 강철로 만들어 무게가 팔십 근이나 나가는 중병(重兵)이었다. 화두타는 그걸 들어 보이며 웃었다.

"무식한 것아, 지팡이가 아니라 석장이라고 부르는 거다. 우매한 중생들에게 진리의 길을 밝히 보이고, 땅을 기어다니는 축생들을 밟지 않도록 내가 가노라 하고 경고하는 것이기도 하고."

그는 화상의 신분을 자각했는지 목소리를 가다듬고 말을 이었다.

"이건 특별히 만든 것으로 이름은 극락장(極樂杖)이라고 하느니라. 여기 맞아 죽으면 지옥이나 다름없는 이 사바 세계를 떠나 극락왕생하소서 하는 기원을 담아 만든 것이지. 누구 맞아볼 사람? 극락으로 가고 싶은 사람 없나?"

당연히 아무도 없었다. 대신 누군가가 용기있게 농담을 건넸다.

"저는 극락엔 가고 싶지 않습니다. 아후라 마즈다께서 준비하신 낙원에 가야 하거든요."

또 한 사람이 농담을 받았다.

"거기 술과 여자는 많은 곳인가? 그럼 나도 같이 가고 싶군."
화두타는 하하 웃었다.
"그런 데라면 나도 데려가 주기 바라네. 나무관세음보살."
무사들이 낄낄거리며 웃었다. 화두타는 웃음이 가라앉기를 기다렸다가 진지하게 말했다.
"극락이라니, 낙원이라니 말하지만 그게 다 같은 곳이라네. 부처라느니 태상노군이라느니, 그리고 뭐? 아후라 뭐라고 했지? 배화교는 아후라 그걸 믿고 경교 사람들을 비롯해서 눈 푸르고 코 큰 서쪽 사람들은 야훼니 그리스도라느니 하는 신도 믿나 보더구만 그 모두가 하나라네. 신도 하나고 낙원도 하나지."
그는 잠시 말을 멈추고 사람들이 충분히 집중하는 것을 기다렸다가 우울하게, 음침할 정도로 우울하게 말했다.
"중생들아, 미망을 버리고 밝히 볼지니, 신이란 무엇인가? 이루어지지 않는 소망의 총화요 응집일세. 낙원이란 무엇인가? 지금, 여기가 아닌 어딘가라네. 현실만 아니면 그게 낙원이고 꿈을 이뤄줄 수 있으면 그게 신이지. 하지만 그건 이루어지지 않기 때문에 꿈이고, 소망이고, 낙원이고, 신인 것이야. 이루어지면 그땐 그것도 현실이 되고, 사바 세계가 되고, 괴로움이 되는 것이지. 고해(苦海)가 따로 없으며 지옥이 따로 없나니, 삶 자체가 고해요 지옥이라……."
그의 말꼬리가 점점 흐려졌다. 그는 문득 고개를 흔들고 말했다.
"별 헛소리를 다 지껄였군. 원래 하던 이야기로 돌아가세."
그는 석장을 던지고 팔을 들더니 소매를 걷었다. 그의 팔뚝에는 가죽띠가 감겨 있고 거기에 비수 두 자루가 꽂혀 있었다. 그는 비수를 뽑아 들고 말했다.

"난전에선 물론 장창 같은 무기가 유리하지. 하지만 사실 사람을 죽이는 데에는 이것만한 게 없어. 알고 보면 사람이란 약하기 짝이 없는 존재라 피만 조금 흘리게 만들어도 쉽게 죽는다네. 이건 그러기에 딱 좋은 무기지. 특히 여기랑 여기를 노리는 거야. 많이도 말고 살짝 그어주고 찔러주면 돼. 뽑기 전에 한 번 옆으로 그어주는 걸 잊지 말고."

그러면서 그는 비수를 휘둘러 목줄기를 따고 가슴을 찌르는 시늉을 해 보였다. 찌르고 그으라는 것은 특히 갈비뼈 사이로 찔러 넣어 심장을 절단하라는 뜻이었다.

"누구 하나 나와봐. 시범을 보여주지."

눈치를 보던 무사들 중 하나가 앞으로 나왔다. 건들거리는 자세며 불량한 눈빛이 무저갱 출신 무사다운 녀석이었다.

화두타가 말했다.

"뭘로든 날 공격해 봐."

무사가 땅바닥에 침을 뱉으며 말했다.

"다쳐도 전 모릅니다."

그 순간 화두타가 무사의 사타구니를 걷어찼다. 무사가 사타구니를 움켜쥐고 앞으로 꼬꾸라지려는 찰나 화두타는 무사의 머리채를 잡고 목에 비수를 갖다 댔다.

"어때? 간단하지?"

구경하던 종리매가 어깨를 으쓱였다.

"저놈답군. 악랄하고 비열하고 효과적인……."

그는 갑자기 한쪽에 앉아 수련하는 모습을 구경하던 손지백을 향해 물었다.

"넌 아침부터 왜 그렇게 똥 씹은 표정이냐?"

손지백이 쓰게 웃었다.

"제 표정이 어디가 어때서 그러십니까."

월영이 거들었다.

"똥 씹은 표정 맞구만 뭐."

손지백은 고개를 흔들고는 말했다.

"저게 어떻게 무공 수련입니까, 잔재주죠."

"아하, 그게 못마땅했나 보군."

종리매가 알았다는 듯 고개를 끄덕였다. 그리고는 손지백을 향해 손가락을 내밀고 흔들었다.

"잔재주라고 하지만 네게 가장 부족한 게 그거다, 잔재주."

손지백이 다시 쓴웃음을 지었다.

"진짜 실력이 받쳐주면 잔재주 따위는 필요없습니다."

종리매가 웃으며 말했다.

"정말 그렇다면 화두타 다음에 네가 가르쳐 봐. 잔재주가 아닌 진짜 무공을 말이다."

손지백이 어깨를 으쓱이며 말했다.

"화산검술을 입문도 안 한 사람들에게 가르친다는 건 아까운 노릇이긴 하지만 하는 수 없군요. 진짜 무공이 뭔지 보여주기 위해 금기를 깨기로 하죠."

손지백이 연무장으로 걸어가면서 외쳤다.

"땡초 대사께서는 잠시 쉬시오! 이 몸이 잠시 정통이 뭔지 보여주리다!"

무영이 이때 돌아와 손지백이 화두타와 교대하는 것을 보다가 혈면염라 최주를 향해 물었다.

"궁수는 뽑았나?"

일전에 명령해 두었던 것을 확인하는 것이다. 최주가 대답했다.

"그럭저럭 쓸 만한 녀석은 서른 명 정도밖에 안 됩니다. 조금 가르치면 더 나아질 것 같은 녀석들이 약 오십여 명 되고."

무영이 말했다.

"팔십 명이면 됐다. 계속 수련시키도록."

그는 월영과 혈영을 향해 말했다.

"월영은 보급에 계속 신경을 써라. 창, 활, 장도 같은 것을 구해서 전원 장비하도록 해. 혈영은 전술을 생각해 봐라. 흑사광풍가와 싸우려면 어떻게 하는 게 좋을지를 향주들과 함께 의논해 봐. 당분간은 시간이 있을 것 같으니까."

혈영이 말했다.

"흑사광풍가와 싸우는 전술이라면 사자군림가를 따라 하는 게 좋겠죠. 오랫동안 싸우면서 확립된 전술을 사용할 테니까요."

무영이 대답했다.

"그게 좋다면 그렇게라도 해."

그는 수련하고 있는 무사들을 바라보며 중얼거렸다.

"한 명이라도 더 살리고 싶다."

혈영과 월영, 종리매는 그런 무영을 묘한 눈빛으로 바라보았다. 그건 마치 성장하고 있는 아이를 바라보는 듯한 그런 눈빛이었다. 그러다가 무영이 그들을 향해 시선을 돌리자 얼른 눈빛을 바꾸었다. 무영은 이상하다는 듯 바라보다가 월영을 향해 물었다.

"해동 구선문에서 온 사람들은 어떻게 지내나?"

"조용히 쉬고 있어요. 중은 종일 방 안에서 염불만 하고, 삿갓은 잠만 자고, 홍련은……."
 대답하던 월영이 갑자기 눈을 반짝였다.
 "홍련과 관련해서 재미있는 일이 있었어요. 그… 신빈보에서부터 우릴 안내해 온 노준혁이라는 사람 있잖아요. 그 사람이 어제 떠나면서 홍련을 만나고 갔는데……."
 월영의 말은 갑작스럽게 찾아온 손님 때문에 막히고 말았다. 철사자군의 부군주 야율지용과 두 명의 단주, 그리고 두 명의 시녀가 찻주전자와 찻잔, 향로와 화로를 포함한 다기(茶器)와 차를 준비해서 찾아온 것이다.
 "차 향기를 같이 즐겨보지 않으시겠습니까?"
 야율지용이 미소를 지으며 한 말이었다.

제 55 장
천하 경략론

▎'문화'와 '경제', 그리고 '군략' 입니다
즉, 천하를 경략하는 세 가지 방법
천하를 경략하려 하는 사람이 반드시 갖추어야 할 세 가지

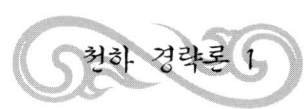

천하 경략론 1

　무영단의 거처에는 조용히 차를 마실 만한 방이 없었다. 그러나 야율지용은 접는 의자와 탁자까지 가져왔기 때문에 별문제가 되지 않았다. 그들은 무영단의 거처 앞 한쪽 구석에 탁자와 의자를 펴고 앉았다.
　판자들을 조립해 탁자를 설치하고 그 중앙에 향로를 놓아 냄새가 강하지 않은 향을 피웠다. 두 명의 시녀가 자리 옆에서 차를 끓이고 탁자에 찻잔을 배열했다. 의자는 네 개, 야율지용과 무영이 마주 보고 앉고, 철사자군의 단주 하나가 자리에 앉고 다른 하나는 야율지용의 뒤에 섰다. 무영단에서도 종리매가 자리에 앉고 철갑마가 무영의 뒤에 섰다. 무영단의 향주 및 무사들이 먼발치에서 흥미롭게 지켜보고 있는 가운데 다회가 시작되었다.
　야율지용은 갑옷을 입은 게 아니라 목면으로 만든 흰옷을 입고 있었다. 소매가 넓고 발치까지 내려오는 긴 옷에 옥대를 두르고, 머리에도 유건(儒巾)을 쓰고 있어서 무사가 아니라 서생처럼 보이게 하는 차림이었다. 그런 복장에 어울리게도 가늘고 긴 손가락으로 찻잔을 들고는 격식에 맞는 우아하고 섬세한 동작으로 흠향하고 차를 한 모금 음미한 후 그가 말했다.

"원래 다회에는 그림이나 족자도 한 폭 걸려 있어야 하는 것이지만, 야외에서 하는 것인 바에야 그런 걸 가져오는 게 촌스러운 일이겠지요. 주변 풍경 자체가 그림이 되고 족자가 될 테니까요."

종리매가 코웃음을 쳤다.

"그런 아취를 즐기기에는 이곳 풍경이 너무 별로군. 나무도 풀도 없는 건물 벽 틈에서 무슨 풍경을 따지겠는가."

면박에 가까운 말에도 불구하고 야율지용은 밝게 웃었다.

"한 조각 푸른 하늘만 있다면 좋은 풍경으로 족하지 않겠습니까. 이곳에서 산수화 같은 풍경을 바라는 것은 무리지요. 게다가 여기 한 떨기 꽃 같은 여인들도 있잖습니까."

시중드는 여인들을 두고 하는 말이었다. 그는 그 말을 하고는 여인들을 향해 미안한 듯 웃고 덧붙여 말했다.

"복장은 이렇지만 시녀가 아니라 우리 철사자군의 무사들입니다. 남녀를 차별하지 않는 가문의 기풍이 있긴 합니다만 이런 자리에서까지 우락부락한 남자들의 시중을 받는 게 서글퍼서 오늘만 특별히 부탁을 했지요."

야율지용의 언행은 담담하고 온화했다. 복장만 서생 차림인 것이 아니라 진짜 서생인 듯한 기풍이 흘렀다. 말이 많았지만 수다스럽지는 않고, 겸손하지만 비굴하지는 않은 균형 감각을 갖추고 있었다. 여우라고는 했지만 지금까지 무영이 만나본 부군주들 중 가장 호감이 가는 사람이었다. 그러나 그것도 차를 마시기 전까지만의 생각이었다.

　찻잔을 들어 향기를 들이마시자 무영의 머리에 순간적으로 떠오르는 한 사람의 모습이 있었다. 새벽에 침입했던 자객, 동가기였다. 그녀의 몸에서, 혹은 입에서 아련하게 풍기던 향기가 바로 이 차 향기와 같았던 것이다.

　무영의 눈빛이 심상치 않은 것을 눈치 챈 듯 야율지용이 말했다.

　"차가 마음에 들지 않으십니까?"

　무영은 차를 한 모금 마시고 말했다.

　"좋은 차다."

　야율지용이 기쁜 듯 웃었다.

　"알아주시니 기쁘군요. 사소한 것을 자랑하는 것 같아 말씀을 안 드렸지만 이게 바로 용정(龍井)입니다. 차 중의 왕이라고 불리는 것이지요. 이것 다음으로는 철관음(鐵觀音)을 치는데, 그건 드셔보셨지요? 한 부군주와 천 부군주가 주최한 자리에 나온 게 그거니까요. 차이를 아시겠습니까?"

　무영은 다시 한 번 찻잔을 들어 향기를 맡아보았다. 확실했다. 오랫동안 동굴 속에서 살아온 덕분에 그의 후각은 동물의 그것처럼, 아니, 그보다도 더 민감하다. 처음 맡아본 향기, 그것도 어제 마신 차와 지금 앞에 있는 차의 미묘한 향기 차이를 식별한다는 것은 보통 사람에게는 불가능할지 몰라도 그에겐 맡는 순간 알게 되는 사실에 불과했다.

　야율지용이 계속 말하고 있었다.

　"철관음도 아주 귀한 편이긴 합니다만 용정보단 못합니다. 철관음은 사천 쪽에서 재배하고 용정은 서호(西湖)에서만 나오죠. 사천의 소수천 녀종과는 사이가 나쁘지 않아서 철관음을 조금씩 사 옵니다만 서호는

천하 경략론　137

여기서 너무 멀지요. 아주 멉니다. 요즘 같은 때에 용정을 구한다는 건 그야말로 기연에 가까운 일이지요."

야율지용은 점점 더 구렁텅이에 빠지고 있다는 것도 모르고 떠벌여댔다. 어젯밤 야율지용은 동가기를 불러들여 암살을 지시했을 것이다. 구하기 어렵다는 용정을 대접하며 동가기에 대한 그의 신임을 과시했으리라. 벽록색의 찻물, 아련하게 코끝을 스치고 지나간 뒤 꿈처럼 사라지는 향기를 맡으며 그녀는 암살 계획을 세웠겠지. 그 입에 향기를 담고, 살기의 시큼한 땀 냄새 사이에 그 향기가 점점이 남아 있다는 것은 꿈에도 생각하지 못하고 그의 방으로 기어들어 왔을 것이다.

무영이 상념에 빠져 있는 동안 야율지용의 말은 계속되었다.

"이걸 구하느라 무진 애를 썼다는 말씀을 이미 드렸지요. 그 고생이란 정말 말로 다 못할 정도였습니다. 중원은 이미 예전의 중원이 아닙니다. 용정은커녕 보통 차도 구하기 어려웠다고 하면 짐작을 하시겠지요? 차는 중국 사람이면, 아니, 한족뿐 아니라 몽고인, 여진인, 거란인까지 누구나 마시는 것입니다. 하지만 차를 끓이려면 찻잎이 있어야 하는데, 이게 하늘에서 그냥 떨어지는 것은 아니죠. 들판에 홀로 알아서 피어나는 풀잎도 아닙니다. 적절한 토지, 적절한 물, 적절한 기후 아래에서 대규모로 경작을 하고, 농부가 자식 보살피듯 세심하게 돌봐주어야 제대로 된 찻잎을 딸 수 있죠. 그런 곳이 이젠 거의 없습니다. 사지 멀쩡한 사내는 모두 농토를 떠나 무사가 되거나 도적이 되고, 그렇게 된 뒤에는 그들 자신이 농민을 수탈하고 민가를 약탈합니다. 국가의 근간이 되는 농사를 지을 농부가 없는 형편이라는 것입니다. 하물며 쌀이나 밀도 아니고 차를 재배할 사람이 어디 있겠습니까."

야율지용은 오랫동안 담아놓은 불만인 듯 막힌 둑이 터진 것처럼 이야기를 쏟아놓고 있었다.

"차를 즐기고, 그림을 감상하고, 음악을 연주하는 것은 문화적 행위입니다. 먹고 사는 것과는 별 상관이 없어 보이지만 그것이 없으면 사람이 동물과 다를 바가 없어지는 것이죠. 마교 팔가십종의 종사들 중 문화를 이해하거나, 적어도 보호하고 육성해야 한다고 생각하는 분은 정말 드뭅니다. 팔가의 주인들은 대개 거친 무사들 출신이라 술 마시고 노는 것을 문화라고 생각하는 분들입니다. 십종은 더하죠. 이쪽은 대개 종교 집단의 종사들이라 일견 문화를 이해할 것 같지만 사실은 자기네 종파의 문화 외에는 가치를 두지 않고, 심하면 아예 말살시켜야 한다고 생각하고들 있습니다. 가까운 하북만 해도 용화광명종의 영역이고, 용화광명종은 미륵불을 숭상합니다. 그러니 인척이라 할 수 있는 불교에 대해서는 비교적 관대한 편이지만 도교나 여타의 종교는 철저하게 탄압하고 있습니다. 하북의 도관(道觀)으로 멀쩡하게 남은 것이 드물 지경이죠. 고루환혼종, 미륵환희종이 있는 곳에서는 절도 화상도 없습니다. 도관도 도사도 남아 있지 않습니다. 공맹(孔孟)을 숭상한다 해서 유생도 보이는 대로 잡아 죽입니다. 그러기를 십팔 년. 이젠 잡아 죽일 중도, 도사도, 유생도 없지요. 중국의 문화는 유불선의 문화입니다. 그 유가, 불가, 도가의 문화를 계승하고 발전시키는 담지자는 유생이고, 승려고, 도사였습니다. 그들이 없어지는 것입니다. 그러니 문화가 남아 있을 공간이 어디 있겠습니까?"

종리매가 참지 못하고 한마디 했다.

"우리 이화태양종은 그렇게 편협하지 않네. 누구든 자신이 믿는 것을 믿을 자유를 허용하지."

"이화태양종의 종사께서 훌륭하시다는 것은 잘 알고 있습니다. 배화교 또한 편협한 종교는 아니지요. 팔가십종의 종사 전부가 그렇지 않다는 것이 문제입니다. 그리고 불행히도 이화태양종이 맡은 영역이 문화의 불모 지대라는 것이 문제죠. 북해는 여진족의 땅입니다. 그나마 인구가 많지도 않죠. 제강산 종사께서 아무리 문화를 지키고 육성하려고 애를 써도 그곳에서는 꽃을 피울 수가 없습니다. 그분과 함께 북해로 간 사람들 중 그런 문화의 담지자(擔持者)가 있었다면 그들을 지키고 보호해서 한 가닥 명맥이라도 유지하려고 하는 정도가 제강산 종사께서 할 수 있는 전부였을 겁니다."

그는 의미심장한 눈빛으로 종리매를, 그리고 무영을 바라보았다. 무영은 내심 이 사람이 말만 많은 것이 아니라 제법 영민하기도 한 듯하다는 인상을 받았다.

문득 무영은 그를 암살하려 한 시도 자체가 음모였을 거라는 생각을 했다. 오호란을 시연한 것으로 짧게나마 무공을 보여주지 않았던가. 그런 그가 동가기 따위의 초급 무사에게 암살될 거라고 생각하고 그녀를 보냈다면 야율지용은 지금까지 받은 인상과는 달리 멍청하기 짝이 없는 작자일 것이다. 그럼 왜 보낸 것인가, 하필 동가기를. 그건 동가기를 보낸 사람, 즉 암살을 지시한 사람이 자신이 아니라 천유명이라고 생각하게 하기 위해서가 아닐까. 즉, 동가기는 그를 암살하기 위한 자객이 아니라 천유명을 모함하기 위한 미끼인 것이다.

그런데 왜? 이건 부군주들 사이에 보이지 않는 알력이라도 있다는 뜻인가? 하지만 천유명과 그의 사이가 나빠지게 이간해서 무슨 소용이 있단 말인가. 그는 사자군림가와는 아무 상관이 없는 손님일 뿐인데.

무영이 물었다.

"오늘 여기 온 것은……."

내내 침묵을 지키던 그가 입을 열자 야율지용의 눈이 반짝였다. 무슨 말을 할까 흥미롭게 지켜보는 것이다.
　"나와 '문화'라는 것을 말하기 위해선가?"
　야율지용이 고개를 끄덕였다. 그리곤 다시 저었다. 그는 손가락 세 개를 펴 보였다.
　"'문화'와 '경제', 그리고 '군략'입니다. 즉, 천하를 경략하는 세 가지 방법. 나는 단주와 천하를 경략하는 일에 대해 이야기해 보고 싶어서 왔습니다."
　"천하를 경략하는 세 가지 방법이 문화와 경제, 군략이라는 건가?"
　야율지용이 고개를 끄덕였다.
　"천하를 경략하려 하는 사람이 반드시 갖추어야 할 세 가지가 그것이기도 하지요."
　"그런가?"
　"그렇습니다."
　무영은 가만히 야율지용을 눈을 주시했다. 야율지용 역시 그의 눈을 정면으로 대하고 있었다. 싸움을 거는 것처럼 사나운 것도 아니고, 그렇다고 피한다거나 순응한다는 것도 아닌 담담한, 그러면서도 복잡 미묘한 눈길이었다. 무영은 속을 짐작할 수 없는 이 사내를 어떻게 대해야 할지 잠깐 고민하다가 결론을 내렸다. 평소 그가 하던 그대로 솔직하고 당당하게 대하면서 틈을, 혹은 속셈을 드러낼 때를 기다리기로 한 것이다.
　"나는 당신의 말에 동의할 수 없다. 그건 당신이 틀렸다는 말은 아니다. 단지……."
　무영은 잠시 신중하게 말을 골랐다.

"당신의 말은 너무…… 멀다. 현실로부터 너무 떨어져 있다."

야율지용의 얼굴에 재미있다는 듯한 표정이 떠올랐다.

"어떤 면에서 그렇습니까?"

무영이 말했다.

"이곳 요서는 어떨지 모르나 북해는, 그리고 요동은 지금 생존이 최우선의 가치가 되고 있다. 그러기 위해 우리는 싸워야 하고 이겨야 한다. 그림과 차, 문화를 이야기하는 것은 살아남은 후라도 늦지 않다. 그러므로 멀다."

야율지용이 무어라 말하려 했지만 무영의 말은 아직 끝난 게 아니었다. 그는 야율지용의 눈 속으로 파고들 것처럼 강렬한 눈빛으로 주시하며 말을 이었다.

"내가 알기로는, 내가 본 바로는 이곳 요서도 다르지 않다. 이곳 역시 내가 헤쳐 온 어떤 전장터에도 못지않은 전쟁터다."

야율지용이 말했다.

"일단 이기고 나서 그런 한가한 소리를 하라 그겁니까?"

"그렇다."

야율지용은 웃었다.

"문화는 하루아침에 체득하고 구현할 수 있는 것이 아닙니다. 그래서 문화가 첫 번째가 되는 것입니다. 당장은 먼 이야기 같아도 이것부터 생각해야 하는 것이지요. 우선 전쟁에서 이겨놓고 보자는 생각이 그동안 얼마나 많은 파괴를 가져왔는지 역사를 보면 알 수 있습니다. 아니, 당장 중원에 들어가 보기만 해도 알 수 있죠."

무영이 고집스럽게 말했다.

"그래도 우선 이기고 난 후의 일이다."

그의 눈빛이 복잡하게 변해갔다. 그는 무저갱의 기억과 요동의 참상을 되새기고 있었다. 야율지용의 말이 나쁘다고는 생각하지 않으면서도 강하게 거부감을 드러내는 것은 그 때문이었다.

"당장 눈앞에 칼이 들이밀어지는데 그림이 보이나? 코가 썩을 듯 지독한 냄새를 풍기는 시체들 틈에서 차 맛을 느낄 수 있나? 내일이면 내 시체도 저 벌판에서 구를지도 모른다는 생각을 하면 노래가 나오나?"

야율지용은 무영의 강렬한 눈빛과 신랄한 질문에 잠시 말문이 막힌 듯 입을 다물고 있다가 빙그레 웃으며 말했다.

"그런 상황에서도 그림을 즐기고, 차를 마시고, 노래를 불러야 한다고 생각합니다만 동의하지는 않으실 것 같군요. 그보다 단주께서는 목하 본 가와 흑사광풍가의 싸움 전망을 매우 비관적으로 보시나 봅니다."

"비관적으로도 낙관적으로도 보지 않는다. 나는 현실을 본다. 당신들은 강하다. 그러나 흑사광풍가도 약하지 않다. 십팔 년간이나 싸워온 당신들이 그걸 더 잘 알지 않나. 그런데 당신들은 주연을 열고 문화를 즐긴다고 말한다. 목전의 적을 두고 그런다는 건 사치가 아닌가."

야율지용은 고개를 저었다.

"본 가와 흑사광풍가의 싸움은 그리 간단한 문제가 아닙니다. 그 세월을 끌어온 이유가 있다는 것이지요. 그러나 그걸 말하려면 먼저 경제, 경세제민의 문제를 알아야 합니다. 단순히 어느 쪽의 군사가 많다거나 무력이 강하다거나 하는 걸로 이해될 문제가 아니기 때문에."

무영은 잠시 침묵하며 야율지용을 바라보다가 내뱉듯 말했다.

"경제라는 것에 대해 들어보기로 하자."

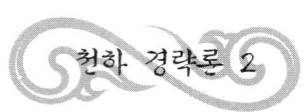

천하 경략론 2

"사자군림가가 이곳에 처음 왔을 때, 요서는 황무지에 가까웠습니다. 국가도 없고 법도 없는 곳에서 거란족과 여진족 부락들이 군데군데 모여서 원시적인 경작을 하며 살고 있었습니다. 몽고족들이 시시때때로 쳐들어와서 약탈을 하고 살인을 하면 그냥 숨거나 도망갔죠. 지나가면 살아남은 자들이 다시 모여서 부락을 이루고 농사를 지었습니다. 그들에게 몽고족은 폭우나 가뭄처럼 자연 재해의 하나처럼 여겨졌습니다. 거기에 사자군림가가 온 것입니다."

야율지용은 그렇게 옛이야기에서부터 '경세제민'이라는 천하에서 가장 중요한, 하지만 지금 마도천하에서는 전혀 관심거리가 되지 못하는 원리에 대해 의견을 털어놓았다.

사자군림가가 요서를 경략하는 방법은 장원제(莊園制)였다. 그들은 자연부락을 이루어 살고 있는 거란, 여진족들을 지역별로 구획하고 장원을 세웠다. 각각의 장원마다 장주를 두어 거란, 여진족들을 관리하고 지켜주었다. 세금을 거두긴 했지만 그건 몽고족들에게 약탈당하던 때에 비하면 거의 없는 것이나 마찬가지였기 때문에 농민들의 생활은 훨씬 나아졌다. 그리고 지금 그들에겐 안정이 있고 기회가 있다. 원한다면 더 높이 올라갈 기회였다.

종리매가 고개를 끄덕였다. 그들이 북해에 처음 갔을 때의 상황도 비슷했던 것이다. 요서보다도 훨씬 드문드문 있는 부락들, 단 몇 가구만이 모여서 과일을 줍고 동물을 사냥해서 살던 사람들이 북해의 여진족들이었다. 북해에선 그들을 조직하는 것조차 불가능해서 그냥 내버려 두는 수밖에 없었다. 요서는 그나마 조직이 가능한 정도의 인구는 되었던 모양이다. 그 자신이 생각해 봐도 그 이상은 할 수 없을 것 같았다.

야율지용이 말했다.

"때에 따라, 상황에 따라 최선의 구조, 최선의 체제라는 것이 있습니다. 그건 고정되어 있지 않고 끊임없이 변화하지요. 그걸 밝히 보고 시행하는 것이 통치자에게 요구되는 또 하나의 덕목일 것입니다. 여기 요서에서는 장원제가 그것이었죠."

무영은 야율지용이 '그것이다'라고 말하지 않고 '그것이었다'고 말한 것에 주목했다.

"그것이었다고 말했나? 지금은 아니라는 말인가?"

"최선의 체제라는 것은 끊임없이 변화합니다. 처음에는 장원제가 이곳에 가장 적합한 체제라고 생각됐었지요. 사실은 운영하기에 따라서 앞으로도 이곳에는 장원제가 운영되는 게 좋을 겁니다. 잘 운영된다면 말이지요."

천하 경략론

사자군림가가 채택해서 시행한 장원제에는 또 하나의 목적이 숨겨져 있었다. 아니, 애초에 의도하지 않았더라도 자연스럽게 그렇게 되었고, 일정 정도 좋은 점도 있었다. 바로 장원의 관리자인 장주의 문제였다.

장원이 있으면 누군가 관리해야 한다. 농민들을 다스리고 세금을 걷는 관리자, 그것이 바로 장주였다. 처음에는 사자군림가에서 파견된 무사들이 그 일을 했다. 조금 지나자 나이가 많거나 전투 중에 불구가 된 무사들에게 그 자리를 맡겼다. 세월이 흐르고 이주 초기의 무사들이 대부분 마흔이 넘어가자 모든 장주가 그들로 채워졌다. 그리고 그 빈자리를 젊은 무사들이 채웠다. 사자군림가의 세대교체가 쉽게 된 것에는 이런 체제의 효과가 컸다. 그게 이제 문제가 된 것이다.

"그들은 전원 무사들입니다. 관리나 교육받은 사람들이 아니라는 것이죠. 물론 그중에는 타고난 인격과 덕망으로 장원을 잘 꾸려 나가는 사람도 있습니다. 하지만 대부분은 말보단 주먹이 빠른 사람들이죠. 글을 못 읽는 것은 물론이고, 계산조차 제대로 못하는 사람도 많습니다. 욕심이 많은 사람, 잔인한 사람도 당연히 있을 테고요. 그들이 농민들을 어떻게 잔인하게 대하고 수탈하는지 보고된 사례는 많습니다. 말로 다할 수 없이 끔찍한 일이 자행되고 있습니다."

야율지용의 단아한 얼굴이 잠시 찡그려졌다. 자신의 동족에 대한 연민, 혹은 장주들에 대한 분노의 감정이 드러난 것일 터였다.

"제재하면 될 것 아닌가. 우린 그렇게 했지."

종리매가 별 일을 다 갖고 고민한다는 뜻을 담아 말했다. 그래서 만들어진 것이 무저갱이 아니었던가.

야율지용은 고개를 저었다.

"그게 그렇게 간단하지 않습니다."

현재의 장주들은 가문의 공신들이다. 가주인 요굉도는 그들이 극악무도한 악행을 저지르지 않는 이상은, 그리고 제대로 세금을 거두어 바치는 이상은 그들을 용납해 주고 있었다. 어지간한 물의를 일으켜도 무사가 그럴 수도 있다거나 실수겠지 하는 정도로 넘어가 버리는 것이다. 한편으로 그의 관심은 오로지 흑사광풍가를 향해서만 있기 때문에 내부의 문제에는 그다지 신경을 안 쓰는 측면도 있었다. 그리고 말하지 못하는 또 하나의 문제가 수뇌진들 사이에서는 은밀히 논의되고 있었다.

어떤 권력도 정체되면 부패한다. 그리고 권력, 권력자는 세력화하는 경향이 있다는 것이다. 즉, 지금의 장주 세력들은 겉으로 드러난 사자군림가의 무력에 저항할 만한 세력을 키우고 있는 상태였다. 잘못 건드리면 충성과 복종을 미덕으로 삼는 사자군림가에서 초유의 반란 사태가 일어날 가능성이 있다는 것이었다.

"삼안대붕 곽진 장로를 아시지요?"

"알지."

종리매는 고개를 끄덕였다. 장원에서 편안한 노년을 보내고 있다는 바로 그 사람 아닌가. 그런데 그게 아닌 모양이었다. 야율지용이 목소리를 낮추어 말했다.

"저는 그분이 반란을 꾀하고 있다는 의심을 하고 있습니다. 장주들이 그분을 중심으로 모여들어 세력화하고 있다는 증거도 있고요."

종리매는 이마에 깊은 주름살을 만들었다. 야율지용의 수다를 참고 들어왔지만 이건 한계를 넘었다. 타 가문의 내밀한 정보에 지나치게 가까이 가면 위험해지는 경우가 있는 것이다. 아니, 그보다 이런 이야기를 왜 하는 것인지 의도를 의심해 보지 않을 수 없었다. 그는 찻잔을 들었다.

"방금 한 이야기는 못 들은 걸로 하겠네. 차나 마시게."

야율지용에게 하는 말이자 무영에게 하는 충고이기도 했다. 못 들은 체하라는 것이다. 그러나 무영은 단순하고도 직접적으로 사안에 접근하는 것을 택했다.

"왜 내게 중요한 정보를 알려주나?"

"사자군림가와 요서의 미래를 걱정하기 때문입니다."

"나와 그게 무슨 상관인가?"

"아주 상관이 많지요."

"말해 봐."

"그전에……."

야율지용이 말을 끌었다.

"야율초재(耶律楚材)라는 이름을 들어보신 적이 있습니까? 그걸 확인하고 이야기를 하고 싶군요."

무영은 기억을 더듬어보았다. 그리고 고개를 끄덕였다.

"안다."

원래는 거란족이 세운 요나라의 신하였으나 뒤에 칭기즈칸의 참모가 되어 공을 세웠던 지략가, 행정가라는 말을 들은 기억이 있었다.

"그 사람의 자손인가?"

야율지용은 웃으며 손을 저었다.

"야율이라는 성은 거란족에서 가장 많은 성입니다. 사실 성이라고는 그것 말고는 몇 개 있지도 않죠. 예전에는 왕족만이 성을 가지고 있었습니다. 나라가 무너진 후에는 너도나도 야율 씨라고, 즉 조상이 왕족이었다고 말하곤 하죠. 그러니 제 먼 조상 중에 그분이 있는지 어떤지는 저도 모릅니다."

그는 눈을 빛내며 말을 이었다.

"그분의 말씀 중에 유명한 것이 있죠. 칭기즈칸에게 조언했다는 것입니다. 말 위에서 세상을 정복할 수는 있지만 말 위에서 세상을 다스릴 수는 없다. 세상을 정복하는 힘과 세상을 다스리는 힘은 다른 것이라는 의미로 새깁니다. 그게 오늘 제 이야기의 핵심이지요."

무영은 야율지용을 유심히 쳐다보았다. 이 사람을 이해할 수 있는 실마리 하나를 들은 것 같아서였다. 어쩌면 이 사람은 야율초재의 흉내를 내려 하는 것인지도 모른다는 생각이었다.

야율지용이 무영을 정면으로 마주 보며 열기를 담아 말했다.

"오늘 저는 단주께 천하를 경략하는 방법에 대해 이야기했습니다. 마도천하를 가져오기 위한 십 년간의 전쟁, 그리고 마도천하가 된 이후 십팔 년, 총 이십팔 년간 세상 사람들이 추구한 것은 '힘', 오로지 그것 하나였습니다. 뒤에 어떻게 다스릴 것인가, 어떤 세상을 만들어 나갈 것인가를 생각한 사람은 극히 드뭅니다. 그 결과 세상은 망가졌습니다. 몰락했습니다. 문화는 사라지고 경제는 주먹구구가 되어 백성들은 도탄에 빠졌습니다. 중원은 무법천지가 되었죠. 이게 대종사께서 바라신 세계일까요? 이것이 뜻을 합하고 힘을 모아 일어섰던 마도십웅의 초지(初志)였을까요? 전 아니라고 봅니다. 그러므로 이제 천하를 경략할 안목과 의지가 있는 사람들이 일어나야 한다는 것입니다."

무영은 야율지용을 잠시 바라보다가 천천히 고개를 저었다.

"여전히 멀다."

야율지용은 웃었다.

"아직 멉니까?"

"그렇다. 멀다."

이번에는 야율지용이 고개를 저었다.

"멀지 않습니다. 전혀 멀지 않습니다. 그걸 지금부터 말씀드리지요. 천하를 경략하는 세 번째 방법, 즉 군략입니다. 이게 경제와 그로 인해 만들어지는 구조적 장단점을 떼놓고는 생각할 수 없다는 것입니다."

천하 경락론 3

 "본 가가, 사자군림가가 요서에 온 지 십팔 년이 되었습니다. 그때 이후로 본 가는 쭉 흑사광풍가와 싸워왔지요. 그 긴 세월 동안 왜 결판을 내지 못하고 이렇게 질질 끌고만 있는지 아십니까? 본 가는 지키는 쪽이고 흑사광풍가는 공격하는 쪽이기 때문입니다. 나아가서 본 가는 지키는 쪽일 수밖에 없고 흑사광풍가는 공격하는 쪽일 수밖에 없기 때문입니다."

 야율지용의 설명이 길게 이어졌다.

 마도천하가 된 후 많은 종파들이 근거지를 떠나 중원의 곳곳에 재배치가 되었지만 흑사광풍가만은 원래 있던 곳에 그대로 머물게 한 것에는 당시 마교 수뇌들의 고심에 따른 결정이었다. 그리고 어쩔 수 없이 그렇게 할 수밖에 없는 결정이기도 했다.

 흑사광풍가의 주력은 몽고족이고, 그것도 도적단이었다. 유목민인 몽고족은 농사를 짓지 않는다. 칭기즈칸이 중원을 정복했을 때도 중원의 비옥한 농지와 번화한 도시들을 모두 불태워 버리고 초원으로 만들 계획을 진지하게 고려한 일이 있을 정도였다. 그들에게는 말과 양에게 먹일 풀이 자라는 초원만이 의미가 있기 때문이었다. 그들은 풀이 자란 곳을 찾아 방목을 한다. 풀이 떨어지면 다시 풀이 있는 곳을 찾아 이동한다. 몽고의 광활한 초원이 가능하게 하는 일이긴 하지만 이 방식은 기본적으로 약탈과 매우 흡사하며 실제로 대개 약탈과 병행하게 된다.

그러니 저런 방식을 극단적으로 밀어붙여 놓은 것이 흑사광풍가라는 존재라고 말할 수도 있었다. 요동의 명왕유명종이 요동 땅의 사람들을 가축처럼 보았다면 흑사광풍가는 달단 사람들을, 그리고 달단 접경의 여러 지역들을 약탈의 대상으로만 보았다.

대종사는 흑사광풍가가 어느 지역에 있든 그 지역을 황폐화시키고 결국은 그 인근 지역을 약탈할 게 뻔하다는 것을 알고 있었다. 달단에서와 같은 초원이 없는 지역에서는 그 황폐화의 속도가 더욱 빠를 것이다. 그래서 그냥 달단에 있도록 눌러놓았던 것이다. 그들에게 달단을 영역으로 내주었다는 것은 그 아래로는 내려오지 말라는 경고의 의미에 불과했다. 옛 중국의 황제들이 그랬던 것처럼 그들이 요구하는 것을 대주면서 달단 안에서만 참고 살라고 한 것과 비슷한 행위였다.

그러나 그들은 원하는 어디로든 갈 수 있었다. 몽고와 중원 사이에 띠처럼 길게 늘어진 영역의 이점을 이용해서 그들은 위로 몽고를 약탈하고 아래로는 사자군림가의 요서, 용화광명종의 하북, 음양천검가의 산서, 보패범천종의 감숙을 수시로 넘나들었다. 하북과 산서, 감숙에서는 그들이 요구하는 식량과 물건들을 대줌으로써 달래왔지만 요서의 사자군림가는 그러지 않았다. 그들은 성을 지키며 거세게 저항하고 패퇴시켜 왔던 것이다. 애초에 대종사가 사자군림가를 요서에 배치해 놓은 것이 그 목적을 위해서이기도 했다. 그게 이번 침략의 직접적인 원인이었다.

사자군림가로서도 그 이상의 일은 못한다는 게 문제였다. 방어는 가능했다. 하지만 흑사광풍가를 궤멸시킬 수는 없었다. 불리하다 싶으면 도망가면 그만이었고, 실제로 그래 왔기 때문이었다.

사자군림가가 요서를 경략하기 위해 시행하는 장원제는 흑사광풍가의 침탈에 대항하는 데에도 탁월한 효과가 있었다. 요서의 광대한 영역을 모두 방어하려고 하지 않고 장원이라는 거점만 방어하기 때문이었다. 흑사광풍가의 기마대가 요서로 넘어오면 각 장원별로 배치된 병력들은 자기 장원만 방어하면 되는 것이다. 그사이에 특정 장원에 배치되지 않은 사자군림가의 주력군이 장원을 공략하는 흑사광풍가의 뒤를 쳐서 쫓아내는 방식이었다.

사자군림가의 각 장원은 그 하나하나가 보, 혹은 성채에 가깝게 강화되어 있어 방어에 유리하고, 뒤를 치는 역할을 맡은 주력군은 이만이 넘는 대병력이면서도 전원 기마대인지라 이동이 신속하다는 장점이 있었다. 이런 방식으로 그들은 그동안 연례 행사에 가까운 흑사광풍가의 침략을 효과적으로 막아온 것이다.

문제는 방어가 아니라 공격에 있었다. 사자군림가가 흑사광풍가의 침략을 원천적으로 봉쇄하기 위해서는 방어만으로는 안되고 공격을 해야 했다. 즉, 소탕전을 벌여야 하는데, 이게 어려웠다. 사자군림가의 체제는 방어에는 최적화되어 있지만 공격에는 그렇지 않기 때문이었다.

또한 흑사광풍가의 체제는 공략하기가 극히 어렵다는 문제도 있었다.

흑사광풍가에게는 거점이라는 게 없다. 성도, 도시도 없다. 그들에겐 말에 싣고 다니는 천막이 전부였다. 지켜야 할 성채 같은 것이 없는 것이다. 그러니 흑사광풍가를 소탕하기 위해 달단으로 대규모의 병력을 보낸다고 했을 때, 흑사광풍가는 달단을 방어하지 않고 오히려 주력군이 자리를 비운 틈을 타서 요서를 역공할 가능성이 있었다. 물론 각 장원을 방어하는 병력은 그대로 두고 흑사광풍가를 막고 있는 사이에 돌아오면 되지만 그사이에 흑사광풍가는 또 다른 곳을 공략하러 떠나 버릴 것이 뻔했다. 이런 식으로 끝없는 추격전이 되면 쫓는 쪽이 오히려 지쳐 쓰러질 게 뻔했다.

요서로 통하는 길목을 막고 흑사광풍가를 잘 몰아넣어서 달단에서만 전투가 벌어져도 상황은 비슷하게 흘러갔다. 거점도, 성도 없으니 더 위쪽의 몽고로 도망가면 그만이었다. 그리고 그 막막한 몽고의 대초원에 들어가면 잡을 길도 없었다. 거기에서도 바람을 맨손으로 잡으려는 시도처럼 무익한 추격전이 벌어질 게 뻔했다. 그렇게 초원을 헤매다가 계속되는 기습 공격에 당해 전멸되기 십상일 것이라는 게 일반적인 예상이었다.

"지금 개원을 공략할 힘이 없어서 못하는 게 아닙니다. 개원과 철령 사이에 흩어져서 돌아다니는 기마대는 무시하고 그냥 개원의 본진을 칠 수도 있습니다. 그럼 놈들은 달단으로 도주할 겁니다. 달단을 치면 이번엔 몽고로 도주하겠지요. 언제까지나 추격할 순 없습니다. 하지만 추격이 그치면 이번엔 그쪽에서 반격을 시작할 겁니다. 우리가 후퇴하기 시작하면 그쪽에서 추격해 오겠지요. 달단과 몽고의 대초원은 그

순간 죽음의 수렁이 되는 겁니다. 끊임없이 기습하고, 기습하고, 또 기습해 오겠지요. 요서로 살아서 돌아올 수 있는 사람은 몇 안 될 겁니다."

야율지용은 잠시 말을 끊고 쉬었다. 지쳐서라기보다는 자기 말이 무영과 종리매에게 미친 효과를 즐기는 듯한 모습이었다. 이번에는 무영도 고개를 끄덕이고 있었다. 사자군림가와 흑사광풍가의 싸움 양상이 이해되었기 때문이다. 오늘 야율지용이 와서 한 이야기 중에 유일하게 쓸모있는 부분이라고 그는 생각하고 있었다. 그러나 아직도 마음에 들지 않는 뭔가가 있었다. 무영은 그게 과연 뭘까 곰곰이 생각했다.

종리매가 말했다.

"마치 경험해 보고 하는 듯한 이야기로군."

"지난 십팔 년 동안 세 번의 원정이 있었습니다. 십칠 년 전에 한 번, 십삼 년 전에 한 번, 마지막 한 번은 십 년 전에 있었죠. 그 세 번 모두 괴멸에 가까운 타격을 입고 돌아와야 했습니다. 통일대전 때 죽은 본가의 무사들보다 그 세 번에 걸친 공략전에서 죽은 무사들이 더 많을 정도입니다."

무영이 말했다.

"그렇다고 언제까지나 지금처럼 소모전을 벌일 순 없잖은가."

야율지용이 고개를 끄덕였다.

"그렇습니다. 언제까지나 소모전만 벌일 순 없죠. 마교총단에서는 그만 하라고 말리고 있지만 이번에야말로 흑사광풍가를 괴멸시켜야 한다는 게 대개의 의견입니다."

종리매가 말했다.

"대개의 의견? 그럼 자네 생각은 다르다는 뜻인가?"

야율지용이 웃으며 손을 흔들었다.

"저라고 다르겠습니까. 다만 저는 지금까지 해왔던 것처럼 무력만으로는 안 된다고 생각하는 것입니다. 본 가와 흑사광풍가의 문제는 경제와 문화를 같이 생각해야만 해결할 수 있습니다. 흑사광풍가가 왜 강한가? 왜 끊임없이 타 종파의 영역을 침탈하는가? 그걸 이해하고 그 이유를 없앰으로써, 즉 흑사광풍가가 존재할 수 있는 바탕을 제거함으로써 비로소 그들을 괴멸시킬 수 있다는 것이 제 의견입니다."

무영이 물었다.

"구체적으로 말해 보라."

야율지용이 다시 웃었다.

"지금까지 구름 잡는 이야기만 했으니 이젠 구체적으로 방법을 말하라는 뜻이군요. 예, 말씀드리겠습니다."

그는 잠시 목청을 가다듬고 이야기를 시작했다.

흑사광풍가의 무력은 달단 몽고족의 무력이다. 달단 몽고족 전사들이 그대로 흑사광풍가의 전사이기도 하기 때문이다. 달단 몽고족은 왜 흑사광풍가의 전사가 되는가. 그들은 왜 끊임없이 타 종파의 영역을 침탈하는가. 달단에서 나는 것만으로는 살 수 없기 때문이다. 차가 필요하고, 밀이 필요하고, 강철과 기타 중원에서 나는 물자들이 없으면 그들은 살 수가 없다. 그러므로 달단 몽고족이 흑사광풍가의 전사로 기꺼이 뛰어드는 것이고, 타 종파의 영역을 침범해 약탈하는 것이다. 그렇게 하지 않으면 살 수가 없으므로.

"우선은 현재 달단을 지배하고 있는 권력을 무너뜨려야 합니다. 즉, 흑사광풍가를 무너뜨리는 게 최우선 과제죠. 거기에 대해서는 다른 분들과 조금도 의견이 다르지 않습니다. 제가 생각하는 것은 그 다음입니다. 달단 사람들이 달단에서 평화롭게 살아갈 수 있도록 만들어주지 않으면 언제든 제이, 제삼의 흑사광풍가가 나올 수밖에 없습니다. 그걸 막아야 한다는 것입니다."

그는 무영을 정면으로 바라보며 말했다.

"구체적으로 어떻게 싸워 이길 것인가. 어떻게 현재의 흑사광풍가를 무너뜨릴 것인가에 대해서는 말할 게 없습니다. 거기 대해서는 다른 사람들이 열심히 고민하고 있으니 답이 나오겠죠. 실제로 답이 만들어져 있고, 지금 진행 중입니다. 그건 다른 분들이, 아마도 가주께서 직접 발표하실 것입니다. 행동에 들어가기 직전에 말입니다. 그러나 저는 거기에는 관심이 없습니다. 제 관심은 그 다음에 있기 때문입니다. 천하를 경략하는 방법 말입니다."

무영은 야율지용의 시선을 정면으로 대하고 있다가 가볍게 한숨을 쉬며 고개를 저었다. 야율지용의 이야기가 마음에 들지 않았던 이유 중 하나를 이 순간 확실하게 알았던 것이다.

"당신은… 그리고 당신들은……."

무영이 천천히 말했다.

"당신과 이곳 사람들은…… 뭔가 크게 착각하고 있다."

야율지용이 여기 온 이후 처음으로 인상을 찌푸리며 물었다.

"우리가 착각하고 있다고요?"

무영은 고개를 끄덕였다.

"그렇다. 착각하고 있다."

"우리가 무얼 어떻게 착각하고 있는지 가르쳐 주시겠습니까?"

무영은 잠시 그를 바라보다가 고개를 저었다.

"지금 모른다면 말해 줘도 모를 거다."

그는 찻잔에 남은 식은 차를 마시고 자리에서 일어났다. 더 이상 이야기하지 않겠다는 표시였다. 야율지용도 천천히 자리에서 일어났다. 애써 표정을 관리하고 있지만 가슴속에서 끓어오르는 분노를 감추지 못하고 있는 모습이었다. 그는 몇 마디 의례적인 인사를 하고는 자리를 떠났다. 그렇게 몇 걸음을 가다가 그는 끝내 참지 못하고 무영을 향해 돌아섰다.

"듣고도 못 알아들을지도 모르지요. 하지만 짐작할 수 있는 단서라도 한마디 해주시지 않겠습니까?"

무영이 그들을 배웅하러 따라오다가 걸음을 멈추었다. 그는 잠시 생각해 보다가 말했다.

"당신들은 병정놀이를 하고 있다."

"병정놀이?"

무영은 고개를 끄덕였다.

"당신들은 지금 놀고 있다. 싸우고 있는 게 아니다. 싸움은 물론 힘으로만 하는 건 아니다. 그러나 머리로만, 말로만 하는 것도 아니다."

야율지용이 불쾌한 빛을 드러내며 말했다. 정중하던 말투조차 한순간에 바뀌었다.

"우리에겐 충분한 무력 또한 갖추어져 있소."

무영이 짧게 그의 말을 받았다.

"그러니까 놀고 있는 것이겠지. 놀고 있을 때는 천하니, 세대교체니 하는 소리들을 하고 있어도 좋다. 그러나 임박한 싸움에서 이기지 못하면 그땐 더 이상 놀고만 있을 수는 없을 것이다."

야율지용이 무어라 반박하려 했지만 무영은 더 이상 그의 말을 듣지 않았다. 그는 손을 저어 보이고는 돌아서 버렸고, 야율지용은 입술을 깨물고 그 뒷모습을 노려보는 수밖에 없었다. 그러다가 소매를 떨쳐 큰 소리를 내고는 떠나가 버렸다.

종리매가 그 모습을 보며 빙그레 웃고는 무영을 따라가 말을 걸었다.

"놀고 있다고 한 건 참 통쾌한 표현이로군. 나도 뭐라고 한마디 해주고 싶었는데 딱 그 말일세."

무영이 걸음을 멈추고 종리매를 바라보았다.

"그들은 너무 작게 생각하거나 너무 크게 생각하고 있다. 한굉과 천유명은 내부의 세력 다툼에만 골몰하고 있는 것 같다. 방금 그 사람은 어차피 자기에겐 승산이 없다고 생각하는 건지도 모른다. 그래서 오히려 천하니 뭐니 허풍을 떨고 있는 것 같다. 하지만 그중 어느 놈도 혹사광풍가를 어떻게 이길지 생각하지 않는다."

그는 잠시 말을 멈추었다가 결론을 내듯 말했다.

"그러니 놀고 있는 거다."

제56장 월영 손지백

▌무공을 뭘로 비교하는 게 좋은 건지는 모르겠다만 싸움에 있어서만은 상대적으로 이쪽이 나았어. 특히 손지백같이 소위 명문정파에서 무공을 곱게 배운 녀석은 월영에겐 상대도 안 된다

월영 손지백 1

 오월, 화창한 봄날이었다. 요서의 평원에도 파릇파릇 풀이 돋고, 낮은 산록에는 들꽃이 피었다. 바위틈에 힘겹게 자라난 구부러진 관목조차도 봄빛으로 물들어 마른 껍질 안쪽에서 녹색 기운이 스며 나오는 듯했다.
 무영은 풀잎 한 장을 입에 물고 누워 비스듬히 아래쪽에 보이는 무영단 무사들의 연무를 구경하고 있었다. 무사들은 화두타의 지도 하에 도법을 연마하고 있었다. 화두타의 특성대로 극히 야비한, 그래서 매우 실전적인 기법들이었다.
 다른 당주, 향주들은 무영의 주변에 모여 앉아 쉬거나 한담을 나누고 있었는데, 지금 대화를 이끌어가는 것은 월영이었고, 그 화제는 엊그제 떠나간 노준혁이었다. 어제 하던 이야기의 계속인 것이다. 즉, 노준혁이 떠나기 전 삿갓검객을 통역 삼아 홍련과 무언가 이야기를 하고

갔다는 것인데, 호기심 많은 월영이 알아낸 바에 의하면 누이동생에게 위급한 일이 생길 거라는 예언을 듣고 고향을 들러서 만나본 후 신빈보로 갈 계획이라고 했다. 게다가 월영은 홍련을 자주 찾아가서 점을 보며 친해진 덕분에 홍련이 노준혁에게도 말해 주지 않은 사실까지 알아냈다.

"이번에 노준혁이 가면 그 누이에겐 길(吉)이지만 노준혁에겐 대흉(大凶)이 된다지 뭐예요. 아마 누이가 지금 무슨 위험에 처해 있는데, 노준혁이 가면 누이는 구하지만 대신 자기가 위험에 처하게 된다는 그런 일인가 봐요."

듣고 있던 손지백이 물었다.

"그런 걸 왜 가르쳐 줬답니까?"

"아, 그야 나랑 친하니까 그렇지. 여자끼린 통하는 게 있다구. 중간에 통역이 필요하지만 않았으면 훨씬 더 많은 이야기를 나눌 수 있었을 텐데. 시꺼먼 사내자식이 중간에 껴 있으니 은밀한 이야기를 할 수 있어야지. 참, 그 녀석 무뚝뚝하기도 하데."

손지백은 씁쓸한 표정으로 고개를 저었다.

"아니, 노준혁에게 왜 가르쳐 줬냐는 말입니다. 그 점괘가 사실이라고 치고, 노준혁이 가서 누이는 구하지만 자긴 위험에 빠진다면 결국 노준혁을 죽이는 셈이 아닙니까. 안 가르쳐 줬으면 누이는 죽거나 불행해지지만 노준혁은 괜찮았을 테고……."

그는 잠시 인상을 쓰더니 투덜거리듯 말했다.

"대체 뭐가 어떻게 되는 건지 자세히 모르니 뭐라고 말할 수도 없군요. 하여간 제 말은 그 무녀가 쓸데없는 소리를 했다는 겁니다. 맞는지 안 맞는지도 모르는데 괜히 불안하게만 하는 소리 아닙니까."

"홍련이 점친 건 여태 다 맞았어!"

월영이 버럭 소리를 지르고는 못마땅한 듯 손지백을 노려보았다.

"요즘 계속 똥 씹은 표정으로 투덜거리기만 하던데 나한테 뭐 불만 있어?"

손지백이 씁쓸하게 말했다.

"제가 당주님께 무슨 불만이 있으며, 똥 씹은 표정은 언제 했다고 그러십니까. 그저 이치가 그렇지 않나 그거지요."

"지금 똥 씹은 표정 하고 있잖아. 그리고 이치로 따지자면 음……."

그녀는 잠시 곤란한 표정이 되었다.

"뭐라뭐라 설명은 잔뜩 해줬는데 알아들을 수 있는 이야기가 없어서 다 잊어버렸다. 운명이 이미 정해져 있다는 둥, 자기가 점괘를 알려주는 것도 이미 신장(神將)님이 그렇게 하라고 해서 한 거니 어쩔 수 없다는 둥 그랬어."

손지백이 낮게 투덜거렸다.

"헛소리를……."

월영은 도끼눈을 뜨고 그를 노려보았다.

"다 들었어. 당주에게 감히 헛소리라고 하다니 혼나볼 테냐!"

손지백이 손을 저었다.

"제가 언제 당주님께 헛소리라고 했습니까. 그 무녀가 헛소리를 한다는 거지요."

월영이 일어나 손짓했다.

"하여간 너 나와 봐. 너, 지금 명문 화산파 출신이라고 나 무시하는 거지. 진작부터 그런 눈치를 채고 있었어. 오늘 손 좀 봐주마!"

손지백의 표정이 더욱 씁쓸하게 변했다. 그는 일어나지도 않고 고개만 저었다.

"망해 버린 문파에 명문이 어딨습니까. 요즘처럼 허탈한 적도 별로 없습니다. 저 그냥 내버려 두세요. 속이 풀릴 때까지 때리시든가. 차라리 그냥 때리시면 맞고 있지요."

월영이 그를 노려보며 말했다.

"사내자식이 그게 뭐야! 축 늘어져 가지고서는! 불만스러운 게 있으면 바로바로 토해놓고 가뿐하게 살란 말이다! 하여간 일어나! 진작부터 화산검술을 한번 구경해 보고 싶었어!"

손지백의 표정이 굳어졌다.

"일단 검을 잡으면 전 사정을 안 봐드립니다."

월영이 혀를 찼다.

"그 자식 정말 말 많네. 닥치고 얼른 검이나 빼!"

손지백이 천천히 자리에서 일어났다. 그리고 말했다.

"졸개들 있는 자리에서 당주님 체면을 구겨 드리고 싶진 않습니다. 자리를 옮기죠."

월영이 피식 웃고는 고개를 끄덕였다.

"체면 구겨질 일은 안 일어날 것 같지만, 좋아. 따라와!"

월영과 손지백은 산자락을 돌아 무사들이 보이지 않는 곳으로 사라졌다. 그 모습을 보고 있던 혈면염라 최주가 종리매에게 물었다.

"어째서 안 말리셨습니까?"

종리매가 눈살을 찌푸리며 대꾸했다.

"당주가 휘하 향주를 교육시킨다는데 내가 왜 말리냐?"

최주는 고개를 갸웃거렸다.

"월영 당주가 얼마나 강한지는 모르겠지만 손 향주도 만만치는 않을 걸요. 우리 중에선 담 형과 더불어 양대고수라 할 만한데……."

종리매는 코웃음을 쳤다.

"담오라면 월영과 비슷하게 겨룰 수도 있겠지. 하지만 손지백은 아직 한참 멀었어. 혼 좀 날 거다."

그는 갑자기 최주를 바라보며 눈을 크게 떴다.

"너도 월영이 만만하다고 생각하고 있었군."

그는 최주가 대답할 틈을 주지 않고 손을 저으며 말을 이었다.

"그런 생각 했으면 일찌감치 버려라. 그러다가 혼나는 수가 있다. 왕년에 정파무림이 마교에게 왜 졌다고 생각하냐? 수가 많아서? 처음엔 오히려 더 적었다. 월영 같은 마도고수가 있어서야. 무공을 뭘로 비교하는 게 좋은 건지는 모르겠다만 싸움에 있어서만은 상대적으로 이쪽이 나았어. 특히 손지백같이 소위 명문정파에서 무공을 곱게 배운 녀석은 월영에겐 상대도 안 된다."

그는 듣는지 마는지 눈을 감고 누워 있는 담오를 힐끔 보고는 덧붙여 말했다.

"담오와 손지백이 싸우면 물론 비등하지. 그건 담오가 정직하게 싸워서 그렇다. 제대로 실력 비교가 되는 거지. 하지만 월영은 달라. 온갖 치사한 방법을 다 사용한다는 거지. 담오도 거칠게 배운 놈이니 자신은 정직하게 싸워도 상대의 치사한 방법에 당하지는 않지. 알고 있으니까. 하지만 손지백 같은 녀석은 그대로 당해 버린단 말이다. 그러니 안 된다는 거지."

그는 목이 마른 듯 옆에 놓인 물통을 기울여 몇 모금 마시고는 다시 말했다.

"손지백, 저놈은 틀을 깨고 나와야 해. 말로는 아니라고 하지만 아직도 명문정파 제자인 것처럼 생각하고 있으니 오히려 실력 발휘를 못하고 있는 거다."

무영이 입을 열었다.

"손지백이 왜 우울해하나?"

최주가 고개를 저었다.

"글쎄요. 별달리 우울해할 일은 없는 것 같은데."

조용히 듣고 있던 황천이 수련하고 있는 무사들을 가리키며 말했다.

"저것과 관련있습니다."

황천이 설명했다.

"어제와 오늘 오전에 손 향주가 검법을 가르쳤었죠. 하지만 화산파 검법을 제대로 배울 수 있는 졸개가 있을 리 없잖습니까. 다들 지겨워해서 중간에 그만뒀는데, 그게 실망스러웠던 모양입니다."

종리매가 참견했다.

"반면 화두타처럼 시시한 잔기술에는 집중을 한단 말이지. 그걸 보고 화가 났나보군."

최주가 고개를 갸웃거렸다.

"그게 화낼 일입니까? 당연한 결과 아닙니까. 나이 서른 넘어서 정파에서 하는 것처럼 기초부터 배우려고 들면 당연히 지겹죠. 제대로 배울 수 있을 리도 없고. 졸개들에게는 화두타가 아는 편법, 사공(邪功)들이 훨씬 쉽고 흥미로울 겁니다."

황천이 말했다.

"사실 그런 면이 있죠. 단주님 명에 따라 열화심공과 열양신공 수련을 시키고 있습니다만 나이 들어 새로 배우는 졸개들은 지겨워합니다. 별로 늘지도 않고. 차라리 화두타 향주가 가르쳐 주는 임기응변의 기술들이 도움이 되는 건 사실입니다. 단도만이 아니라 은신술이나 잠행술, 위기에서 빠져나오는 법 등등, 제가 들어도 흥미로운 기술들을 많이 알고 있으니까요."

종리매가 혀를 찼다.

"중요한 건 손지백이 자신은 쓸모없다고 생각하고 있다는 거지. 여기 당주, 향주들이 대체로 자기 자리를 잡아가고 있는데 그놈만 아직 할 일을 못 찾은 것 같은 기분이 드는 모양이다."

최주가 피식 웃었다. 그리고는 저만치 떨어진 바위 위에 앉아 철금을 만지고 있는 공손번을 가리키며 말했다.

"할일이 있든 없든 상관없이 저것만 주무르는 공손 향주도 있잖습니까. 저렇게 만지면서도 막상 한 번도 소리 내어 연주한 일은 없단 말입니다. 좀 들려달라고 해도 거절하고……. 무저갱에서도 그랬죠."

그는 목소리를 낮추어 말했다.

"그래서 저건 그냥 장식용으로 들고 다니는 거다 하는 이야기가 있었습죠."

황천이 미소를 지으며 말했다.

"백인백색(百人百色)이라고, 사람마다 성격에 따라, 특기에 따라 달리 할 일이 있는 거겠죠. 공손 향주도 싸울 때는 남보다 뒤에 가는 분이 아니고, 저 같으면 들고 휘두르지도 못할 것처럼 거추장스러워 보이는 저 철금을 귀신같이 사용하니 소리가 안 나면 어떻습니까. 훌륭한 무기인데요."

무영이 갑자기 일어났다. 그는 무언가 깨달은 사람처럼 눈만 번뜩이며 멍청히 서서 중얼거렸다.

"백인백색. 그게 중요하다. 무영단은 백인백색이어야 한다."

그는 사람들을 향해 말했다.

"사자군림가가 병정놀이를 한다고 우리도 따라 할 필요는 없다. 수련을 시키면서 계속 무언가 잘못되었다고 생각하고 있었다. 뭐가 잘못된 건지 몰랐는데 이제 알겠다. 맞지 않는 옷을 억지로 입힐 필요가 없었던 거다."

그는 혈영을 향해 명령했다.

"각자의 특기를 찾는 쪽으로 수련 방식을 변경해라. 잘하는 것 못하는 것을 모두 같이 배울 필요는 없다."

그는 잠시 생각하다가 다시 말했다.

"방패는 전원 휴대하게 하는 게 좋겠지만 무기를 장도(長刀)로 통일한다는 계획도 변경하자. 각자 알아서 편한 걸 골라 쓰도록."

몇 번의 전투를 거친 경험으로 흑사광풍가와 싸울 때는 방패와 장도가 적합하다는 의견이 있었기 때문에 사자군림가에 요청해서 준비를 시키고 있었던 것이다. 지금 그 계획을 파기한다는 것이다.

최주가 고개를 갸웃거렸다.

"그럼 전술도 달라져야 합니다."

무영이 말했다.

"우린 훈련받은 군사가 아니다. 군사가 될 필요도 없다. 그냥 지금까지 해온 것처럼 싸운다. 각자 살아남기 위해 노력하면 되는 거다. 애써 군사 흉내를 낼 필요가 없다."

최주가 다시 물었다.

"지금까지 해온 대로라지만 구체적으로는 어떤 방식을······?"

무영이 대답하려다 말고 월영과 손지백이 간 방향을 바라보며 말했다.

"아직 안 끝났을까? 모두 모여서 의논하고 싶다."
종리매가 최주를 향해 말했다.
"가서 데려와라!"

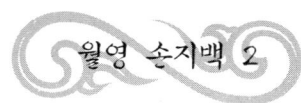

월영 손지백 2

 월영과 손지백의 싸움은 종리매의 예상대로 진행되었다. 손지백이 월영을 얕잡아본 것도 사실이었다. 월영이 그에게서 일정한 거리를 두는 것을 내버려 두었던 것이다. 삼 장 길이의 채찍을 쓰려면 적당한 거리가 필요했다. 검객은 이런 장병기를 사용하는 상대를 만나면 거리를 좁히려 하는 것이 보통이지만 손지백은 그러지 않았다. 그는 월영이 충분히 거리를 두도록 내버려 두고, 아니, 그걸 기다리는 것처럼 천천히 검을 뽑았다.
 무영단이 확장될 때 월영과 혈영을 당주로 민 것이 바로 그였지만 그 자신은 혹시 혈영에게는 몰라도 월영보다 무공이 아래라고 생각한 적이 없었다. 그녀가 마교통일대전 때부터 명성이 자자했던 이화태양종의 호교 오위 중 하나라고 해도 말이다.
 게다가 오늘은 기분이 나빴다. 월영 때문은 아니지만 정말 이런 날은 피를 보고 싶은 기분이었다. 오랜 폐인 생활에서 간신히 벗어난 그에게 '쓸모없는 사람'이 된 것 같다는 자의식, 남보다 못한 것 같다는 열등감은 무엇보다도 싫은 것이었다. 누구도 그에게 그런 말을 하지는 않았지만, 그래서 혼자 기분으로 예민하게 군다는 생각이 스스로도 들지 않는 것은 아니었지만 이건 그로서도 어쩔 수 없는 일이었다. 이 찝찝한 기분을 떨쳐 내기 위해 한 번의 승리 정도는 괜찮을 것이다. 월영을 이겼다고 해서 당주로 인정을 않는다거나 무시한다거나 하지는 않을 생각이었으니까.

그는 가만히 검을 들어 매화검법의 기수식을 취하고 말했다.

"오십시오!"

월영이 두말 않고 채찍을 떨쳐 냈다. 긴 채찍이 마치 낚싯줄처럼 직선으로 뻗어와서 손지백의 목을 노렸다. 손지백은 월영의 채찍이 상상 이상의 속도로, 그것도 채찍은 옆으로, 혹은 위로 휘둘러질 것이라는 일반적인 예상과는 달리 직선으로 뻗어오자 크게 놀라 급히 뒤로 물러났다. 화산 비전 암향표(暗香飄) 신법이 발휘되어 손지백은 꼿꼿이 선 채 얼음 위를 미끄러지듯 뒤로 움직여 갔다. 월영이 따라 달려온다고 해도 연병기인 채찍의 특성상 창처럼 꼿꼿하게 찔러올 수는 없을 것이다.

그러나 믿어지지 않게도 채찍은 창처럼 뻗어와 그의 목을 찔렀다. 그것도 월영은 제자리에서 움직이지 않고 있는데, 길이가 다된 줄 알았던 채찍이 고무줄처럼 늘어나서 목을 찌른 것이다.

손지백은 목에 따끔한 통증을 느끼자마자 옆으로 굴렀다. 명문정파의 체면을 돌보지 않은 나려타곤(懶驢打滾)의 회피법이었다.

월영은 채찍을 거두어들이고는 깔깔 웃었다.

"봐준 줄 알아!"

손지백은 수치스러워 붉게 물든 얼굴을 들고 월영을 노려보았다. 목에 뜨거운 느낌이 들었다. 만져 보니 가죽이 찢겨져 피가 흐르고 있는 듯했다. 그는 손가락에 묻은 피를 혀로 핥으며 일어났다.

"후회할 거요."

말과 함께 그는 달렸다. 거리를 둔 것은 그의 오만이었다는 것을 깨달은 것이다. 그렇다면 더 이상 봐줄 것 없었다. 그는 급속도로 거리를 좁혀갔다. 손에 잡은 보검이 더욱 빛을 발했는데, 손지백이 거기에 혼신의 내공을 불어넣어서였다.

월영은 달려오는 손지백의 정면으로 채찍을 뻗었다. 조금 전과 똑같은 방법이었다. 손지백은 내심 코웃음을 쳤다. 같은 방법이 두 번 통하지는 않는 것이다. 그는 미리 생각해 뒀던 대로 발길을 조금 틀어 아슬아슬하게 채찍을 피하고 계속 달렸다. 이렇게 정면으로 뻗어오는 장병기는 한 번 피하기만 하면 결정적인 약점을 드러낸다. 방향 전환이 쉽지 않고, 억지로 옆으로 움직여 때려봐야 별 위력이 없기 때문이었다.

하지만 이걸 기다린 것은 오히려 월영이었다. 그녀는 쇄도해 오는 손지백을 보며 히죽 웃고는 손을 틀었다. 채찍이 갑자기 살아 있는 구렁이처럼 꿈틀거리며 손지백의 목을 노렸다. 옆으로 억지로 움직여 휘감으려 하지 않고 단지 옆으로 흔들어 굴곡만 줌으로써 손지백을 공격한 것이다. 채찍은 장병기이면서 동시에 연병기이기도 하다는 특성을 잘 살린 한 초였다.

손지백이 기겁하며 검을 휘둘러 채찍을 막았다. 뭘로 만들었는지 몰라도 그의 날카로운 보검에도 채찍은 끊어지지 않고 오히려 검과 그를 함께 감아왔다. 이것 역시 연병기의 특성이었다. 손지백은 월영의 채찍이 강인하면서도 부드럽게 그를 감아오는 것을 느꼈다. 그 뒤엔 엄청난 힘으로 조여들 것이다. 그는 순간적으로 판단하고, 망설이고, 결정했다. 아무리 수치스러워도 채찍에 묶여 끌려가는 것보다는 나을 것이다. 그는 미끄러지듯 뒤로 넘어지며 땅바닥을 굴렀다. 다시 나려타곤이었다.

월영이 깔깔대고 웃었다. 손지백은 흙투성이가 되어 고개를 들었다. 그의 얼굴은 조금 전보다 더 붉어졌지만 이번에는 수치 때문이 아니라 분노 때문이었다.

"죽여 버릴 테다!"

손지백의 분노가 폭발했다. 그는 몸을 일으키는 것과 동시에 팔방풍우(八方風雨)의 초식으로 검을 휘두르며 월영에게 접근해 갔다.

월영이 여전히 웃으며 말했다.

"그래야 사내답지!"

말과는 달리 그녀는 손지백을 향해 세차게 채찍을 휘둘렀다. 이번에야말로 채찍을 채찍답게 사용하는 공격법이었다. 직선으로 던질 때를 빼고는 반드시 원을 그리며 공격하는 유성추 같은 무기와는 달리 채찍은 크게 휘두를 수도 있고, 길게 뻗은 상태에서 끝만 움직여 후려칠 수도 있는 무기였다. 앞뒤로 뻗고 거두며 끝에만 힘을 실어 두드릴 수도 있고, 월영처럼 내공을 불어넣어 찌를 수도 있었다. 그런 공격들이 연달아 펼쳐지니 손지백으로서도 방어에 급급할 뿐 이렇다 할 반격을 할 수가 없었다. 접근조차 하기 힘들었다.

손지백은 월영을 목표로 한다는 생각을 바꿨다. 채찍이 문제였다. 채찍부터 잘라 버리거나 봉쇄해 버리면 어려울 게 없다는 생각이었다. 그래서 그는 채찍을 노리고 검을 휘둘렀다. 채찍이 아까와 마찬가지로 잘려 나가지 않고 오히려 그의 검을 감았다. 손지백이 노리던 것이 바로 이것이었다. 그는 화산파의 정종심법으로 단련된 내공을 발휘해서 채찍을 잡아당겼다. 월영은 이화태양종의 심법을 익혔을 테지만 그보다 내공이 심후하다고는 생각되지 않았기 때문이다.

그의 생각대로 월영은 쉽게 끌려왔다. 애초에 저항을 포기한 사람 같았다. 손지백은 불길한 예감에 채찍으로부터 검을 빼려고 시도했다. 그러나 그것도 쉽지 않았다. 채찍은 검신에 단단히 감겨 떨어지지 않았다. 월영이 한 손으로 계속 감아들이며 다가오고 있었기 때문이다.

월영의 웃는 얼굴이 급속도로 가까워졌다. 채찍이 다시 살아 있는 구렁이처럼 꿈틀거렸다. 손지백의 중심이 흐트러졌다. 힘을 주었더니 이번에는 저쪽에서 당기는 힘이 사라졌다. 월영이 채찍을 놓아버린 것이다. 대신 그녀의 손에는 날카로운 비수 두 자루가 들려 있었다. 죽어도 검을 놓지 못하는 그와 달리 월영은 필요하면 얼마든지 무기를 버릴 수 있었다. 이것이 명문정파의 자존심과 사마외도의 실용적인 생각이 갖는 차이였다.

손지백은 허탈한 눈빛으로 자신의 목을 겨누고 있는 비수를 바라보았다. 완전히 졌다. 뭐라고 변명할 수도 없이 철저하게 패배한 것이다. 무공 기술에서도, 마음가짐에서도 그는 월영을 따라갈 수가 없었다.

월영이 비수를 거두었다. 그리고 손지백의 뺨을 톡톡 건드리며 말했다.

"뭘 그렇게 울적해하고 있는 거야. 훌훌 털어버리고 힘내라구."

손지백은 한숨을 내쉬었다. 싸움에서는 지고, 승자에게서, 그것도 여자에게서 격려를 받는다는 모멸감이 전신에서 힘을 빼앗아갔다. 그러나 곧 그 모멸감이 분노로 바뀌면서 힘을 돌려주었다. 그는 뺨을 건

드리는 월영의 손목을 거칠게 잡았다. 그리고 성난 눈빛으로 월영을 노려보다가 팔을 끌어당겼다. 월영이 넘어지듯 끌려오자 그는 그녀를 안고 거칠게 입을 맞추었다. 한참을 그렇게 있다가 월영을 밀어내며 그가 말했다.

"사내를 우습게 보지 마!"

고작 여자 주제에 하는 말은 속으로 삼켰다. 스스로 생각해도 치졸한 행동에 치졸한 보복이었다고 바로 반성했기 때문이었다. 월영의 분노는 감수할 작정이었다.

그런데 월영은 분노하지 않았다. 눈을 동그랗게 뜨고 그를 보고 있다가 갑자기 월영이 웃었다.

"뭐야? 여자 생각이 났던 거야?"

그녀는 고개를 끄덕였다.

"하긴 그렇게 오랫동안 여자를 품어보지 못했을 테니 울화가 쌓일 만도 하지."

그녀가 갑자기 윗옷을 훌렁 벗었다. 탐스런 젖무덤이 그대로 드러났다. 그녀는 미소를 지으며 말했다.

"나도 손 향주 정도면 같이 자도 좋다고 생각하고 있었어. 여긴 장소가 별로지만 잠깐 즐길 수는 있겠지. 자, 이리 와."

그녀는 손지백의 손을 잡아당겨 근처의 바위에 앉혔다. 그리고는 아랫도리를 더듬었다.

손지백은 당황스러워서 어떻게 하지도 못하고 있다가 그녀를 거칠게 밀어냈다.

"백주대낮에 무슨 짓을……!"

그는 갑자기 월영이 매우 정조 관념이 없는 여자라는 소문을 들었던 것을 기억해 냈다. 그동안 여자로서가 아니라 상급자로서만 대하느라 그 이야기를 애써 잊었다는 것도 기억해 냈다. 그리고 월영이 여자라는 것, 그것도 손 닿는 곳에 있는 여자라는 것을 현실로 받아들이기 시작했다. 갑자기 갈증이 치밀어 올랐다.

월영은 다시 한 번 손지백에게 밀쳐지자 눈썹을 찌푸리고 그를 노려보았다.

"넌 말야, 항상 그렇게 생각이 많은 게 문제야. 뭐가 그리 복잡해? 화내고 싶으면 화내고 울고 싶으면 우는 거야. 하고 싶으면 하는 거지, 너한테 마누라가 있어 뭐가 있어? 내가 못생겨서 싫다는 말은 아니겠지?"

손지백이 더듬거렸다.

"그, 그건 아니지만……!"

문득 오래전 그를 망가뜨렸던 그 원인이 바로 여자라는 것을 기억해 냈다. 여자를 모르는 순진한 도사였던 그를 철저히 망가뜨렸던 그 힘이 바로 여자였던 것이다. 그는 냉수를 뒤집어쓴 것 같은 기분이 되어 냉정하게 말했다.

"난 정조를 지키지 않는 여자를 싫어하오. 질투가 심하거든."

월영이 피식 웃으며 말했다.

"난 누구에게도 매이지 않은 자유로운 몸이야. 놀고 싶으면 놀고 싫으면 버려. 네가 나보고 정조를 지키라고 말할 자격이 있어? 내게 정조를 지키라고 말할 자격이 있는 건 날 사로잡은 사람뿐이야."

손지백은 가만히 듣고 있었다. 그의 머리 속에는 온갖 생각들이 복잡하게 얽혀서 돌아가고 있었다. 오랜 상처들이 되살아나고, 거기 새로운 상처들이 덧씌워졌다. 깊이를 알 수 없는 무력감과 탈출구를 모르는 분노가 그를 끓어오르게 만들었다.

월영은 벗어 던졌던 옷을 다시 주워 들며 중얼거렸다.

"싫으면 할 수 없지. 돌아가자!"

손지백은 그녀에게 다가가 옷을 뺏었다. 그리고는 다시 월영을 안고 입을 맞추었다. 그는 혀로 월영의 이를 벌리고 안으로 침입했다. 오랜만에, 참으로 오랜만에 맛보는 여자의 향기였다. 월영이 그의 목을 끌어안았다. 그녀의 한 손이 손지백의 허리띠를 풀었다. 손지백 역시 월영의 치마와 그 안의 바지를 벗겨내었다. 그리고는 월영을 들어 올려 흙바닥에 눕혔다. 그는 사전 동작도 없이 바로 월영의 몸속으로 파고 들어 갔다. 월영이 그에게 부응해서 뜨겁게 안겨들었다.

두 사람은 흙먼지 속을 뒹굴며 격렬하게 정사를 나누었다. 그건 또 하나의 싸움, 또 하나의 대결 같았다. 두 사람은 열정에 들뜬 얼굴을 하고 있었지만 그건 서로를 사랑해서 정사를 나누는 연인들의 애정과는 달랐다. 그건 서로를 꺾으려 하는, 비명을 지르게 하고 싶어하는, 무기를 바꾸었을 뿐 생과 사를 가르는, 자존심을 겨루는 사람들의 얼굴이었다.

월영이 그의 등을 할퀴었다. 다리를 들어 그의 허리를 감고 조였다. 손지백의 움직임이 격렬함을 더해갔다. 월영의 입에서 열에 달뜬 신음이 새 나오기 시작했다. 손지백이 갑자기 몸을 일으키고 월영을 안아 올렸다. 그리고 자신의 무릎 위에 앉히고 흔들기 시작했다. 월영의 신음이 더욱 커졌다. 잠시 후 그녀는 미친 것처럼 고함을 지르며 손지백을 끌어안았다. 손지백의 열정이 폭발했다. 그는 월영을 잡아 터뜨릴 것처럼 끌어안고 그녀의 안에 열정을 분출했다. 그와 그녀의 몸이 격렬하게 떨리고 있었다.

손지백은 하늘을 보고 누웠다. 정사 직후의 허탈감 같은 것이 그를 사로잡고 있었다. 그런데 어쩐지 마음은 편했다. 분노도, 무력감도, 아픈 상처도 한순간 모두 잊혀졌다. 적당하지 않은 장소에서 의도하지 않은 갑작스러운 정사를 벌이고 나니 이런저런 고민을 한다는 게 우습게 여겨지기 시작했다.

인생은 이렇게도 갑자기 이상한 방향으로 비틀리기도 한다. 사소한 일에 하나하나 의미를 두고 전전긍긍하며 살아간다는 것은 얼마나 우스운 일인가.

월영이 일어나 옷을 입으며 말했다.

"제법 괜찮았어. 다음엔 더 좋은 장소에서 해보자구."

손지백은 갑자기 웃었다. 월영의 말에 기분이 좋아졌던 것이다. 그리고 이 사소한 일로 기분 좋아하는 자신을 발견하고 우스워졌던 것이다. 자신이 여태 우울해하던 이유란 결국 누군가에게 인정을 받고 싶어하는 어린아이 같은 욕구 때문이었음을 이 순간 깨달았던 것이다. 정말 사소한, 그러나 어느 누구도 벗어버리기 힘든 욕구가 아닌가.

그냥 인정하고 노력하면 될 일이다. 누군가에게, 무엇으로든 의미가 되면 그만인 것이다. 그답게 살아가면 그만이다.

한결 가벼워진 마음으로 그는 손을 뻗어 월영의 발목을 만졌다.

"그땐 그때고 지금 한 번 더 합시다."

월영이 웃었다. 그녀의 웃음은 벌써 다시 발기되어 고개를 쳐들고 있는 손지백의 남근을 보고 더욱 짙어졌다.

"쓸 만한 물건이군. 하지만 역시 지금은 안 되겠어. 기다리는 사람이 있잖아."

그녀는 저만치 떨어진 산비탈에 서서 입을 헤벌리고 보고 있는 최주를 가리켰다. 손지백은 누운 채 그쪽을 보고 얼굴을 붉혔다.
"민망한 꼴을 보였군."
월영이 말했다.
"뭐, 어때. 부러워하라지."
최주가 외쳤다.
"호법님이 찾으셔서 부르러 왔소! 먼저 가보겠소!"
그리고는 도망치듯 자리를 떠나는 것을 보며 손지백은 천천히 일어나 몸에 묻은 흙먼지를 털었다.
"한번 관계했다고 연인이라도 된 것처럼 간섭할 마음은 없지만……"
그는 월영을 정면으로 바라보며 말했다.
"날 연인으로 생각하는 걸 진지하게 고려해 주기 바랍니다."
월영이 그를 보며 웃었다.
"딴 사람하곤 하지 말라는 의미지, 그거."
손지백이 고개를 끄덕였다.
"전 질투가 심한 사람이라서요."
월영은 한가하게 산책하듯 걸음을 옮기며 말했다.
"질투가 심한 건 단점이지. 단점을 보고 사람을 좋아할 수는 없어. 당신 장점은 뭐야?"
손지백이 옷을 차려입으며 대답했다.
"여러 가지 있죠."
"가령 어떤 거?"
"지금부터 천천히 찾아보시면 될 겁니다."
월영은 다시 웃었다. 그리고 손지백의 어깨를 토닥거리며 말했다.

"좋아. 기대해 보지."

월영과 손지백이 돌아오자 사람들의 시선이 모였다. 무슨 일이 있었던 건지 다 아는 듯해서 손지백은 지레 얼굴을 붉혔다. 종리매가 혀를 차며 말했다.

"꽤나 거칠게 싸운 모양이군. 네가 졌지?"

손지백이 고개를 끄덕였다.

"완전히 졌죠."

"그럴 줄 알았다."

종리매는 손지백의 얼굴을 유심히 바라보다가 물었다.

"진 것치곤 표정이 괜찮군. 왜 그런 거냐?"

손지백이 자기도 모르게 달아오른 얼굴을 만지며 얼버무렸다.

"혼이 나고 보니 오히려 개운해졌다고 할까요? 그냥 기분이 나아졌습니다."

종리매는 고개를 끄덕거렸다.

"잘됐다. 사내 녀석이 계속 삐친 것처럼 우울하게만 있으면 어디 쓰겠냐. 넌 너무 오래 쉬었어. 회복된 지 얼마 되지 않으니 마음 편히 먹고 할 수 있는 일부터 차근차근 해보도록 해라."

그때 무영이 손짓으로 손지백을 불렀다. 다가가자 무영이 말했다.

"가르친다고 아무나 배울 수 있는 게 아니다."

앞뒤 자른 이 느닷없는 말에 손지백은 조금 어리둥절해했다. 무영이 설명했다.

"아무나 배울 수 있으면 화산절학이 아니라는 말이다. 그렇지 않은가."

그제야 손지백은 무영의 말뜻을 알아들었다.

"그렇긴 합니다."

무영이 다시 말했다.

"자질이 있는 사람이 없지는 않을 것이다. 아직도 가르칠 마음이 있다면 그런 사람을 찾아서 가르쳐라."

"그러지요."

무영은 잠시 손지백을 바라보다가 갑자기 손을 내밀어 어깨를 움켜쥐었다. 그리고 낮은 소리로 말했다.

"난 손지백이 쓸모없는 사람이라고 생각한 적이 없다. 처음 만났을 때부터 지금까지, 단 한 순간도."

손지백은 아무 말도 하지 않았다. 그러나 무영을 바라보는 그의 눈에는 격동의 빛이 담겨 있었다. 무영은 손지백의 어깨를 놓고 돌아서서 외쳤다.

"회의를 하자!"

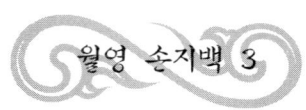

　무사들은 휴식을 취하고 향주 이상은 모여서 회의를 시작했다. 먼저 무영의 말이 있었다. 사자군림가 무사들처럼 기마대 흉내를 내는 것을 중단하고 원래 그들이 사용했던 전략을 밀고 나가야 한다는 말이었다.
　"같은 방식이라면 오랫동안 수련한 그들을 따라갈 수가 없다. 우리는 우리 방식을 써야 한다."
　하지만 그들의 방식이라고 해봐야 싸움에 직면해서 임기응변으로 대처하는 것뿐이 아니었던가. 무영은 바로 그 방식, 즉 상황에 맞추어 가장 유리한 방식을 채택하는 그것을 강조하고 있었다.
　"우리가 지금 강하고 숙달된 기마무사가 될 수는 없다. 하지만 말 위에서든 땅에서든 강한 건 강한 거고, 무사는 무사다. 우리는 우리 방식으로 싸운다. 우리는 기마무사가 되려고 노력하는 게 아니라 강한 무사가 되려고 노력해야 한다."

그러니 소질에 따라서, 그동안 배워온 것에 따라서 각자 강해지도록 노력해야 하고, 그걸 도와줘야 한다는 것이 무영의 논지였다. 그러나 기마 훈련을 아주 그만둔다는 것은 아니고 그동안 해오던 것처럼 꾸준히 하기는 하되 중점을 두지 않는다는 정도였다. 그러는 한편 최주는 궁술, 화두타는 전투 기술, 황천은 내공 수련의 전담 교두가 되어 수련을 시키도록 했다. 여기에 대해 별 이견은 없었다. 모두가 찬성하고 다음 문제로 넘어갔다. 인원 재편성에 대한 것이었다.

현재 그들의 인원은 이백오십삼 명이었다. 도착 후 중상자들 중에서 세 명이 죽었기 때문이다. 그 외에도 십이 명이 더 중상으로 치료를 받고 있는데, 더 죽을 사람은 없는 것 같지만 당분간은, 어쩌면 아주 오랫동안 그들은 전력이 될 수 없을 것 같았다.

무영은 황씨 형제의 막내인 황하를 향해 말했다.

"황 향주가 그들을 책임져라."

그의 말은 앞으로 무영단이 이동하거나 전투에 나가게 되었을 때 황하가 남아서 그들을 책임지라는 뜻이었다. 현재로서는 움직이는 게 좋지 않으니 그냥 철령위성에 남겨서 치료를 받게 하는 게 좋을 것이고, 앞으로 기회가 되면 백림으로 호송하는 그것까지 책임지라는 게 무영의 의사였다.

무영은 품에 간직하고 있던 무영단의 명부를 꺼내 펼쳐 들었다. 거기에는 이미 죽은 사람의 이름 앞에 붉은색으로 표시가 되어 있었다. 절반 가까운 이름이 그렇게 붉게 물들어 있었다. 그는 그걸 잠시 내려다보다가 고개를 들고 말했다.

"죽은 사람도, 이제 두 번 다시 싸울 수 없는 사람도 모두 무영단의 무사다. 끝까지 그들을 책임져야 한다. 가족이 있으면 가족을, 없으면 혼백이라도 보살펴 줘야 한다. 그걸 황 향주가 맡아라."
"알겠습니다."
황하가 짧지만 무겁게 대답했다. 무영이 다시 명령했다.
"황 향주의 향도들은 전원 다른 향으로 옮긴다. 최주 향주, 화두타 향주, 새선풍 향주의 향도들도 다른 향으로 옮긴다. 각자 맡은 일에 전념하라는 뜻이다."
그리고 남은 여섯 명의 향주, 즉 황천과 황산, 황해, 담오와 공손번, 손지백의 여섯 명만이 살아남은 조장들과 무사들을 공평하게 나누어서 수하로 거느리게 되었다. 당은 옮기지 않았는데, 다행히 수하를 거느린 향주들과 거느리지 않은 향주들의 수가 양 당이 똑같았기 때문이다.
세어보니 조장들은 일반 무사들보다 생존율이 높아서 일반 무사들이 절반 넘게 사망하는 동안 오십 명의 조장 중에서는 열네 명밖에 죽지 않았다. 향주 이상은 한 명도 죽지 않았으니 역시 무공의 수준에 따라 생존율이 높은 모양이었다. 어쨌든 살아남은 삼십육 명의 조장들이 각 향에 여섯 명씩 배치되고, 그 아래 무사들도 맞추어서 이동되었다. 이렇게 인원 재편성이 끝났다.
향주들이 흩어져서 조장들을 불러 모으고 인원 재편성을 알리는 사이 무영이 월영에게 말했다.
"오늘 저녁은 여기서 먹는다. 성에서 먹을 것을 가져와라. 해동 구선문의 세 사람도 데려오고."
그는 월영을 바라보며 한마디 덧붙였다.
"술도."

인원이 재배치되어 상견례를 하고, 월영이 손지백과 무사들을 데리고 성에 가서 음식과 술을 운반해 오고 하는 사이 해가 뉘엿뉘엿 기울고 붉은 황혼이 산자락에 깔렸다. 그 황혼을 배경으로 서서 무영은 무영단 무사들에게 짧게 훈시를 내렸다.

"무영단이 만들어진 지 겨우 넉 달, 오백 명으로 확장된 것은 한 달도 되지 않았다. 그 짧은 시간 동안 우린 많은 전투를 거쳤고, 여기까지 왔다. 숱한 희생이 있었다. 앞으로도 그럴 것이다."

그는 잠시 말을 끊고 무사들을 바라보다가 다시 입을 열었다.

"전투를 피할 수는 없다. 우리가 바라는 것을 쟁취하기 위해서 우린 싸워야 한다. 그러나 가능한 한 살아남아라. 몇 번이고 다시 말하지만 살아서 같이 복락을 누리자. 그러나 어쩔 수 없이 죽게 되면, 안심하고 죽어라. 나는 죽은 자 모두를 잊지 않겠다. 무영단은 한번 형제가 된 그 누구도 잊지 않게 하겠다. 같이 싸우고 같이 죽자!"

모닥불이 피워지고 음식이 분배되었다. 술은 양가죽 수통에 가득 채워서 수십 개를 준비해 왔는데, 한 조에 하나씩 돌아갔다. 혈영이 술통을 무영에게 건네주었다. 무영이 한 모금 마시고 혈영에게 내밀었다. 혈영이 술통을 공중에 들어 올리고 외쳤다.

"다들 단주님 말씀 들었지? 같이 싸우고 같이 죽자!"

무사들이 환호하며 소리쳤다.

"예, 같이 싸우고 같이 죽겠습니다!"

왁자하니 소란이 일어나고 한쪽에선 노랫가락도 들려왔다. 상기된 얼굴로 자리에 앉은 무영을 향해 종리매가 말했다.

"작정하고 나섰군 그래. 오늘 웬일로 그렇게 말을 많이 했나?"

"어제 야율지용을 만나고 난 후."

무영이 말했다.

"그의 말이 전적으로 옳지는 않지만 틀리지도 않다고 생각했다. 당장 천하를 생각할 필요는 없다. 하지만 바로 앞도 생각하지 않아서는 안 된다. 나는……."

무영은 잠시 말을 골랐다.

"보다 적극적으로 앞서서 행동하기로 했다. 명령에만 따르는 꼭두각시가 되진 않겠다."

월영이 끼어들었다.

"좋은 말씀이에요. 그게 시원스럽죠. 근데 구체적으로 어떻게 하실 건데요?"

"전쟁의 중심에 서야 한다."

무영이 말했다.

"나는 사자군림가를 위해 목숨을 걸고 싶진 않다. 나는 나를 위해, 나를 믿어주고 따르는 사람들을 위해 목숨을 건다. 그러나 할 일은 해야 한다. 종사는 사자군림가를 도우라고만 명령했다. 구체적으로 뭘 하는가 하는 건 내가 판단할 일이다. 나는 생각했다. 이 전쟁에서, 요서에서 벌어지는 이 전쟁에서 이화태양종을 대표하는 내가, 우리 무영단이 해야 할 일은 무엇인가. 전쟁의 중심에 있는 것이다."

생각한 것을 솔직히, 조리있게 표현한다는 것은 그에게는 아주 어색한 일이었다. 하지만 지금은 그게 필요했다. 그는 무척 어색해하면서 다시 한 번 그 표현을 썼다.

"나는 생각했다. 이화태양종이 왜 이 전쟁에 뛰어들어야 하는가. 종사와 가주의 의리 때문만은 아닐 것이다. 우린 요동에서 그랬던 것처럼 여기 요서에서도 무언가를 얻어내야 한다. 저 달단과 몽고에서도 무엇인가 우리 이화태양종에게 유리한 것을 얻어내야 한다. 그러기 위해서는 물러서서 구경만 하고 있어서는 안 된다. 전쟁의 중심에 있으면서 최종 승리자가 누가 되든 그 승리자를 향해 대가를 내놓으라고 요구할 수 있는 전과를 거둬야 한다."

그는 향주들을 바라보며 말을 맺었다.

"정비가 되는대로 우린 단독으로 출정한다. 흑사광풍가와 싸우기 위해서. 전쟁의 중심에 서기 위해서."

그가 말을 마치고 잠시 침묵이 흘렀다. 무영은 자신의 말이 부하들에게 어떻게 받아들여지고 있는지 몰라 초조해졌다. 사실 그들이 단독으로 적진에 뛰어들 필요는 없었다. 안전을 생각한다면 여기 철령위성에서 충분히 쉬고 사자군림가의 주력군과 함께 행동하는 게 나았다. 명령도 없는데 굳이 안전한 곳을 벗어나 위험에 뛰어들자고 하는 자신의 의견을 이들이 납득해 줄 것인지, 어쩌면 자신이 공명심에 들떠 그러는 거라고 생각하고 있는 건 아닐까 하는 불안을 가슴속에 숨겨두고 그는 애써 냉정을 유지하며 혈영과 월영, 향주들을 바라보았다.

종리매가 침묵을 깼다.

"놀랐네, 단주. 내가 자넬 만난 이후 오늘처럼 제대로 말하는 건 처음 들었어."

월영이 말했다.

"전 오늘처럼 길게 말씀하시는 걸 듣는 것도 처음이에요."

향주들이 와자하게 웃음을 터뜨렸다. 무영은 살짝 얼굴을 붉혔다. 그러나 곧 표정을 가다듬고 다시 입을 벌렸다.

"이의가 있다면 말해라."

월영이 얼른 대답했다.

"이의없어요."

종리매가 말했다.

"병정놀이하고 있는 놈들 틈에 있자니 답답하던 참이었네. 단주 말대로 우리끼리 행동하는 게 낫겠지. 무사는 무사답게 싸워야지 무슨 군략이 어떻고 대세가 어떻고, 마치 왕이라도 된 듯이 구는 거야."

오랜만에 담오가 입을 열었다.

"인원이 많든 적든 싸움은 똑같소."

그는 자신을 향해 모인 시선들을 둘러보며 짧게 말을 맺었다.

"우두머리를 베면 끝나는 거란 말이오."

무영이 고개를 끄덕이고 좌중을 둘러보았다. 다들 납득하는 기색이었다. 그는 내심 안도의 한숨을 내쉬었다. 거의 최초로 그가 단독으로 결정하고 방향을 지시한 것이다. 거기 따라준다고 하니 이건 그에 대한 신임의 표시라고 받아들여도 좋을 것 같았다. 적어도 앞으로 무엇을 할 것인지에 대해 비슷하게 바라보고 있다는 증거일 수는 있었다. 무언가 커다란 고비를 하나 넘어선 것 같은 기분이었다. 그는 해동 구선문의 세 사람을 향해 고개를 돌렸다.

"당신들은 여기 그냥 있어도 좋다."

사실 해동 구선문에서 그들을 왜 동행시켰는지 이유를 모를 상황이었다. 화상이 궁술 수련에 도움이 되고 있고, 홍련과 월영이 친분을 쌓아가고 있다곤 하나 전반적으로는 거의 어울리지 못하고 있지 않은가.

삿갓검객이 말했다.

"우리도 동행하겠습니다. 도움이 될지는 모르겠지만."

저렇게 말한다면 어쩔 수 없었다. 무영은 고개를 끄덕이다가 문득 생각나는 것이 있어 물었다.

"초립동은 어떻게 됐을까?"

계속 같이 행동했으니 따로 연락을 들었을 리 없지만 혹시 해동 구선문끼리 통하는 수단이 있을까 해서 물어본 것이다. 삿갓검객이 대답했다.

"모르겠습니다."

홍련이 뭐라고 말했다. 삿갓검객이 그 말을 옮겨주었다.

"아주 멀리 있다는군요."

무영은 잠시 홍련을 바라보았다. 그걸 어떻게 알고 있을까 하는 호기심이 있었지만 그는 누르고 말았다. 그는 술통을 들어 입에 대려다가 문득 손지백을 바라보았다. 술을 끊은 지 오래되었지만 여전히 술 냄새를 맡으면 괴롭지 않을까 해서였다. 눈치를 챘는지 손지백이 웃었다.

"이젠 술 냄새만 맡아도 머리가 아픕니다. 맘 놓고 드십시오."

안주는 큼직하게 구운 양고기덩어리였다. 각자 작은칼을 하나씩 들고 양고기덩어리에서 고기 조각을 잘라내어 소금에 찍어 먹는 것이었다. 술은 그들로서는 오랜만에 맛보는 고량주(高粱酒)였다. 여진족들은 마유주(馬乳酒)를 마신다. 몽고족들은 마유주, 혹은 양유주를 마신다. 이화태양종에서 쉽게 구할 수 있는 술은 대개 백주(白酒), 혹은 화주(火酒)라고 부르는데 중원의 백주나 화주와 달리 수수, 즉 고량으로 만드는 게 아니라 다른 곡식이나 과일을 사용해 만든 것이었다. 맛이야 고량주에 못지않지만 고량주에는 중원을 기억나게 하는 무언가가 있었다.

화두타가 술 한 모금을 마시고 카 소리를 내며 말했다.

"정말 곡차 맛 한번 훌륭하구려. 이럴 때 아리따운 소저들의 노랫가락이라도 있었으면 극락이 바로 거기였을 텐데."

그는 공손번을 힐끔 보고는 농담처럼 말했다.

"소저들보다야 못하겠지만 공손 향주라도 한 곡 타서 기분 좀 띄워 보시오."

응낙할 거라고 기대해서 한 말이 아니었는데 놀랍게도 공손번이 선선히 고개를 끄덕였다.

"그래 볼까요. 오랜만에 맡아보는 술 향기도 있으니."

그는 놀라는 사람들의 주목 하에 항상 곁에 들고 다니는 철금을 끌어당겨 무릎에 올려놓았다. 그가 사람들을 향해 말했다.

"금슬상화(琴瑟相和)라는 말도 있지만 원래 금(琴)은 슬(瑟)과 함께 연주하는 게 원칙입니다. 그래서 여태 안 들려 드렸지요. 하지만 이제 이 금에 맞는 슬을 연주할 사람을 만나기도 어려울 것 같고, 홀로 생각해 둔 곡도 있으니 한번 들려 드리리다. 듣기 흉해도 참아주시오."

그는 심호흡을 하더니 현을 누르고 한 번 튕겼다. 귀에 거슬리는 금속성의 소리가 쨍 하고 퍼졌다. 공손번은 다시 멈추고 말했다.

"그리고 원래 금은 가냘프고 낮은 소리를 내지만 내 금은 좀 다르오. 슬과 함께라면 조화를 맞추기 위해 소리를 낮추겠지만 그럴 필요가 없으니 더 강화시켰소. 조금 참고 들으면 나아질 거요."

종리매가 낮게 중얼거렸다.

"저놈 늘 의견없습니다, 시키는 대로 하겠습니다 소리만 하더니 철금 이야기를 하니 아주 청산유수로세. 벙어리 말문 터진 듯하군."

월영이 맞장구쳤다.

"목소리도 아주 괜찮은걸요."

손지백이 작은 코웃음 소리를 냈지만 이 순간 다시 연주를 시작한 공손번의 철금 소리에 묻혀 버렸다.

거칠고, 강하고, 단순한 소리였다. 한 번 울렸다가 그 잔음(殘音)이 거의 사라질 때에야 다음 음이 울리곤 했다. 그렇게 단순하게, 천천히 시작된 금음이 점차 빨라졌다. 이제 철금 소리는 북소리처럼 반복적으로, 웅장하게 요서의 밤하늘 아래로 울려 퍼지기 시작했다. 전투 시작을 알리는 북소리처럼 강하고 빠르게, 질주하는 군마의 말발굽 소리처럼 격렬하게, 창과 칼, 도끼와 방패가 부딪는 소리처럼 거칠고 예리하게.

그리고 다음 순간 철금 소리가 잦아들었다. 숨찬 걸음을 늦추는 군마(軍馬)의 거친 숨소리처럼 단속적으로, 끊어질 듯 이어졌다. 그리고는 같은 악기에서 나는 소리로 믿기 어려울 만큼 가냘프게 곡조가 흘렀다. 슬픔에 찬 여인의 나직한 노래처럼, 멀리서 들려오는 두견새 울음처럼.

사위(四圍)는 고요했다. 공손번의 손끝에서 흘러나오는 소리 외에는 아무 소리도 들려오지 않았다. 천삼백에 가까운 무사들이 모두 술 마시는 것도 잊고 그의 연주에 빠져들었다.

연주가 다시 한 번 바뀌었다. 공손번은 경고음처럼 강하게 두 번 현을 튕겨 예리한 소음을 내더니 다시 강한 음색으로 연주를 시작했다. 그러나 처음처럼 북소리나 말발굽 소리 같은 것이 아니라 목소리 굵은 남자가 노래를 부르는 듯 웅장한 소리였다. 그리고 실제로 공손번이 입을 벌려 노래를 시작했다. 느릿느릿, 길게 소리를 끌다가 끝낼 때는 단호하게 끊어버리는 그런 노랫가락이었다.

그 옛날 이 강가에서 태자 단(丹)과 이별할 때
장사 형가(荊軻)의 머리칼은 관을 찔렀다.

그때 그 사람은 이미 없지만
오늘도 강물은 차다.

부질없이 강가에 서서
계집아이처럼 손수건을 적시지 마라.
이 땅에 참다운 벗이 있다면
하늘 끝도 지척이다.

하늘 끝도 지척이라는 마지막 구절이 멀리서 불어오는 바람을 타고 광막한 밤하늘 아래로 퍼져 나갔다. 아니, 그 바람 소리는 철금에서 들려오는 것이었다. 철금의 음색은 어느새 다시 한 번 바뀌어 있었다. 계곡을 돌아 나오는 개울물 소리 같고 천년고송을 흔들고 지나가는 바람 소리 같은 그런 소리가 노래가 끝난 후에도 한참이나 이어졌다. 멀리 하늘 끝으로, 요서의 광활한 평원 너머로, 사람들의 가슴으로 불어와 한바탕 가슴이 시리게 만들고 아득한 곳으로 떠나 버렸다.

연주는 끝났다.

한동안 그 누구도 입을 열지 않았다. 모두들 말을 잃고 앉아서 쓸쓸한 평원에 불어오는 바람 소리를 듣고 있었다. 깊은 생각에 잠겨서.

침묵을 깬 것은 화두타였다. 그는 크게 소리 내어 웃고는 술통을 들어 올렸다.

"극락에 쉽게 가는 방법을 말해 주지. 이걸 마시면 된다네. 하늘과 땅이 뒤집히는데 어찌 피안(彼岸)과 차안(此岸)인들 가만히 있으리."

주연이 다시 시작되었다. 모두들 방금 들은 연주에 대해, 노래에 대해 이야기하고 떠들며 술을 마셨다. 종리매가 물었다.

"그런 소리를 내는 명기(名器)를 싸울 때 사용하다니, 아깝지도 않은가?"

공손번이 조용히, 수줍은 듯 웃었다. 그리고는 다시 우울한 듯 고요한 표정으로 돌아가서 말했다.

"피와 죽음을 먹어서 그런 소리가 나는 겁니다."

종리매는 어깨를 으쓱하고는 입을 다물었다. 이번에는 손지백이 물었다.

"아까 금슬상화 이야기를 할 때 나는 그냥 일반적인 이야기가 아니라 개인적인 이야기로 들었소. 공손 형의 철금과 상대가 되는 슬이 있었던 것 아니오? 아, 너무 개인적인 일을 물었다면 대답 않아도 되오."

공손번이 조용히 대답했다.

"그럼 대답 않기로 하겠소."

손지백은 머쓱한 표정으로 월영을 바라보았다. 월영이 말했다.

"있다는 얘기네 뭐."

손지백이 고개를 끄덕였다.

"그렇군요."

손지백은 그 말을 전달하듯이 무영을 향해 말했다.

"있답니다."

무영은 말없이 미소 지었다. 손지백의 어설픈 장난이 재미있어서가 아니라 그런 장난을 할 정도로 밝아진 것이 반가워서였다. 월영이 어떻게 했는지는 몰라도 손지백의 기분을 제대로 풀어준 모양이었다. 그는 다시 한 번 그들을 보다가 월영을 바라보는 손지백의 눈빛이 다른 때와는 다르다는 느낌을 받았다.

혹시?

하지만 그 짧은 순간에 두 사람이 좋아하게 된다는 게 가능한 것일까?

만약 그렇게 되었다면 그것도 나쁘지 않은 일이었다. 그는 술을 들어 마시려다가 문득 하늘을 보았다. 어두운 밤하늘에 달이 떠오르고 있었다. 그게 그를 오래전 기억으로, 까마득한 옛날 일처럼 희미해져 버린 옛 기억의 땅으로 되돌려놓았다. 동굴 밖에 떠오른 둥근 달을 바라보던 그 시절로. 그리고 그 달빛을 눈에 간직하고 있던 소녀, 남궁운해를 만났던 시절로.

슬픈 기억을 떠올린 것처럼 가슴이 아파왔다. 그녀는 어디서 무엇을 하고 있을까.

제57장
삼색 지옥도

▎나는 인간이 호의와 선의라는 이름으로 스스로의 존엄을 버리고 비굴해지는 꼴은 두고 볼 수가 없소. 인간은 홀로 살아가고, 홀로 존재할 수 있는 그 시간 동안만 오로지 그 순간만 고귀한 것이오. 동정과 선의는 그런 인간에 대한 모욕에 불과하오

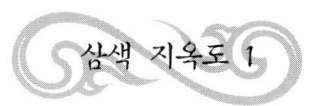

삼색 지옥도 1

악몽.

남궁운해는 비명을 지르며 잠에서 깨어났다. 눈앞은 어둠이었다. 한 줄기의, 한 점의 빛도 없는 완벽한 어둠이었다. 그 깊은 어둠 속에 앉아 그녀는 숨을 몰아쉬었다. 악몽이었다. 지옥처럼 끔찍하고 늪처럼 끈적끈적한 악몽에 시달리다가 간신히 벗어난 것이다. 아직도 한 발은 악몽 속에 남아 있는 것처럼 경련을 일으키고 있었다. 식은땀이 온몸을 차갑게 식혀놓았다. 그녀는 무릎을 세워 양손으로 감싸 안고 부들부들 떨었다.

방금 본 것은 무엇이었을까. 악령의 춤, 지옥겁화의 난무, 썩어가는, 혹은 아직도 피가 배어 나오는 신선한 살덩이들의 웅덩이, 비명과 절규, 암청색 독기와 적황색의 악기, 증오, 그리고 고통. 그런 것들이 통째로 섞여서 만들어낸 아비규환의 지옥도가 그녀의 악몽이었다.

벌써 며칠째던가. 눈만 감으면 어느새 잠으로 빠져들고, 안개 같은 꿈길을 따라 잠의 장막 너머로 빨려들듯 이끌려 가면 거기는 악몽의 땅이었다. 쫓기고, 발버둥 치고, 비명을 질러도 깨어나지 않는 긴 악몽의 고통에 벌써 며칠째 시달리고 있는 것이다. 눈을 감지 않는 편이 나았다. 눈을 감았는데 아늑한 어둠, 지금처럼 아무것도 보이지 않고 아무것도 느껴지지 않는 어둠이 아니라 고통과 증오로 가득한 악몽의 세계가 펼쳐진다면 눈 따위는 차라리 빼내 버리는 것이 나았다.

남궁운해는 침상에서 내려가 어둠 속을 더듬어 창가로 다가갔다. 별빛이라도 볼까 해서 창문을 열었지만 하늘에는 별도 보이지 않았다. 두껍게 드리운 구름, 조금씩 거세지는 바람이 폭풍의 도래를 예고하고 있었다. 그래도 그녀는 조금 밝아진 방 안을 둘러보고 의자를 가져와 창가에 앉았다. 바람이 옷깃을 날리고 머리카락을 흩트려놓았다. 그녀는 그렇게 어둠 속에, 바람 속에 앉아 아침이 올 때를 기다렸다.

아침은 비와 함께 왔고, 비는 천둥 번개와 더불어 폭우를 이루었다. 남궁운해는 비스듬히 퍼부어대는 빗발을 얇은 비단 천 하나로 그으며 천마궁으로 향했다. 지난 일 년 동안 그녀의 일과는 한결같았으며, 그건 악천후라고 해서 바뀌는 일이 없었다. 겉보기엔 평화롭게만 보이는 전궁을 지나 일천 마인들이 생활하고 수련하는 중궁, 그리고 좁고 복잡한 길을 거쳐서 내궁에 접어든 뒤 천마공자 제천강에게 아침 문안을 드린다. 그 뒤에는 특별히 마련된 방에서 자금성을 완벽한 함정으로 만들기 위한 기문진식을 연구하다가 저녁이 되면 집으로 돌아오는 것이다.

매일매일이 똑같았다. 그녀가 천마궁과 천마도의 정체를 알게 된 이후, 기문진식을 만드는 것에 협조하기로 한 이후 매일이 그랬다. 특별한 일은 아무것도 생기지 않았다. 아니, 그런 것이 있어도 보려고도, 알려고도 하지 않았던 것인지도 모른다. 그녀는 외부에 시선을 돌릴 기운도 없도록 깊이 절망한 것이다.

한때 그녀를 살아가게 했던 것은 희망이었다. 지금 그녀를 살아가게 하는 것은, 쓴 입맛에 모래 같은 밥알이나마 씹어 삼키게 만드는 것은 복수심이었다. 자금성에 마도천하의 모든 마인들을 쓸어 넣고 한꺼번에 죽여 버리는 것은 제천강의 계획이긴 하지만 그녀의 바람이기도 했다. 그녀는 단지 그것만을 위해서 매일 아침 일어나고, 천마궁에 오고, 돌아가서 잠을 잤다. 그리고 언젠가 그 일이 끝나면, 그녀와 제천강의 일시적 동맹에 의한 결과를 눈으로 확인하게 되면 그 다음이란 없을 것이다. 그녀의 시간은 거기서 정지할 것이므로.

그런데 오늘은 뭔가 달랐다. 전궁을 지나 중궁에 접어들면서 그녀는 그걸 느꼈다. 매일매일을 죽은 듯이 무감각하게 살아가려고 노력하는 그녀의 둔한 신경으로도 느끼지 않을 수 없는 변화가 있는 듯했다. 그녀는 잠시 중궁에 서서 주변을 둘러보았다. 아무도 없었다. 살아 있는 사람은 아무도 없었다. 대신 시체들이 있었다.

시체들이 중궁에 있다는 것은 놀라운 일이 아니었다. 항상 누군가의 시체가 굴러다니고 있었으니까. 하지만 그 시체가 그녀도 얼굴을 기억하고 있는 사람들, 특히 일천 마인 중에 포함되어 있는 사람들의 시체라면 이건 놀라운 일이었다. 끌려와 있는 정종 사람들의 것이라면 몰라도 이들이 왜 죽는단 말인가. 항상 그들이 죽이는 쪽이지 죽는 쪽은 아니지 않았던가.

남궁운해는 조심스럽게 걸음을 옮겨 시체 더미를 향해 다가갔다. 적어도 몇십 구는 되어 보이는 시체들이 대충 쌓아 올려져 있었다. 목이 반쯤 끊어진 자, 배가 터져 창자를 흘려내고 죽은 자, 팔이 잘리고 다리가 잘린 시체들이었다. 그녀는 시체들을 찬찬히 들여다보았다. 오랜만에 그녀의 눈빛이 살아나고 있었다.

시체 따위는 워낙 많이 봐왔기 때문에 무섭지도, 징그럽지도 않았다. 이들 일천 마인의 시체라면 반갑기까지 했다. 지금 그녀의 머리를 사로잡고 있는 생각은 이들이 왜 죽었는가 하는 것이었다. 병으로 죽은 게 아니라는 것은 시체의 모양만 봐도 알 수 있었다. 반란이라도 일어난 것일까? 서로 싸우다 죽은 것일까? 아무래도 그쪽에 가까운 것 같았다. 시체들에 난 상처는 그들이 서로 싸우다가 죽었다는 것을 말해 주고 있었다.

남궁운해의 눈빛이 제대로 되살아났다. 한줄기 희망의 불빛이 비춰 드는 것 같았다. 여태 그녀는 천마공자와 열일곱 마두, 그리고 이들 일천 마인을 이길 수 있는 세력은 천하 어디에도 없다고 생각했었다. 그게 그녀를 절망하게 했었다. 그런데 한 가지 가능성이 남아 있었던 것이다. 그들 내부에서 분란이 생기면, 그들 스스로가 무너지면 되는 것이다. 어느 누구 하나 남보다 못하지 않은 이들 야수, 악귀들이 독이빨과 발톱으로 서로를 물고 할퀴기 시작하면 붕괴는 시간문제일 것이다.

그녀는 두근거리는 가슴을 안고 돌아섰다. 얼마만한 규모의 내분이었을까. 단지 수십 명이 죽는 것으로는 이들의 세력이 약화되었다고 할 수 없다. 표도 나지 않을 정도일 것이다. 적어도 수백 명이 죽는 대규모의 분란이 일어났다면 얼마나 좋을까.

그런 기대가 주는 흥분에 사로잡혀 그녀는 잠시 그녀를 둘러싸고 무슨 일이 일어나고 있는지를 알아차리지 못했다. 시체 더미 속에서 팔

하나가 나와 그녀의 목덜미를 잡아가는 순간 유령처럼 갑자기 나타난 제천강이 맨손으로 그 팔을 쳐서 잘라 버리고, 그녀의 허리를 당겨 안았던 것이다. 남궁운해는 제천강에게 안겨서야 정신을 차렸다.

"이, 무슨……?"

제천강은 말없이 시체 더미를 향해 손바닥을 뻗었다. 시체 더미가 들썩거리더니 한 사람이, 팔이 잘려 나간 한 사람이 새처럼 솟아올랐다. 그러나 얼마 올라가지 못하고 그물에 걸린 새처럼 주춤거리더니 놀랍게도 제천강의 손바닥으로 끌려와 잡혔다. 피로 칠갑을 한 사내, 역시 일천 마인의 한 사람이었다. 제천강은 사내의 머리통을 손으로 잡아 터뜨리고 피와 살점을 털어내었다. 그리고 말했다.

"당신에게 무공을 기대하는 건 아니지만 최소한 졸개에게는 죽지 않을 정도가 되어야겠지. 시간나는 대로 속성 무공이라도 몇 가지 가르쳐 주도록 하리다."

남궁운해는 제천강의 품에서 벗어나 옷매무새를 정돈하며 질문했다.

"무슨 일이 벌어지고 있는 건가요?"

"축제요."

남궁운해는 그 말보다 제천강의 아무렇지도 않다는 듯한 표정에 더욱 놀랐다. 그러나 겉으로는 그런 동요를 드러내지 않으며 다시 물었다.

"어떤 축제인가요?"

제천강은 그녀의 손을 잡아끌며 대답했다.

"글쎄…… 살육을 위한 축제라도 좋고, 생존을 위한 축제라도 좋소. 하지만 정확하게 말하면 이런 걸 거요. 천하를 지배하기에 적합한 자들을 골라내기 위한 마지막 관문이라고."

제천강은 웃었다. 그리고 시체 더미에 등을 보인 이 순간 그 속에서 튀어나와 그를 노린 두 사람을 돌아보지도 않고 한 손에 하나씩, 마치 올가미로 뛰어드는 토끼를 잡듯 손쉽게 잡아채 앞으로 끌어내었다.

"남궁 소저를 노린 것은 몰라서 그런 것이라고 이해할 수가 있다. 하지만 날 노린 것은 알고서도 그런 것이겠지. 그 용기를 칭찬해 주고 싶구나."

제천강에게 잡힌 두 사내 중 하나가 공포에 질려 헐떡거리며 대답했다.

"이왕 노리려면 큰 것을 노리고 싶었습니다."

제천강은 고개를 끄덕였다.

"훌륭한 생각이다. 그 상으로 내가 친히 죽여주는 은사를 베풀어주리라."

그는 사내들을 잡은 양손으로 원을 그렸다. 사내들의 몸이 허공에서 한 바퀴 돌았다. 그들의 머리는 제천강에게 잡혀 있었기 때문에 몸을 따라가지 못했고, 그래서 한바탕 우두둑 소리와 함께 그들은 목이 부러져 죽어버렸다. 제천강은 두 구의 시체를 시체 더미에 다시 던져 놓고 남궁운해에게 다가왔다.

"하던 이야기를 마저 하자면······."

그는 친근하고 부드러운 태도로 그녀의 손을 잡고 내궁을 향해 걸으며 말했다.

"오랫동안 이들은 천마도라는 낙원에서 안전하고 한가하게 지내왔소. 어떤 사람도 마찬가지지만 긴장이 없으면 부패하고 타락하게 되는 법이오. 그래서 오늘부터 한 달간 서로를 죽이도록 명령했소. 숨어도 좋고 먼저 공격해도 좋소. 앞으로 한 달간 천마도의 일천 마인은 서로가 서로에 대한 적이 되는 것이오. 그리고 한 달 후 살아남는 자만이 나와 함께하게 될 것이오. 이건 마지막 관문이고, 이걸 통과하면 그 뒤는 나와 함께 싸우고, 나와 함께 복락을 누리는 영광이 주어지게 되오. 그러므로 이게 축제가 되는 것이오. 새로운 마도천하를 열 주역이 될 자격을 증명하는 축제지."

그게 저 시체 더미의 정체였다. 그리고 오늘 천마궁을 사로잡은 긴장과 공포, 살기의 원인이었다. 남궁운해는 약간 어이가 없어하며 물었다.

"생각보다 많이 죽으면 어쩔 생각인가요? 서로가 서로를 죽여 최후에 남는 사람이 거의 없게 되면?"

제천강은 고개를 저었다.

"그렇게 되진 않을 거요. 나와 형제들을 제외하면 일천 마인들의 실력은 거의 비슷하오. 실력이 비슷하면 승부는 집중력과 지혜, 그리고 운이 결정하오. 서로를 죽이는 것이 쉽지 않아진다는 뜻이오. 초반에는 많이 죽겠지. 자신이 죽을지도 모른다는 것을 현실로 받아들이지 못한 자들, 한가함이 주는 나태에 깊이 빠져 이미 몸이 굳어버린 자들, 애초에 다른 사람보다 못한 자질과 운밖에 갖지 못한 자들이 죽을 거요. 살려둘 이유가 없는 자들이지. 그 뒤엔 쉽지 않소. 한 마리 야수가 되고 전사가 된 자들만이 남아서 자신을 지키고 남을 죽이기 위해 전력을 다할 것이니 말이오. 우리가 계산해 본 바에 따르면 대략 절반쯤 죽을 것 같소. 그 정도면 충분하지."

그는 남궁운해를 바라보며 하얀 이빨을 드러내고 웃었다.

"고귀한 자리에 오를 사람은 오백 명이라도 많다고 생각하지 않소?"

남궁운해는 고개를 끄덕였다.

"그래요. 너무 많아요."

오백이 아니라 단 하나라도 많다고 생각하는 그녀였다. 그건 오랜만에 가졌던 기대가 무산된 데 대한 실망의 표현이기도 했다. 분란이 아니라 계획된 비무와 같은 것이 아닌가. 비록 그 결과로 절반 가까운 인원이 죽는다 해도 말이다.

"당신을 공격할 사람이 있을 거라고는 생각하지 않았지만 혹시나 해서 마중을 나왔던 거요. 결과적으로 잘됐구려. 상대를 가리지 못하는 하룻강아지 같은 것들도 몇 마리는 껴 있는 법이지."

그렇게 말하는 제천강의 얼굴에 잠시 스친 불쾌한 빛을 남궁운해는 놓치지 않았다. 그녀를 노린 암습이 그의 위엄에 대한 도전으로 받아들여진 것 같다고 그녀는 추측했다. 그녀는 약간의 악의를 담아 그의 아픈 곳을 찔렀다.

"당신에게조차 이빨을 드러내는데 내겐 왜 안 그러겠어요. 피에 주린 늑대는 주인을 몰라보는 법이죠."

제천강은 잠시 인상을 썼다가 바로 풀고 태연하게 말했다.

"늑대에겐 원래 주인이 없소. 그들에겐 강자와 약자만이 있을 뿐이지. 당신은 내 형제들과 일천 마인이 왜 내게 복종한다고 생각하시오? 충성심? 애정? 존경? 그들에게 그런 게 있을 것 같소? 그들에겐 오직 두려움이 있을 뿐이오. 절대강자에 대한 두려움이지. 나는 그들에게서 선의를 기대하지 않소. 그들이 나를 보고 두려워하기를 기대하고, 실제로 그렇소."

"그들이 당신을 두려워하지 않게 될 때가 오면 어떻게 하려고요? 사람은 언젠가는 늙기 마련이죠. 당신이 언제까지나 지금의 강함을 유지

할 수 있을 거라고는 기대하지 않으시겠죠."

"약해지면 죽는 거요. 죽어야 마땅한 것이오."

제천강은 담담하게 말하고 있었다.

"세상은 밀림이고 황야요. 인간은 그 속에서 생존을 위해 투쟁하는 야수지. 약해지면 죽는 게 당연하오. 나도 거기서 예외는 아니오. 서로가 서로를 돌보고 지켜주는 평화로운 세상이 옳다고 생각하시오? 과부와 고아, 노인을 보살펴 주는 게 위정자의 의무라고 생각하시오? 난 그렇게 생각하지 않소. 난 그들에게 가혹한 환경을 만들어줄 거요. 과부는 그녀를 지켜줄 새 남편을 얼른 찾지 못하면 굶어 죽거나 살해당할 거요. 고아는 스스로 유용성을 증명해 보이기 전에는 살아남을 수 없을 거요. 노인은 늙음이 그의 강함을 빼앗아가기 전에 스스로 결단해야 할 거요. 남에게 죽든지 스스로 죽든지. 나는 인간이 호의와 선의라는 이름으로 스스로의 존엄을 버리고 비굴해지는 꼴은 두고 볼 수가 없소. 인간은 홀로 살아가고, 홀로 존재할 수 있는 그 시간 동안만, 오로지 그 순간만 고귀한 것이오. 동정과 선의는 그런 인간에 대한 모욕에 불과하오."

남궁운해는 아니라고 말하고 싶었다. 인간은 그렇지 않기 때문에, 제천강이 혐오를 담아 말한 그 선의와 호의 때문에 인간일 수 있는 것이라고 말하고 싶었다. 하지만 그럴 수 없었다. 지금 천마도에서 호의와 선의가 의미를 가지는 공간은 없기 때문이었다. 그것으로는 아무것도 해결할 수 없다는 것을 누구보다도 더 잘 알기 때문이었다. 지금 그녀에게 인간이 고귀함을 부여한 어떤 가치도 제천강을 찔러 죽일 수 있는 한 자루 단검만도 못할 것이다.

"다 왔소."

그녀와 제천강은 어느새 내궁 안 깊숙한 곳에 위치한 비밀스런 공간 앞에 와 있었다. 그녀의 일터였다. 제천강이 그 앞에서 그녀를 바라보며 말했다.

"지금 천마도는 어디든 위험한 상태요. 물론 천마궁 안이 바깥보다 조금 더 위험하긴 하지만 당신에겐 아무런 위험이 없도록 조치를 하겠소. 당신은 평소처럼 이곳을 드나들며 연구나 하도록 하시오."

그는 잠시 말을 멈추었다가 싱긋 웃으며 말했다.

"당신의 힘은 그 미모보다 백 배 천 배 나은 그 두뇌요. 다른 데 신경 쓰지 말고 여기에만 집중해 주기 바라오. 마지막 관문이라는 말에서도 이미 짐작했겠지만 당신에게 남은 시간은 이제 두 달 정도요. 한 달은 이미 시작된 축제 기간으로, 나머지 한 달은 중원으로 돌아가기 위한 준비 기간으로. 그 다음에 우린 중원에 있을 거요. 당신의 일은 그전에 반드시 끝나야 하오."

그 말을 끝으로 제천강은 떠나 버렸다. 남궁운해는 잠시 멍하니 있다가 문을 열고 방으로 들어갔다. 안에는 귀곡천문가의 인질로 온 유세민(劉世民)과 벽력뇌화가의 팽지수(彭至秀)가 있었다. 대종사의 둘째 제자와 셋째 제자로 그녀를 도와 자금성의 기문진식을 연구하도록 맡겨진 사람들이었다.

유세민은 항상 우울하고 음침한 인상을 하고 있었는데 양정보다 나이가 적었음에도 불구하고 십 년은 연상처럼 보였다. 귀곡천문가 출신답게 대단한 학식과 영민한 두뇌를 가지고 있어서 천마궁의 군사 노릇을 하는 자였다.

팽지수는 그와 달리 바보처럼 멍한 눈에 입가에는 침까지 흘리고 있는 뚱보였다. 그는 마도십웅의 하나이자 벽력뇌화가의 전대 가주인 벽력마제(霹靂魔帝) 팽하위(彭厦偉)의 장자(長子)로 태어났음에도 불구하고 선천적인 백치였다. 대종사는 그런 그를 받아들여 마교 비전의 비술을 사용해서 그 텅 빈 머리에 벽력뇌화가의 비기들과 무공을 우겨 넣었다. 덕분에 일상생활에 있어서는 백치인 그가 화기(火器) 및 기관(機關)에 대해서는 누구도 따라가지 못하는 능력을 보유하게 된 것이다. 자금성을 둘러싼 기문진식에서 화기 부분을 책임진 것은 그 때문이었다.

남궁운해가 들어가자 유세민은 힐끔 바라보기만 하고 다시 고개를 돌려 자신이 들여다보던 도면에 몰두했다. 팽지수는 묻기 전에는 어떤 일도 하지 않고 어떤 일에도 관심이 없는 사람이라 멍하니 서서 침을 흘려댈 뿐이었다. 남궁운해도 묵묵히 자기가 연구하던 도면을 펼쳐 들고 앉았다.

사실 제천강은 모르고 있지만 기문진식은 이미 완성된 것이나 다름없는 상태였다. 지금 유세민이 골머리를 싸쥐고 고민하는 것은 남궁운해가 의도적으로 꼬아놓은 부분이었다. 그녀는 기문진식을 완성시켜 가는 척하면서 유세민에게 들키지 않도록 조금씩 망가뜨리고 다시 해결하고 이번에는 새로운 문제를 만드는 식으로 방해를 하고 있었던 것이다.

그건 그녀에게 남모르는 계획 한 가지가 있었기 때문에 하는 일이었다. 그녀는 아무도 빠져나갈 수 없는 완벽한 진을 만들기를 원하면서 동시에 그녀가 원할 때 언제든 무력화할 수 있는 그런 진을 짜기를 원했다. 그녀 혼자만이 알아볼 수 있는, 그리고 할 수 있는 열쇠를 기문진식 안에 집어넣어서 언제든 그녀가 원하면 자금성에서 탈출하려고 생각하는 것이다.

쉽지 않은 일이었다. 유세민과 같은 사람의 눈을 속여가며 해야 하는 일이라 더욱 그랬다. 게다가 이제 시간까지 제한이 된 것이다. 두 달. 그 기간 안에 진을 완벽하게 짜야 했다. 그녀가 허락하지 않으면 아무도 내보내지 않는 완벽한 진을 말이다.

문득 그녀는 한 가지 일을 떠올리고 유세민에게 말을 걸었다.

"두 달 후에 천마도를 떠난다는 건 알고 계시죠?"

유세민이 귀찮다는 듯 고개를 끄덕였다. 그녀가 물었다.

"정파 사람들은 어떻게 하나요? 그냥 남겨두고? 아니면?"

유세민이 어이가 없다는 듯 그녀를 바라보다가 고개를 돌렸다. 그리고 대답했다.

"지금 하는 축제가 끝나면 우린 또 하나의 축제를 벌일 거요. 사냥축제라고나 할까."

남궁운해는 더 묻지 않았다. 축제에 사용할 사냥감이 정파 사람들일 거라는 건 묻지 않아도 알 수 있었다.

저녁이 되어도 비는 기세를 꺾지 않고 있었다. 평소 같으면 석양이 아름다웠을 시간이지만 사위는 어둡고 뇌성과 벽력이 천지를 가르고 있었다. 남궁운해는 생쥐처럼 젖어서 집으로 돌아가고 있었다. 정파 사람들이 사는 마을에는 아무도 나와 있는 사람이 없었지만 불 켜진 창문들이 그 안에 사는 사람들의 모습을 상상하게 해주고 있었다. 그러다 그중 한 집에서 창문이 열리고 한 사람이 밖을 내다보았다.

남궁운해는 걸음을 멈추었다. 창문을 열고 내다본 사람은 이미 죽은 언보보의 아버지, 한때는 무림 팔대세가 중 하나의 주인이기도 했던 패권(覇拳) 언도양(彦挑暘)이었다. 그녀는 빗속에 서서, 언도양은 방 안에

서서 말없이 서로를 바라보았다. 남궁운해는 당장이라도 외쳐 말하고 싶었다. 당신들은 닭이며, 그 닭의 수명은 이제 단 두 달밖에 남지 않았다고 알려주고 싶었다. 그냥 죽음을 기다릴 것이냐. 이대로 목이 비틀어져 죽고 말 작정이냐고 묻고 싶었다. 그러나 그녀는 아무런 말도 않고 슬픈 눈빛으로 그를 바라보다가 조용히 자리를 떠났다. 빗속으로 사라지는 그녀의 모습을 바라보며 언도양도 아무런 말을 하지 않았다.

그날 밤 남궁운해는 다시 악몽 속으로 빠져 들어갔다. 이제 그녀의 악몽 속에 나오는 시체들은 얼굴을 가지고 있었다. 정파 사람들의 얼굴, 그녀가 알고 있던 사람들, 그녀의 아버지, 어머니, 그녀를 지켜주던 호위들, 노공들, 그리고 무영까지도. 그녀는 절규하고 흐느꼈다. 이건 악몽이 아니라 예언이었다. 그녀의 전 생애가 이렇게 부정되고 사라질 것이라는 저주받을 예언이었다. 일체의 희망이 피와 시체 속에서 스러져 가는 모습을 미리 보고 있는 것이다.

무영의 얼굴이 암흑 속에서 나타났다. 어렸을 때 그녀가 본 그 모습 그대로였다. 남궁운해는 그를 바라보았다. 그러나 무영은 그녀를 보고 있지 않았다. 그의 시선은 어딘지 모를 먼 곳을 향하고 있었다. 남궁운해의 가슴이 싸하게 아파왔다. 무영은 이미 그녀를 잊고 있을지도 모른다. 아니, 틀림없이 그럴 것이다.

무영의 옆에 또 한 사람의 그림자가 나타났다. 구부정한 허리, 머리카락이 거의 남아 있지 않은 대머리가 유달리 커 보이는 왜소한 노인이었다. 그는 굵은 지팡이를 짚고 있었는데, 그걸 휘두르자 일진광풍 같은 것이 일어 사방에 뒹굴던 시체들과 그 시체들을 파먹던 벌레들이 저만치 밀려갔다.

노인이 잠시 그녀를 바라보다가 입을 열었다.

"육도삼계(六道三界)의 생명 중에 살아 있는 동안은 고통의 바다에서 허우적거리다가 끝내 죽어 한 줌의 흙이 되지 않는 것이 없는데, 사람만 유독 고통스럽지 않으려 하고, 죽지 않으려 하고, 운명이 예비해 둔 고통을 피하려 하며 엄살을 부리고 있다고 생각하지 않느냐?"

소리는 귀가 아니라 머리 속으로 직접 전해지는 듯했다. 남궁운해는 고개를 갸웃거렸다. 오늘의 꿈은 평소와는 조금 다르게 진행되고 있지 않은가. 그녀는 멍하니 노인을 바라보기만 했다.

노인이 다시 말했다.

"어둠이 있으므로 빛이 의미가 있고, 죽음이 있어 살아 있는 순간이 가치가 있다. 고통이 없으면 즐거움도 없고 악이 없으면 선이 선이라 불리지 않을 것이다. 어떻게 지내도 잠깐뿐인 짧은 인생을 다들 그렇게 괴로워하며 사는구나."

남궁운해는 여전히 아무런 말도 하지 않았다. 오늘의 꿈은 뭔가 달랐다. 이건 꿈이 아닌 것 같았다. 하지만 분명히 현실도 아니었다. 무영이 여전히 눈앞에 있었다. 그가 여기 그녀의 눈앞에 있을 리가 없지 않은가. 그녀는 문득 누군가의 힘으로, 가령 천마공자의 힘으로 만들어진 환각인지도 모른다고 생각했다.

노인은 그녀의 눈길을 따라 무영을 향해 시선을 주었다.

"이 아이가 네 미련이냐?"

노인의 눈빛이 잠시 흔들렸다. 입술이 살짝 떨어지면서 중얼거리는 소리가 들려왔다.

"그인가. 설마 그인가."

남궁운해는 입을 벌렸다. 소리가 나올까 의심했지만 궁금증을 참을 수 없었다.

"당신은 누구죠?"

말이 나왔다. 노인이 그녀를 바라보았다.

"인간의 가치는 때로 고뇌의 폭과 깊이로 결정되는 것. 나는 너를 오랫동안 지켜보고 있었다. 이제 시간이 없으니 일을 시작해야 하리라."

남궁운해가 다시 물었다.

"당신은 누군가요?"

노인이 희미하게 미소 짓는 듯했다. 아니, 소리없이 입꼬리를 움직이는 그 모습은 미소가 아니라 울음 같기도 했다.

"내가 누구냐고? 나는 시작과 끝이다. 이 모든 일의 원인이자 해결자이다. 모든 일은 나로 비롯하여 시작되었고, 이제 나를 통하지 않고는 끝나지 않으리라."

노인은 고개를 끄덕였다. 스스로의 말을 긍정하는 듯한 모습이었다. 그리고 남궁운해를 바라보며 말했다.

"나는 마교의 대종사라 불리는 사람이다."

남궁운해는 비명을 지르려 하는 자신의 입을 스스로의 손으로 막았다.

비가 퍼붓는 밤, 남궁운해의 침실이 바라보이는 나무 위에 두 사람이 앉아 있었다. 오른쪽에 있던 사람, 귀문탈백종의 형아민이 몸을 뒤척이는 남궁운해를 바라보며 말했다.

"오늘도 악몽인가? 저년도 정말 괴롭겠군요."

"강한 거야."

왼쪽 그림자, 명왕유명종에서 온 인질이자 대종사의 여덟째 제자인

삼색 지옥도 213

상달(尙達)이 그렇게 말했다.

"계속해서 악몽을 꾸는 건 악몽에 지지 않았기 때문이다. 항복했으면 차라리 편했을 거야. 항복하지 않고 있기 때문에 밤마다 싸우는 거지. 대단한 정신력이다."

형아민이 쿡쿡 웃었다.

"형님도 저년에게 관심이 있는 겁니까? 그 마음, 공자에게 들키지 않도록 잘 숨기십시오. 공자가 알면 당장 때려죽이려 할 테니까요."

상달은 묘한 눈빛으로 형아민을 바라보다가 고개를 저었다.

"언젠가 자넨 여자 때문에 죽게 될 거야."

"재수없는 말씀을!"

형아민이 투덜거렸지만 상달은 이미 그에게는 관심이 없었다. 그의 심안(心眼)은 두터운 구름 뒤에 숨어 있는 달을 보고 있었다. 핏빛으로 물든 것처럼 붉은 달이었다.

"오늘 밤은 뭔가 심상치 않아."

한 달 전부터 그는 불안해하고 있었다. 몸은 이곳 천마도에 있지만 그의 심령은 요동의 명왕유명종과 특히 그의 증조부이기도 한 유명대제 상천기와 계속 연결되어 있었다. 그게 한 달 전에 끊어진 것이다. 그런데 오늘 그 끊어진 기운이 다시 느껴지고 있다. 그것도 폭발적으로 강하게 밀려들고 있다. 그는 눈을 감았다. 증조부가, 유명대제가 다시 부활한 것인가.

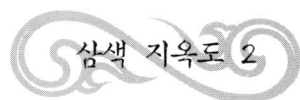

삼색 지옥도 2

　신강(新疆)의 고원 위에 만월이 떠올랐다. 땅에서 피어오른 황토색 먼지구름에 가려서인지 피처럼 붉게 물든 달이었다. 하늘 높이 치솟아 숨 쉴 공기조차 희박한 이 고원 위에 겨울 삭풍처럼 차갑게 피부를 할퀴는 거센 바람이 불어오고 있었다. 땅거죽을 몽땅 파헤쳐서 하늘로 날려 버릴 것 같은 바람이었다. 그런 바람에도 불구하고 고원에는 수만 명의 사람들이 엎드려 있었다. 하나같이 걸레 쪽에 가까운 남루한 옷차림과 야윈 얼굴들, 인구의 절반에 가까운 신강의 승려들을 먹여 살리느라 일을 해야 하는 일반 백성들이었다.
　그들의 앞에는 깎아지른 듯한 절벽을 따라 드높게 세워진 포달랍궁이 있었다. 그들의 공양으로만 살아가는, 그러면서도 그들을 지배하는 라마 황교(黃敎)의 본산인 바로 그 포달랍궁이었다. 지금 그 포달랍궁에는 온통 횃불이 밝혀져 있었다. 달빛과 불빛을 받은 포달랍궁은 어둠 속에서 마치 보석으로 지은 궁전처럼 눈부시게 빛나고 있었다.

 잠시 후 포달랍궁의 횃불들이 움직였다. 하늘에서 강림하듯 아래로 내려오는 긴 계단을 따라 불빛은 두 줄로 나란히, 끝이 없는 것처럼 길게 내려오고 있었다. 하나하나가 다 라마승이었다. 노랗고 붉은 가사를 온몸에 휘감고 머리에는 모자를 쓴 승려들이었다. 그들이 백성들의 앞으로 와서 옆으로 길게 늘어섰다. 줄은 길었고, 라마승은 많았기 때문에 곧 그들의 줄은 몇 겹으로, 몇십 겹으로 층을 이루었다.

 바라가 맞부딪쳐 소리를 냈다. 신강의 전통 악기들이 거기 박자를 맞추어 연주되기 시작했다. 음악은 땅에서 시작해서 포달랍궁이 있는 저 하늘까지 퍼져 올라갔다. 마치 신의 강림을 비는 듯한 음악이었다. 그에 대답하기라도 하듯 무언가가 하늘로부터, 아니, 하늘처럼 솟은 포달랍궁으로부터 내려오기 시작했다. 불빛도 없고 소리도 없었다. 어둠보다 더욱 어두운 어떤 것, 보이지는 않지만 그 존재감은 강력하게 전해지는 어떤 것이 그들에게 다가오고 있었다.

 음악이 멈추었다. 수백 명의 라마승들이 일제히 꿇어 엎드렸다. 단순히 무릎만 꿇는 것이 아니라 온몸을 땅에 던져 얼굴도 들지 못하는 오체투지(五體投地)의 자세였다. 암흑 속으로부터 또 다른 라마승들이 나타나기 시작했다. 검은 가사를 두르고 검은 모자를 쓴 수백 수천의 라마승들이 포달랍궁으로부터 내려와 그들 황교의 라마승들과 신강 백성들 앞에 섰다. 그 뒤에 하나의 거대한 가마가 나타났다. 검은 안개와도 같이 흐릿한 무엇인가에 둘러싸여 그 모습도, 거기 누가 탔는지도 잘 보이지 않는 그런 가마였다. 사이하고 음침한 기운은 그 가마로부터 퍼져 나오고 있었다.

 백성들이 기도문을 중얼거리기 시작했다. '움 아브 카아 아야' 라는 짧은 구절을 길게 끌어서 오랫동안 발음하는 기도문이었다. 수만 명의 사람들이 동시에 읊조리는 그 소리는 붉은 달빛 아래, 먼지 이는 땅 위에, 엎드린 라마승들 위에 음울하게 퍼져 나갔다.

검은 옷을 입은 라마승 수백 명이 앞으로 나섰다. 그들의 손에는 땅에 박아놓은 횃불의 불빛을 받아 백골처럼 희뿌연 광채를 내뿜는 칼이 한 자루씩 들려 있었다. 그들은 엎드린 라마승의 옆구리를 걷어찼다. 그 라마승이 밤하늘을 향해 돌아누우면 검은 라마승이 칼로 가슴을 후벼파서 심장을 끄집어내 아직 다 죽지 않고 꿈틀거리는 라마승의 가슴에 올려놓았다.

아무런 소란도 없었다. 반항도, 지체도 없었다. 검은 라마승들은 기계적으로 심장을 파냈고, 황색 라마승들은 조용히 죽음을 맞이했다. 그렇게 수백 개의 심장이 모습을 드러낸 후 검은 라마승들이 물러났다. 검은 라마승 중 한 사람이 가마 앞으로 나와 하늘을 향해 팔을 뻗고 무어라 읊조렸다. 내용을 알아들을 수 없는 기도, 혹은 축원과도 같은 것이었다. 그 순간 죽은 수백 명의 라마승들 가슴 위에 놓여 있던 심장들이 불길에 휩싸여 타올랐다. 그리고 그 불빛에 비로소 가마의 모습이 드러났다. 그 위에 탄 사람은 머리를 깎은 어린 동자승이 하나, 신강 특유의 성장(盛裝)을 한 비슷한 또래의 여자 아이 하나였다.

미친 듯이 주문을 외는 신강 백성들 속에 변장을 한 초립동이 있었다. 그리고 그만은 저 가마에 탄 두 아이가 누구인지 정확히 알고 있었다. 요동에서 도망쳐 온 명왕과 명왕비라는 것을 그는 한눈에 알아보았다. 무슨 수단을 사용했는지는 몰라도 명왕비는 끊어진 목조차 다시 이어놓은 모습이었다.

그의 추격은 요동에서 시작해서 달단을 가로지르고 대막을 넘어 여기 머나먼 신강까지 이르렀다. 한 달도 안 되는 짧은 시간에 일만 리를 추격해 온 것이지만 명왕은 그보다도 훨씬 빨랐다. 흔적도 남지 않는 움직임을 간신히 따라잡아 여기까지 왔더니 이미 일은 끝나 버린 것이다. 명왕과 명왕비가 신강 사람들이 지옥의 왕으로 두려워하는 야마와 그 왕비인 차문다의 모습으로 등장하는 것을 막지 못한 것이다.

신강은 라마교가 지배하고, 그 라마교는 황교가 지배하고 있었다. 그런데 이십여 년 전 그들 황교의 주력들은 중원의 마교통일대전에 참가하고, 지금은 보패범천종이라는 이름으로 중원의 감숙 지역을 지배하고 있다. 기름진 중원의 부와 영화를 좇아 황교와 그들의 지배자 활불(活佛)이 땅과 백성들을 버리고 떠나간 뒤에 여기 어둠의 세력, 악의 추종자들이 고개를 들게 된 것이다. 대뢰음사(大雷音寺)의 라마들이었다.

남들 눈에는 이상해 보일지 몰라도 어쨌든 황교는 부처를 숭배한다. 그러나 대뢰음사에서는 지옥의 왕인 야마와 차문다를 숭배한다. 황교는 낮과 밝음을 숭상한다. 대뢰음사는 밤과 어둠, 그리고 죽음을 숭상한다. 오늘 밤 그들은 포달랍궁에 남은 마지막 라마승들을 죽임으로써, 그리고 그 심장으로 지옥의 왕, 그들에게 지극히 어울리는 왕이 강림했음을 경축하고 찬양함으로써 신강의 지배자가 자신들임을 증명했다.

엎드려 있는 초립동의 심경은 복잡했다. 명왕을 제거한다는 애초의 목적을 성취하는 것은 무리인 듯했다. 아직 완전히 힘을 발현하지 못하고 있는 명왕은 문제가 아니었다. 하지만 명왕을 둘러싸고 있는 검은 라마승들에게서는 심상치 않은 악의 기운이 느껴졌다. 어둠과 죽음에 힘의 기원을 둔 어떤 술법, 혹은 주술을 사용할 줄 아는 자가 있다는 느낌이었다. 그들의 방해를 뚫고 명왕을 제거하기란 어려운 노릇이었다. 아무래도 오늘은 명왕의 위치를 확인했다는 것을 소득으로 삼고 돌아가야 할 것 같았다.

　대뢰음사의 세력은 만만치 않아 보였다. 라마 황교가 자리를 비운 틈에 키운 세력이라고만 보기에는 지나치게 강해 보인다는 것이 그의 신경을 건드렸다. 명왕의 출현을 기다렸다는 듯이 추대하고 나선 것도 의심스러운 면이 있었다. 어쩌면 요동의 유명종에서 상당 세력이 이쪽으로 이동해 온 것이 아닐까? 지옥의 왕 야마와 명왕이라는 건 결국 같은 신이 아닌가. 어쩌면 오래전부터 유명종과 대뢰음사 사이에 연결이 있었던 것은 아닐까. 오늘을 위해 오랫동안 준비해 온 것이 아닐까.

　그렇다면 이들은 만만치 않은 정도가 아니라 대단히 위협적인 힘이 될 것이다. 대뢰음사의 사이한 무공과 유명종의 사이한 법술이 만난 위에 맹목적일 정도로 종교에 경도되어 있는 이들 신강의 사람들이 합쳐지면······.

　원래 그에게는 천하의 안위란 중요하지 않았다. 특히 그 천하가 중원을 중심으로 한 중국인의 천하일 경우에는 더욱 그랬다. 그와 불함 선인은 이화태양종과 연합하기 전부터 그런 생각을 하고 있었다. 조선을 위해서는, 그리고 요동을 위해서는 천하가 어지러운 편이 나았다. 전국 시대처럼 여러 개의 나라가, 혹은 세력이 서서 서로 싸우는 상태가 오래 이어진다면 그보다 더 바람직한 상황이 없을 것이다. 그사이에 그들은 발해의 기반을 공고히 하고 가능하다면 요서까지, 그 너머까지도 영역을 넓힐 생각을 해볼 수도 있을 것이다.

　조선을 위해서는, 그리고 새로 개국한 발해를 위해서는 천하가 한 사람의 손에 들어가 안정을 되찾는 것처럼 위험한 일이 없었다. 그럼 곧 마도천하 이전의 중국이 그랬던 것처럼 발해와 조선은 그 입김에 시달리게 될 것이다. 그래서 초립동과 불함 선인은 해동 구선문의 다른 선인들이 기대한 것처럼, 혹은 예언한 것처럼 천마가 나타나 혼란을 평정하는 것을 좌시하고 있지 않을 생각이었다. 천마의 등장이 천하를 어지럽게 하는 동안은 그냥 두고 보지만 천마가 천하를 정리할 기미가 보이면 제거해 버리겠다는 것이 그들의 계획이었다. 그래서 천마가 될 가능성이 가장 높은 무영의 옆에 있었던 것이다. 그래서 홍련을 비롯한 세 사람을 붙여두게 했던 것이다.

그런데 명왕이 등장했으니 상황은 많이 달라졌다. 중원에서 보면 신강은 서북쪽에 있다. 위험은 서북으로부터 올 거라는 선인들의 예언이 맞다면, 즉 가장 경계해야 할 세력이 여기 명왕을 둘러싸고 탄생한 셈이었다. 이들이 천하를 위협할 세력이 될 것인지, 그만한 힘이 있는 것인지는 모른다. 천하의 안위는 그의 관심사가 아니니까. 그러나 이렇게 순수한 악의 세력, 순수한 악의 정화라고 할 명왕과 그 추종자들은 선도를 걷는 그로서는 반드시 제거하고 막아야 할 세력이었다.

조선이나 발해가 문제가 아니었다. 순수한 도의 세계의 일원으로서 그는 악과 싸워야 할 의무를 느끼고 있었다. 그러기 위해서는 천마와 손을 잡아야 할지도 모른다. 천마를 도와 명왕을 물리쳐야 할지도 모른다. 이젠 상황이 돌아가는 것을 보면서 탄력적으로 행동해야 할 때였다. 그러기 위해 일단은 발해로 돌아가야 할 것이다.

그가 생각에 잠겨 있는 사이 어느새 명왕과 명왕비, 아니, 이제는 야마와 차문다가 된 그 아이들은 가마와 함께 사라지고 없었다. 검은 라마승들도 없었다. 백성들이 겁에 질려, 공포에 짓눌려 주문을 외워대는 앞에는 불길에 휩싸인 수백 개의 심장과 시체들이 마지막 불꽃을 내뿜고 있을 뿐이었다.

삼색 지옥도 3

"이런 일이 세상에 가능하다고 생각하시오?"

"지금 보고 있잖습니까."

화악법사 유진충의 질문을 귀제갈 막불군은 퉁명스럽게 받았다. 지금 눈으로 똑똑히 보고 있지 않은가. 요동 명왕유명종의 사자로 마교 총단에 와 있는 일행 다섯 중 네 명이 스스로의 손으로 가슴을 헤집어 파서 심장을 꺼내 들고 죽은 것을, 그 심장이 석탄이라도 된 것처럼 불길에 타올라 그걸 들고 있는 손까지 함께 태우고 시커먼 재가 되어 있는 것을 두 눈으로 똑똑히 보고 있지 않은가. 아무리 믿기 어려운 일이라도 눈앞에 현실로 드러난 이상 믿을 수밖에 없다. 어떻게 그게 가능했는지 설명하는 것은 사소한 일이다. 이것이, 이 불가사의한 일이 무엇을 의미하는지 알아내는 게 더욱 중요하다.

그걸 생각하느라 그의 머리는 복잡했고, 그래서 유진충을 붙잡고 그도 어떻게 된 건지 잘 모르겠다는 말을 길게 늘어놓을 여유가 없었다.

목하 천하의 정세는 어지럽기 그지없었다. 동북쪽에서는 이화태양종이 일어나 명왕유명종을 궤멸시켰다. 그리고 사자군림가와 흑사광풍가가 격전을 벌이고 있었다. 서남쪽에선 예전부터 한족에게 반감을 가지고 있던 운남 묘족을 중심으로 한 오독절혼가가 심상찮은 움직임을 보이고 있었다. 게다가 얼마 전 이곳을 거쳐 해남으로 간 북해빙궁의 제칠설녀가 운반하고 있는 전갈의 내용으로 보아 조만간 동남쪽에서도 북해빙백종이 북상하며 파란을 일으키게 될 것이다.

오독절혼가가 움직이면 사천의 소수천녀종, 광동의 철혈흑룡가가 위협권에 들어가게 된다. 북해빙백종은 역시 광동의 철혈흑룡가와 강남의 창파금선가를 경동시키게 될 것이다. 그 다음엔 섬서와 호남이 위협권에 들어가게 되는데, 이쯤 되면 이제 장강 이남만의 문제가 아니게 되는 것이다. 거기에 천마도가 있다. '천하의 중심'이라고 대종사가 자리 잡은 그곳에서 놀고 있는 위험한 아이들이 조만간 중원으로 나오려고 꿈틀대고 있다는 보고는 그도 이미 듣고 있었던 것이다.

그나마 천하의 네 귀퉁이 중 서북쪽만은 별문제가 없는 듯해서 다행인데, 그 나머지 지역의 상황들만 생각해도 거의 천하가 난세에 접어들기 직전, 그야말로 폭풍 전야의 상태라고 하지 않을 수 없었다.

물론 대책은 이미 생각해 두었고 약간의 생각지 못한 변수가 있긴 하지만 알고 보면 이 모든 것들이 이미 그들 귀곡천문가의 안배대로 움직이고 있는 것이기도 했다. 그들이 오랫동안 계획하고 준비해 오던 계획, 이른바 귀곡천문대계(鬼谷天文大計)라고 하는 것이었다.

마도천하를 만들어 그중 일부를 지배하고 있긴 하지만 천하를 염려하는 책사로서, 천하의 움직임을 뒤에서 조종하는 것을 당연한 임무로 생각하는 모사가의 집단으로서 '마도천하'라는 상태는 용납할 수가 없는 것이었다. 천하를 갈라놓고 각자 제 맘대로 하게 만드는 것이 무슨 천하경략이라는 것인가. 전대의 가주인 새봉추 방각은 당시 이미 늙어서 그 이상 할 엄두를 내지 못했지만 젊은 책사들은 그 상황을 용납할 수 없었고, 그 중심에 섰던 인물이 현 가주인 미풍현사 공유였다. 그가 가주가 된 이후 세워진 계획이 귀곡천문대계, 천하를 제대로 만들어놓기 위해 먼저 천하를 뒤흔들어 놓는다는 것이 그 첫 번째 단계였다. 현재가 바로 그 단계인 것이다.

천하에 갈등의 소지를 뿌려놓고, 그 갈등을 적절히 부채질하고, 적절히 달래가며 결국 서로 싸우게 만들어야 한다. 그건 고도로 통제된 상황에서 이루어져야 하는데, 걷잡을 수 없이 흘러가는 난세는 결국 그들이 원하는 바가 아니기 때문이다. 그들은 그들이 조절할 수 있는 범위 안에서의 혼란을, 그래서 결국 그들이 재정비할 수 있는 천하를 원했다.

고루환혼종이나 명왕유명종 같은 악종들은 어차피 통제 불가능한 광신자 집단이니 그 과정에서 제거되어야 한다는 판단은 이미 내려져 있는 상태, 명왕유명종이 궤멸된 것은 그들로서는 조금도 애석해할 일이 아닌 것이다. 그런데 지금 명왕유명종이 완전히 궤멸된 것이 아니라 불씨가 살아 있다는 증거를 본 것이다. 이런 돌출적인 변수는 아무리 사소한 것이라도 그들 같은 책사에게는 골치 아픈 문제가 된다. 머리가 복잡하지 않을 수 없었다.

"도대체 무슨 생각을 하고 있는 거요!"

유진충의 고함 소리가 막불군의 상념을 깼다. 막불군은 내심 화가 치밀었지만 겉으로는 조금도 그런 빛을 드러내지 않고 침착하게 대답했다.
"아, 죄송합니다. 처음 보는 괴사에 잠시 넋이 나갔나 봅니다."
유진충이 혀를 찼다.
"천하의 기문이사(奇聞異事)를 모르는 것이 없다는 귀제갈답지 않은 말씀이구려. 어쨌든 방금 제가 드린 말씀 들으셨소?"
막불군이 잠깐 말을 놓친 모양이었다. 그가 물었다.
"무슨 말씀을?"
"귀한 손님이 오셨다고 했지 않소. 막 총관을 뵙고자 하니 어서 가 봅시다."
유진충은 더 물을 틈을 주지 않고 돌아서서 서둘러 걸었다. 막불군은 인상을 찌푸리며 그 뒤를 따랐다. 귀한 손님이라니. 마교총단의 총관인 그가 모르는 어떤 손님이 있을 수 있단 말인가. 하잘것없는 졸개도 그의 허락 없이는 들어올 수 없는 곳이 마교총단 아니던가. 하물며 귀한 손님이라니. 그는 어쩐지 불길한 느낌을 갖고 유진충의 뒤를 따라 총단 내에 마련된 유진충의 처소, 즉 용화광명종의 사절단 숙소로 들어갔다. 그리고 번개를 맞은 듯한 충격을 받아 우뚝 서버렸다.
반쯤 풀어헤친 비단옷 사이로 비대한 살집이 드러난 노인이 있었다. 머리카락 한 오라기없는 완벽한 대머리에 삼중의 턱, 인자한 미소에 가죽 포대처럼 빵빵하게 부풀어 오른 배는 민간에서 그리는 미륵불(彌勒佛)의 모습 그대로였다. 그런 사람이 커다란 연꽃 모양 가마에 깔아놓은 비단 보료 위에 비스듬히 누워 있고, 선녀의 복장을 한 여덟 명의 시녀들이 부채를 부치고, 술병과 잔을 들고, 과일과 떡을 담은 쟁반을 들고 있었다.
막불군을 보자 미륵불을 닮은 노인이 한층 더 미소 지으며 손을 들었다.

"여어!"

여어라니! 그가 감히 마교총단에 들어와서, 그것도 허락조차 받지 않고 여기 들어와서 그에게 여어라고 엊그제 헤어진 친구를 만난 것처럼 말할 수 있는 것인가. 막불군은 엄청난 분노를 느꼈지만 동시에 가공할 압력 또한 느끼고 무릎을 꿇었다. 아무런 예고 없이 여기까지 그가 올 수 있다는 것만으로도 사태는 심상치 않다는 것을 알 수 있었다. 그리고 지금의 그로서는 저 사람을 상대할 아무런 방법이 없었다. 그는 공손히 머리를 조아리고 인사했다. 미륵불, 용화광명종의 종사인 용화마존 한충겸에게 가장 적합한 인사문구였다.

"미륵하생(彌勒下生) 용화광명(龍華光明)!"

미륵이 세상에 강림하여 광명으로 가득하게 한다는 뜻의 주문, 용화광명종의 이상이자 구호였다.

한충겸이 싱글싱글 미소 지으며 거기 대답했다.

"미륵하생, 용화광명."

시립해 있던 시녀들이, 그리고 유진충도 일제히 입을 모아 똑같은 구호를 외쳤다.

"미륵하생, 용화광명!"

거기에 그녀들과 유진충은 한 구절을 덧붙였다.

"용화마존 만세만세만만세!"

막불군은 미칠 것 같은 기분이 되었다. 천하를 생각하고 경략하는 경건한 공간이 잠깐이지만 광신의 물결에 잠겨 버린 것 같았다.

한충겸이 손짓하며 말했다.

"앉게나, 총관."

막불군이 서둘러 일어나서 손을 흔들어 사양했다.

"소관은 그냥 서 있는 게 편합니다."

한충겸은 더 권하지 않았다. 그는 시녀가 들고 있는 쟁반에서 포도 한 알을 집어 입에 넣고는 우물거리다가 고개를 돌렸다. 시녀 하나가 재빨리 빈 쟁반을 내밀었다. 그는 거기 씨를 뱉어내고는 막불군을 바라보았다.

"어찌할 셈인가, 공유는?"

태평스런 행동 뒤에 날카로운 습격과도 같은 질문이었다. 막불군은 혐오스럽게 한충겸이 하는 양을 바라보다가 이 불의의 일격에 허리를 꺾었다.

"어찌할 셈이라 하심은?"

한충겸이 다시 물었다. 직설적으로 단순하게.

"이 어지러운 천하를 어찌할 셈인가 하는 것일세. 천하가 어지러워지도록 내버려 뒀으니 수습책도 있겠지?"

막불군의 이마에 땀이 송골송골 맺혔다. 한충겸은 대체 어디까지 아는 것인가. 알면 어떻게 할 생각인가.

"목하 천하의 어지러움에 대해서는 저희 가주께서도 걱정하시는 바 큽니다. 이에 대해서는 여러 고심이 있으시고 가문의 식솔들과 끊임없이 대책을 숙의하고 계시는 바, 곧 방안을 내놓으시리라 사료됩니다."

내용없는 말을 길게 늘이며 막불군의 머리는 암중에 빠르게 돌아갔다. 계속 이렇게 내용없이 말을 끌 수 있다면 다행일 것이다. 그런데 한충겸은 그걸 용납하지 않았다.

"결국 아직은 별 생각 없다는 것인가? 그럼 내가 나서야겠군."

막불군이 조심스럽게 물었다.

"직접 나서신다 하심은?"

한충겸이 미소를 지우지 않은 채 말했다.

"난세 평정의 기치를 들고 나서는 게 우리 용화광명종의 뜻을 펼치는 것이며, 대종사의 의지를 따르는 것이 아닌가 한다는 말일세."

유진충이 말했다.

"입술을 잃으면 이가 시리게 되는 것이지요. 사자군림가가 무너지면 바로 우리 용화광명종이고, 강남이 무너지면 바로 황하 이북인 여기입니다. 닥치기까지 기다려서야 행동하는 것은 병가에서 말하는 하중하(下中下)의 책(策). 적이 우리를 치기 전에 우리가 먼저 치는 것이 상중상(上中上)인 줄로 아옵니다."

제법 그럴듯한 소리를 지껄이고 있는 것 같지만 대책도 없고 계획도 없는 충동질에 불과했다. 막불군은 내심 이를 갈며 유진충을 저주했다. 어쨌든 지금으로 봐서는 한충겸이 천하의 소란에 대해 우려하고 있는 듯하니 약간은 안심시켜 줄 필요가 있었다.

"천하의 사방에서 소란이 일고 있으나 마존께서 염려하실 정도로 대단한 일은 아닌 줄로 아옵니다. 그야말로 찻잔 속의 태풍, 마존께서는 연꽃 흐드러진 광명정(光明亭)에서 만다라의 오묘함을 궁구하고 계심이 차라리 나을 것입니다. 태양종이니 빙백종이니 하지만 바람 한줄기 지나가면 곧 스러질 움직임들이니까요."

한충겸은 손을 살랑살랑 흔들었다. 비대한 몸집에 어울리지 않게 부드러운 움직임이었다.

"총관은 사태를 아주 가볍게 보는군. 하지만 이 부처님은 그렇게 생각하지 않아요."

"실제로 가볍습니다. 전혀 걱정하실 일이 아니지요."

막불군이 고집스럽게 말했다. 한충겸이 물었다.

"태양종은?"

"사자군림가와 흑사광풍가의 싸움은 십팔 년을 이어온 것입니다. 태양종이 사자군림가를 돕는다 하나 쉽게 끝날 싸움이 아니지요. 설사 흑사광풍가를 궤멸시켰다 해도, 그러면 더욱 사자군림가는 만만치 않게 됩니다. 태양종이 혹여 중원 진출을 기도한다 해도 그들은 다시 그들이 도와주었던 사자군림가에 막히게 될 것입니다."

"막후 거래가 이미 있었을 수도 있잖은가."

"만약 그런 것이 있었다 해도 상관없습니다. 사자군림가는 대종사의 이름을 앞에 건 우리 총단의 명령을 어기지 못할 것입니다. 만약 그런 막후 거래가 있었다면 더욱 좋습니다. 태양종은 약속을 어긴 군림가를 지탄할 것이고, 군림가는 대종사의 명을 내세워 태양종을 비난할 것입니다. 흑사광풍가가 사라지면 이번엔 두 종파의 싸움이 시작되는 것이지요."

"빙백종은?"

막불군은 웃었다.

"그쪽은 더욱 쉽습니다."

"어떻게 쉬운가?"

"빙후 악산산이 북해로 가겠다고 하면 막지 말고 보내주면 되는 것입니다. 그녀가 원하는 것은 단지 그것 뿐일 테니까요. 그걸 막겠다고 하면 일이 복잡해지지만 그걸 허용해 주면 일은 아주 쉬워지는 이치입니다."

"실제로 그녀가 지나가면 그 영역의 종사들이 불안해할 테고, 그럼 자연히 일이 복잡해지지 않겠는가."

"우리가 먼저 길을 안내하면 됩니다."

"길을 안내한다고?"

"배를 보내는 것입니다. 빙후 악산산은 강남 창파금선가의 금룡 대인과 사이가 나쁘지 않습니다. 창파금선가에 전갈을 보내 해남도로 배를 보내도록 합니다. 거기 빙후 악산산을 싣고 강남을 들렀다가 뱃길로만 발해만(渤海灣)까지 보내는 것입니다. 거기서부터 태양종의 영역이니 그녀가 북상하면서 일으킬 문제를 미연에 막을 수 있는 것이지요."

"뱃길로만 보낸다……. 그건 그럴듯하군."

"원하신다면 천진의 광명정에 들러 인사하고 가도록 할 수도 있습니다."

천진 역시 바닷가이니 역시 뱃길로 들를 수 있다는 말이었다. 한충겸은 살찐 얼굴에 가늘게 뚫린 눈으로 막불군을 바라보며 웃었다. 마치 뱀의 눈과도 같은 차가운 빛이었다.

"그 얼음 같은 여인을 만난다…… 재미있는 생각이로세. 그건 그렇다고 치고 그럼 또 하나의 여인, 이번에는 독사 같고 전갈 같은 여인 독후 진수현은 어쩔 셈인지 들어보세."

독후 진수현. 오독절혼가의 가주를 말하는 것이다. 막불군은 너무 많은 것을 말해 주는 것은 아닌지 잠시 망설였다.

"이쪽은 조금 쉽지 않습니다만……."

말을 끌며 그는 잠시 생각해 보고 결단을 내렸다. 어차피 이 정도는 머리만 있으면 누구나 생각할 수 있는 것이다. 정말 중요한 부분은 말로 다 할 수 없고, 말해 줘도 알 수 없는 것이니 상관없으리라.

"오독절혼가가 중원으로 들어오려 할 때 그 진로를 가로막고 있는 것은 사천의 소수천녀종과 광동의 철혈흑룡가입니다. 독후 진수현도 과거엔 마도십웅의 한 사람이었습니다. 철혈흑룡가의 전 가주도 십웅의 하나였지만 지금은 타계했으니 예전만은 교분이 못할 것입니다. 게다가 사천의 소수천녀종은 그러한 교분마저 없으니 약간의 충돌이 불가피하겠지요."

한충겸은 말없이 고개를 끄덕이고 있었다. 막불군은 침을 삼키고 말을 이었다.

"그게 우리에게, 마도천하의 다른 종파에게 손해가 되는지 생각해 봐야 합니다. 아시다시피 오독절혼가는 오랜 역사를 통해 끊임없이 수탈당하고 핍박받아 온 남만 묘족의 한을 가지고 있습니다. 소수천녀종은 유교 문화 속에서 오랫동안 억눌려 온 여인들의 한을 풀기 위해 만들어진 종교입니다. 소수천녀종이 지배하는 사천이 목하 여인천하가 되어 남자들은 노예나 다름없이 살고 있는 것만 보아도 그녀들의 한을 알 수 있지요. 철혈흑룡가는 어떻습니까. 그들이야말로 마도천하가 도래하기 전에 강호에서 가장 핍박받고 천시되던 흑도, 그것도 녹림도, 수적, 해적의 무리들입니다. 세상에 불만이 많은 사람들이라는 것이죠. 그런 그들의 공통점은 하나같이 한을 품고 있다는 것이고, 가능만 하면 언제든 세상을 그 한으로 덮어버리려는 세력이라는 것입니다."

"그래서?"

"그들끼리 싸워 세력을 소진해 주는 게 천하의 안위에 해가 되지는 않는다는 것이지요."

한충겸은 고개를 끄덕였다. 그리고 열변에 지쳐 땀을 흘려대는 막불군에게 최후의 일격을 날렸다.

"천마도의 아이들은 어떻게 할 건가?"

막불군은 인상을 찌푸리며 유진충을 노려보았다. 유진충은 왜 보냐는 듯 당당하게 그의 시선을 마주하고 있었다. 그가 천마도의 아이들이 천하에 끼칠 영향, 중요한 변수로서의 역할을 이해하고 있을 리가 없었다. 그들에게는 대종사의 후광을 업은 건방진 아이들로밖에는 보이지 않을 것이다. 천마도의 아이들이 그 이상이라는 것, 그들의 성향, 그들의 이상, 그들의 능력이 어떤가에 따라 천하의 미래는 극히 다른 모습이 될 수 있다는 것을 어렴풋이라도 이해하고 있는 것은 그들 귀곡천문가의 사람들뿐이었다.

한충겸이 말했다.

"역시 거기 대해서는 총관도 대책이 없나 보군. 걱정 말게. 이 부처님이 미리 손을 써뒀네."

막불군이 급히 고개를 들었다.

"손이라시면?"

한충겸이 간단하게 말했다.

"천마도를 못 나오게 하면 되는 것 아닌가!"

그는 시녀가 받쳐 든 쟁반에서 큼지막한 떡 하나를 잡더니 단번에 입으로 밀어 넣고 볼이 터져라 씹어댔다. 더 이상 말할 여지를 주지 않는 독특한 방식이었다.

막불군은 한숨을 내쉬며 유진충을 향해 말했다.

"그나저나 이렇게 갑작스럽게 왕림하셔서 정말 놀랐습니다. 미리 연락이라도 주시지."

유진충이 그를 외면하며 말했다.

"뭐, 이번엔 어렵게 오셨으니 한동안 계실 테고, 다음에 오실 때는 정문으로 당당히 오실 거요."

막불군의 안색이 흐려졌다. 이 말로 용화광명종의, 그리고 한충겸의 의도가 명확히 드러난 것 같았다. 마도천하에서 그들이 중심 역할을 하겠다, 장래에는 그들이 곧 총단이 되겠다는 야심을 드러낸 셈이었다. 이건 급히 가주에게 보고해야 할 일이었다.
 이때 어느새 떡 하나를 다 삼킨 한충겸이 입을 열었다.
 "언제, 공유에게 놀러 오라고 하게."

제 58 장
사자 열병식

▍잘 차려입는다고 잘 싸우는 건 아니다

사자 열병식 1

　며칠이 빠르게 지나갔다. 무영의 결단에 따라 무영단은 출진 준비에 바빴다. 그중에서도 월영이 제일 바빴다. 출진 준비라는 게 식량과 장비를 준비하는 게 전부인데, 그게 거의 다 그녀의 몫이기 때문이었다.
　기본 무기를 정비하고, 화살을 준비하고, 한동안 먹을 식량과 물, 그것들을 나를 마대니 수통 같은 장비들도 챙겨야 했다. 사자군림가에는 치중대(輜重隊)라 부르는 병참물자 수송대를 데리고 다니지만 그들은 그럴 수가 없으니 휴대할 수 있는 만큼은 모두 휴대하고, 그게 떨어지면 돌아오거나 알아서 구해 먹는 수밖에 없었다. 그러니 조금이라도 더 많이 가져가고 싶은 게 당연했다. 하지만 그렇다고 이삿짐처럼 바리바리 싸들고서야 전투를 수행할 수가 없다. 그래서 전투를 수행하는 데 방해가 되지 않는 한도 안에서 준비해야 한다는 한계가 있었다.
　이러한 작업을 그녀는 손지백과 함께 수행했다. 동맹군이라는 위치를 이용해서 긁어낼 수 있는 것은 모두 긁어내려고 노력했다. 철령위성의 창고도 풍족하지는 않았기 때문에 쉬운 일은 아니었다. 원래는 많아야 오천 정도를 수용할 수 있는 산성을 본부로 해서 목하 이만이 넘는 병력이 활동하고 있었다.

다른 성에서, 그리고 장원들에서 끊임없이 물자를 보내오지만 철령위성을 중심으로 펼쳐진 광야와 초원에는 흑사광풍가의 습격대가 활보를 하고 있어서 그도 쉽지 않았다. 최근 삼 개월간 그들 사자군림가의 병력들은 보급로를 지키는 데에만도 허덕이고 있었다. 싸움다운 싸움을 해본 것은, 그리고 승리를 거둔 것은 무영을 추격해 오던 흑사광풍가의 병력을 함정으로 몰아넣어 괴멸시킨 그때뿐이었다. 그래서 지금 철령위성 안에서 무영단의 위치가 특별했다. 그들 이만 병력이 석 달 동안 거두지 못한 혁혁한 전과를 무영단 오백여 명이 거두었던 것이다.

월영은 그런 사정을 재빨리 알아채고 그걸 기화로 으르고 달래가며 보급품을 챙겼다. 그러는 한편 철령위성과 사자군림가가 돌아가는 사정을 조사하고, 한편으로는 전황을 파악하는 수완도 보였다.

"아무래도 며칠 안에 큰 움직임이 있을 것 같아요."

저녁이 되어 무영단의 간부들이 모인 자리에서 월영이 보고했다.

"물자가 부족하다지만 우리 이백 몇십 명분이라고 해봐야 얼마나 된다고 그렇게 까다롭게 구는지. 조만간 물자가 한꺼번에 들어갈 움직임이 있을 거라는 증거죠. 게다가 요괴도가 나가 있는 전 병력을 철령위성으로 소집했다는 소문도 있어요."

"대공세가 시작되는 건가?"

"그것 외엔 달리 없겠죠?"

"질질 끌고만 있었으니 지겨울 때도 되긴 했지만, 보통 대공세를 시도한다는 건 뭔가 계기가 있어서가 아닌가. 뭐가 그 계기가 됐을까?"

"요굉도가 말해 주기 전에는 알 수 없죠. 어쩌면 순전히 그 사람의 변덕일 수도 있겠고."

간부들의 논의를 듣다가 종리매가 참견했다.

"요굉도가 대단한 성질을 가지고 있긴 하지만 그렇게 기분에 따라 움직이는 사람은 아니다. 그가 무얼 할 때는 반드시 이유가 있지. 그게 지금의 자리까지 올라온 이유다. 그를 무시해선 안 돼."

듣고만 있던 무영이 중얼거렸다.

"그렇게 대단한 사람 같진 않았다."

종리매가 바라보자 무영이 짧게 덧붙였다.

"종사에 비하면."

종리매가 고개를 끄덕였다. 그리고 다시 고개를 저었다.

"단주의 눈에는 미친개, 아…… 양소도 평범하게만 보였겠지?"

무영은 대답하지 않았다. 그러나 그의 눈빛은 너무도 명확하게 그렇다고 말하고 있었다. 종리매는 고개를 저었다.

"그건 아마 단주가 그들을 만난 상황이 달라서일걸세. 단주와 종사는 적으로 만났지? 요굉도는 환영식장에서, 양소는 서신을 전달하면서 만났네. 그게 큰 차이가 있었을 걸세. 게다가 요굉도와 양소는 전장에서 빛을 발하는 사람들일세. 요굉도의 마교 공식 서열은 십구위, 양소는 이십위지. 종사들 중에는 꼴찌라 할 수 있지. 그러나 실제로 싸워서 서열을 정한다고 하면 결코 그들이 꼴찌가 되진 않았을 걸세. 적어도 십위권에 들어갈 만한 투사들이라는 걸세."

그는 잠시 말을 끊고 생각에 잠겨 있다가 낮은 소리로 이야기를 이었다.

"그렇게 생각하면 요괴도보다도 양소가 지금 가만히 있는 게 이해가 안 가네. 양소 그놈이야말로 기분에 따라 모든 일을 처리하거든. 그놈의 성질로 보아 우리 단주에게 그렇게 당하고도 지금까지 조용히 있을 놈이 아니야. 그 미친개는…… 결코 광풍혈랑(狂風血狼)이라는 별호에 부끄러운 사람이 아니야. 그야말로 미친개, 살인마일세. 내 별호의 광(狂)자는 화를 잘 낸다고 붙은 것이지만 그놈 별호의 광(狂) 자는 살인광(殺人狂)이라고 할 때의 광(狂) 자라네."

그는 술을 한 모금 마시고 진저리를 치며 말을 이었다.

"나는 그놈이 소림사를 멸문시킨 뒤 방문했을 때의 일을 잊을 수가 없네. 소림사 이천여 승려를 모조리 말뚝에 박아놓았더군. 산 입구에서 불당의 부처상 앞까지 말일세. 어린 동자승도, 무공을 모르는 선승, 학승도 모조리 항문에서 입까지 말뚝으로 꿰어서 길가에 늘어 세워놓았더라구. 대종사 이하 팔가십종의 종사들을 영접하는 장식이라고 그 짓을 했어."

그때의 악몽을 되새기는 듯 그의 눈빛이 어둡게 침잠해 들어갔다.

"소문에는 식사할 때마다 여흥으로 식탁 앞에서 사람을 죽여 해체하게 한다고도 하네. 그놈 파오는 양가죽 안에 사람 가죽으로 덧대어놓았다고도 하지. 장식용으로 말일세. 정말 미친놈이지. 하지만 그보다도 더 미친 것처럼 보이는 건 싸울 때일세. 그놈은 항상 전장의 선두에 나서네. 미친 듯이 싸우지. 지금은 나이가 들어 덜한가는 모르겠지만 만나면 조심해야 할 놈일세. 어지간하면 피하는 게 좋아."

월영이 웃으며 말했다.

"호법남답지 않게 마치 그를 두려워하시는 것처럼 말씀하시네요."

종리매는 놀랍게도 고개를 끄덕였다.

"마교 서열 이십위의 무공을 두려워하는 건 창피한 일이 아니야."

"하지만 호법님은 삼십칠위씩이나 되시잖아요. 숫자로만 따지면 양소와 호법님 사이에는 열여섯 명밖에 없는데요."

"나도 이십일위까지의 사람들과는 싸우면 꼭 내가 진다고 생각하지 않아. 하지만 이십위부터는 다르지. 대종사와 최염 이하 십팔 명의 가주, 종사들은 그 바로 아래 사람들과는 차원이 달라. 만약 그놈과 마주치면, 만약 나나 단주, 저기 철갑마가 없는 상황에서 무영단 전부와 양소 하나가 마주친다면……"

종리매는 약간 말을 끌며 둘러앉은 향주들을 바라보았다. 그리고 결론짓듯 말했다.

"도망가는 게 나을 거다. 너희들로는 그 하나도 상대하지 못할 테니까."

담오가 불쾌하다는 듯 고개를 쳐들고 코웃음 소리를 냈다. 손지백은 쓴 미소를 지었다. 나머지 사람들도 애매한 표정이 되었다. 종리매의 말을 쉽게 납득할 수 없는 것이다. 월영이 말했다.

"종사와 싸워야 한다면 저도 도망을 선택하겠어요. 하지만 양소라면……"

그러나 혈영은 다른 의견이었다.

"나는 도망가진 않는다. 하지만 그를 이길 수 있을 거라고는 생각하지 않는다."

그는 언제나 그랬듯 진지하게 말하고 있었다.

"나는 그가 얼마나 강한지 본 적이 있다."

좌중이 고요해졌다. 단주인 무영과 종리매, 철갑마를 제외하면, 어쩌면 투지라는 면에서는 그들보다도 더욱 알아주는 단 내 최강의 투사가 그렇게 말하는 데야 할 말이 없는 것이다. 이때 무영이 말했다.

"나는 그와 싸워보고 싶다."

그는 월영과 혈영을, 그리고 나머지 향주들을 둘러보며 말을 이었다.

"나는 질 거라고 생각하지 않는다."

향주들이 즐겁게 웃었다. 종리매 역시 미소를 지었다.

"언젠가는 겨뤄볼 날이 있겠지. 그때가 기대되네."

무영이 화제를 바꿨다.

"준비는 끝났다. 내일 나는 요괭도에게 떠난다고 말할 것이다."

그러나 일은 그렇게 되지 않았다. 다음날 떠난다는 이야기를 하러 찾아간 요괭도에게서 무영과 무영단은 사자군림가의 열병식에 참관하라는 초대를 받았던 것이다.

사자 열병식 2

철령의 산과 구릉을 배경으로 펼쳐진 드넓은 광야가 창검과 기치, 그리고 그것들을 든 무사들의 화려한 갑옷으로 뒤덮였다. 금색과 은색, 적색과 청색이라는 눈에 띄는 색깔로만 선택된 금은동철 네 사자군의 갑옷들이 햇살을 받아 눈부시게 반짝이고, 그들이 잡은 창검의 빛은 네 가지 색 파도의 끝 부분 포말처럼 하얗게 빛났다. 그 수가 물경 이만, 흑사광풍가와의 싸움에 동원된 사자군림가의 병력이 지금 여기 모두 모여 있는 것이다.

그들의 앞에는 단상이 만들어져 있고, 그 위에는 사자군림가의 가주인 요굉도와 네 군주, 그리고 무영과 종리매, 철갑마가 서 있었다. 단상 아래에는 요굉도의 친위대가 정렬해 있고, 그 옆에 꾸어다 놓은 보릿자루처럼 어색하게 무영단의 이백여 무사들이 서 있었다. 화려하기 그지없는 사자군림가의 복장들에 비하면 그들은 처음 여기 올 때와 마찬가지로 제각각 차려입은 복색이라 누더기나 다름없었다. 그래서 더욱 초라하고 위축되어 보이는데, 그건 요괴도가 일부러 그렇게 대조되도록 배치해 놓은 것 같은 위치였다.

한당이 요괴도를 보았다. 요괴도가 고개를 끄덕이자 한당이 손을 들어 단상 한쪽에 서 있던 고수들에게 신호를 보냈다. 사람보다 큰 북 양쪽에 서 있던 고수 두 사람이 북을 두들기기 시작했다. 도열해 있던 무사들 속에서도 백 명마다 한 명씩 고수가 배치되어 있었는데, 그들도 박자를 맞추어 같이 북을 울렸다.

거인의 심장 고동 소리처럼 무겁고 장엄하게 울리는 북소리에 맞추어 우측 끝에서부터 행진이 시작되었다. 선두는 금사자군의 부군주인 한괴이었다. 그는 금빛 찬란한 갑옷을 입고, 역시 금빛으로 번쩍이는 마갑(馬甲)을 입혀놓은 갈색의 준마를 타고 있었다. 허리에 찬 요도도 금빛, 비껴 잡은 장창도 황금으로 만든 것처럼 금빛을 발했다. 그 뒤로 금사자군의 오천 무사들이 따랐다. 하나같이 장창과 요도로 무장하고 말을 탄 기마무사들이었다. 네 명씩 나란히 말을 몰아 이동하고 있었기 때문에 오천 명이 모두 출발하는 데만도 이각이 넘게 걸렸고, 단상 앞을 통과하는 데 다시 그만큼의 시간이 걸렸다.

두 번째는 은사자군이었다. 은빛 갑옷에 은빛 장봉(長棒), 은빛 요도를 차고, 은빛 마갑을 입힌 백마를 탄 은사자군의 부군주 천유명을 선두로 역시 전원 기마무사인 은사자군 무사들이 단상 앞을 줄지어 행진해 지나갔다.

"이만한 군사는 마교의 어느 종파도 갖추지 못했을 것이다."

단상에서 그 모습을 지켜보고 있던 요괴도는 만족스럽고 자랑스럽다는 표정을 감추지 않고 말했다.

"아무리 사기가 높고 기세가 등등해도 정련되고 조절되지 않으면 그들은 무뢰배에 다름 아니고, 그들의 기세란 살기에 불과하다. 군사란 나라의 병기(兵器)나 마찬가지, 그걸 쥔 사람의 뜻에 따라 움직이고 통제되지 않는 병기란 쓸모가 없을 뿐 아니라 자칫 몸을 망치게 만든다. 위대하신 대종사께서도 그 점에 있어서만은 실패를 하셨지. 그러므로 내가 군율을 강조해 온 것이다."

말을 하며 무영의 눈치를 힐끔 살폈는데, 무영은 앞을 지나가는 무사들의 위용을 보고서도, 그 배경이 되는 그의 말을 듣고도 아무런 감동을 받지 않은 듯 무표정하기만 했다. 요굉도는 불쾌한 빛으로 입을 다물어 버렸다.

세 번째는 동사자군의 섭무였다. 그녀는 타오르는 듯한 붉은 갑옷을 입고, 허리에는 쌍칼, 등에는 단창 두 자루를 열십자로 교차해서 메고 있었다. 그녀의 말은 갑옷 색깔과 같이 불타는 듯 붉은 털을 가진 말인데, 명마를 볼 줄 아는 사람이라면 그게 전설의 한혈마(汗血馬), 피처럼 붉은 땀을 흘린다는 말이라는 것을 알아보았을 것이다.

그녀의 뒤를 따르는 무사들도 특이한 모습이었다. 앞의 금은 사자군과는 달리 일천여 명가량이 말을 타지 않고 도보로 행진하고 있었다. 왼팔에는 커다란 방패, 오른손에는 일 장 오 척에 달하는 장창을 잡아 어깨에 짊어졌는데, 그 장창이 보통의 창보다 심하게 길 뿐 아니라 끝이 마치 쇠스랑처럼 여러 갈래로 갈라져 있었다.

무기는 그게 다가 아니었다. 왼쪽 허리께에는 장도를 찼고, 오른쪽 허리에는 가죽 활집을 달아서 거기 강궁을 담아 가고 있었다. 왼쪽 어깨에서 오른쪽 허리로 오게 짊어진 자루에는 각각의 식량이 담겨 있었고 오른쪽 어깨에서 왼쪽 허리로 감긴 줄에는 화살이 가득 담긴 전통(箭筒)

을 묶어 등에 걸머졌다. 거기에 각자 수통을 찼으니 보통은 말에 싣고 다니는 장비들을 전부 몸에 휴대한 것이다.

요괴도의 표정이 조금 묘해졌다. 그는 못마땅한 듯 섭무의 모습을 바라보다가 내뱉듯 말했다.

"끝내 당파병(鐺杷兵)을 고집한 것인가."

동사자군의 군주인 신조혈붕 반송이 요괴도와 마찬가지로 애매한 표정이 되어 대답했다.

"오랫동안 준비해 온 것이니 어찌 말릴 수 있겠습니까. 방어전에서는 효과가 큰 것도 사실입니다."

"도망가는 적을 추격할 수가 없잖은가. 흑사광풍가를 상대로 해서는 아무 쓸모가 없는 병력일세. 병력의 낭비야, 낭비."

시종 못마땅하게 보고 있던 요괴도는 소위 당파병 일천 명이 지나간 뒤로 동사자군의 기마대 사천이 행진하자 비로소 표정을 약간 풀었다.

"기마대는 자네가 지휘하겠지?"

반송이 고개를 숙였다.

"그렇습니다. 섭무 부군주는 당파병과 함께 행동하기로 했습니다."

요괴도는 혀를 찼지만 더 이상 말하지 않았다.

마지막은 철사자군이었다. 오래된 철빛이 그러하듯 남빛 같기도 하고 적색 같기도 한 반사광을 내는 검정색 갑옷을 차려입은 야율지용이 선두에 서고, 그 뒤로 오천 명의 기마무사들이 따랐다. 그들의 주 무기는 긴 칼날에 긴 손잡이가 달린 참마도(斬馬刀)였다.

이렇게 총 이만의 무사들이 자리를 떠나 단상 앞을 지나서 커다란 사각형을 그리며 다시 제자리로 돌아오기까지 두 시진이 걸렸다. 선두가 출발할 때부터 최후미가 움직이기 시작할 때까지만 한 시진이 걸린 거창한 열병식이었다. 대열이 원래대로 정리가 되자 요괴도는 감격스럽다는 듯, 자랑스럽다는 듯 손을 들었다. 도열한 무사들이 일제히 함성을 질렀다. 그들의 무기가 그들의 기세를 말해 주듯 하늘을 찔렀다.

요괴도가 중얼거렸다.

"보라, 이 젊은 사자들을. 이 사자의 숲을."

그의 눈에는 십팔 년의 세월을 바쳐 키워온 휘하 무사들을 바라보는 것만으로도 뿌듯하다는 감격이 담겨 있었다.

요괴도가 손을 내렸다. 함성이 멈추었다. 요괴도는 잠시 숨을 고르고는 외쳤다.

"우리는 내일 출정한다! 흑사광풍가를 궤멸시키고, 양소의 목을 창에 꽂기 전에는 돌아오지 않을 것이다! 이번에야말로 흑사광풍가의 끝을 확인하는 것이다!"

그가 다시 손을 들어 올렸고, 함성이 울렸다. 이번에는 그가 손을 내려도 오랫동안 함성은 끊어지지 않았다. 요괴도는 무영을 향해 물었다.

"어떤가?"

네 군주의 시선이 무영의 입에 모였다. 이번에는 어떤 대답을 하는지 궁금했던 것이다. 이런 거창한 장면, 감당할 수 없는 무력 시위를 보고도 건방지게 굴 수 있을 거라고는 생각하지 않는 그들이었지만 혹시 모르는 일이었다.

무영이 말했다.

"보기는 좋았다."

요괴도가 눈살을 찌푸렸다. 처음에는 이 대답이 무슨 뜻인지를 몰랐는데 점차 그 함의를 이해하게 되면서 표정이 같이 일그러졌다.

"보기만?"

무영이 고개를 끄덕였다. 그리고 말했다.

"이 앞을 행진해서 제자리로 돌아가는 게 전쟁과 무슨 관계가 있는지 모르겠다."

군주들의 낯빛이 흙색으로 변했다. 그들은 요굉도의 분노를 지진처럼 느낄 수 있었다. 종리매도 난처한 빛으로 하늘을 바라보았다. 차마 요굉도의 얼굴을 볼 수가 없었다. 그러면서도 그는 내심 터져 나오는 웃음을 참지 못해 고역을 치르고 있었다.

무영이 마지막 일격을 가했다.

"잘 차려입는다고 잘 싸우는 건 아니다."

꽝—!

단상이 들썩였다. 요굉도가 발을 굴러서 낸 소리였다. 장내의 분위기가 싸늘해졌다. 도열해 있던 무사들의 시선도 모일 정도였다.

요굉도는 입술을 부들부들 떨며 무영을 노려보았다. 그러나 무영은 태연자약하기만 했다. 결국 요굉도가 군주들을 향해 한마디를 내뱉었다.

"회의 시간이다!"

사자 열병식 3

 이만의 병력이 숙영 준비를 했다. 그들이 모두 철령위성에 들어갈 수는 없기 때문이었다. 그러는 사이 한쪽에는 천막이 쳐지고, 단주 이상 사자군림가의 간부 모두가 모여 회의를 시작했다. 무영과 종리매, 철갑마가 거기 동석했다. 그러나 요굉도는 그들 쪽으로는 시선도 주지 않았다. 그는 주목을 시키려는 듯 천막 중앙에 놓인 탁자를 몇 번 두들기고 입을 열었다.
 "모두 잘 알고 있듯이 나는 이곳으로 온 이후 십팔 년 동안 어떻게 하면 흑사광풍가를 궤멸시킬 수 있을까 그것만 생각해 왔소. 하지만 별 뾰족한 방법이 없었지. 여차하면 이번에도 놈들을 달단으로 쫓아내는 게 고작일지도 모르오. 오랫동안 그래 왔소. 오면 쫓아내고, 또 오면 또 쫓아내고……. 이번만은 그걸로 끝내고 싶지 않소. 나는 이번에야말로 놈들을 궤멸시킬 때까지 추격할 각오요. 놈들이 달단으로 도망가면 달단으로 추격하고, 몽고로 도망가면 몽고로 쫓아가겠소."

그는 무영을 한 번 힐끔 보고 인상을 쓴 뒤 말을 이었다.

"다행히 이번에는 우리만 싸우는 게 아니오. 이화태양종이라는 믿음직한 협력자가 우리를 도와주는 지금, 우리는 다시 오기 어려운 호기를 맞았다고 말할 수 있소. 우리가 개원을 치고 놈들을 달단으로 밀어내는 것과 동시에 북해에서 달단으로 이화태양종의 병력들이 밀고 들어갈 거요. 앞뒤로 포위해서 타격한다는 것이오. 거기서 살아남은 놈들은 달단 깊숙이 도망갈 수도 있고, 아예 몽고로 넘어갈 수도 있소. 아마도 몽고로 갈 거요. 달단 깊숙이 가봤자 사막뿐이니까. 그럼 몽고로 간 놈들을 어떻게 처리하느냐가 문젠데……."

그는 네 명의 군주 중 한 사람, 금사자군의 군주인 한당을 지목하며 말했다.

"다음 이야기는 자네가 하게."

"몽고로 적이 도주하면 우리도 추격할 겁니다. 가주님의 말씀대로 이번 기회를 놓칠 수 없으니까요. 그런데 저 몽고의 대초원이라는 장소는 만만하게 생각할 곳이 아닙니다. 지금은 초여름이지만 우리가 몽고로 갈 즈음에는 본격적인 더위가 시작될 겁니다. 몽고의 여름은 지옥 같죠. 한낮에는 해 아래에서 돌아다니기조차 힘겨울 정도가 됩니다. 게다가 사방을 아무리 둘러보아도 어디나 똑같은 풀밭뿐인 곳이 널려 있습니다. 며칠을 행진해도 끝없이 펼쳐진 풀밭뿐이죠. 간신히 풀밭이 끝나면 이번엔 끝없이 펼쳐진 사막을 만나게 됩니다. 그런 곳에서는 동서남북도 구분할 수가 없을 겁니다. 해 뜨는 방향을 잘 기억해 두지 않으면 말이죠. 그래서 안내인이 필요합니다. 만약 그곳 지리를 잘 아는 안내인을 구하지 못하면 우린 적을 만나보기도 전에 사막,

혹은 초원을 구르는 시체가 될지도 모릅니다. 말라비틀어진 시체겠죠."

철사자군의 군주, 이정이 웃으며 말했다.

"겁 좀 그만 주고 본론이나 말씀하세요."

한당은 이정을 향해 웃어 보이고 말을 이었다.

"이화태양종의 종사께서 이번에 상당히 많은 도움을 주셨습니다. 그 중 하나가 몽고와 연합해서 흑사광풍가를 치자는 책략을 제안하신 것입니다. 흑사광풍가는 몽고국의 대칸에게도 앓는 이 같은 존재일 테니까요. 만약 대칸과 연합할 수만 있다면 우리는 지리에 환한 안내인을 얻으면서 동시에 강력한 협력자를 얻는 셈입니다. 달단에 이어 몽고에서도 앞뒤로 협공하는 전략을 세울 수 있게 될지도 모르죠. 그래서 사자로 간 것은 이화태양종의 죽영 두심오였습니다."

무영의 눈이 반짝였다. 죽영이 어딘가에서 비밀스런 일을 하고 있으리라고 짐작은 하고 있었는데, 바로 이것이구나 하는 것이다.

요굉도가 다시 한 번 무영을 보며 말했다.

"죽영 두심오는 여러모로 쓸 만한 사람일세. 그를 데리고 있는 건 자네 종사의 복이지. 몽고말에도 능통하고 교섭에도 능하거든. 특히 몽고 사람들은 한족보다 그런 색목인을 더 좋아한다네. 그러니 이번 일에 아주 적당한 사절인 셈이지. 아마 보름 전쯤 그들의 왕궁이 있는 카타코롬에 도착했을 걸세. 원래는 거기서 몽고의 대칸 만두굴을 만나 협상을 벌인다는 계획이었는데……."

요굉도는 한숨을 내쉬었다.

"그 계획이 틀려 버렸네. 두심오는 협상에 실패할 걸세. 대칸 만두굴이 얼마 전에 죽어버렸거든."

이건 부군주 이상만 알고 있었던 일인지 단주들이 술렁였다. 한당이 탁자를 두들겨 조용히 시키고 이야기를 계속했다.

"어제 니쓰만이 보낸 사자에게서 접한 소식입니다."

니쓰만이라는 자는 지금 몽고의 재상을 맡고 있는 위구르인이었다. 위구르인이란 몽고와 신강, 투르판과 감숙 일대에까지 퍼져서 살고 있는 투르크 족을 말하는 것인데, 과거 오르콘 강 유역에 제국을 세우고 이름을 위구르라고 했기 때문에 위구르인이라고 불렀다. 칭기즈칸의 때에 몽고족에 복속했으나 종교적으로 대개 회교(回敎)를 믿기 때문에 중국에서는 그들을 회홀(回紇)이라고도 불렀다.

그들이 투르판과 몽고는 물론 중원에까지 넓게 퍼져서 장사를 하거나 관리로 고용되어 있기 때문에 몽고의 대칸들은 대대로 위구르인을 재상으로 삼는 전통이 있었다. 인근 국가와의 교역에 그들을 내세우는 게 편했기 때문이었다. 니쓰만도 그래서 재상이 된 것인데, 장삿속이 밝은 자라서 몽고의 대칸을 모시면서도 사자군림가에까지 정보를 보내오곤 했던 것이다.

그 니쓰만의 정보에 의하면 한 달 전에 대칸 만두굴이 죽었다고 했다. 게다가 만두굴에게는 아들이 없었다. 왕비가 둘이 있었지만 윤겐 황후라고 부르는 첫 번째 왕비는 아예 자식을 못 낳았고, 죽기 이삼 년 전에 맞이한 후궁 만두하이가 딸만 하나 낳았을 뿐이었다.

사자군림가의 단주 하나가 손을 들고 질문했다.

"보통 그러면 다음 계승권자가 자리를 잇는 것이 정상이 아닙니까. 대칸 자리를 하루라도 비워둘 수는 없을 테니까요."

한당은 고개를 저었다.

"몽고의 대칸은 실력자들의 합의에 의해 추대된다네. 칭기즈칸의 직계 혈통이어야 한다는 규칙은 있지만 사실 그런 거야 조작하면 되겠지. 그래서 지금 실력자들이 다음 대칸이 될 사람을 내놓고는 싸우고 있다는 걸세. 그런 상황이니 우리와 동맹을 맺을 상대가 아직 정해지지 않은 상황일세. 대충 들어보니 니쓰만과 윤겐 황후가 한 편이 되어 우누불트라는 자를 대칸의 자리에 앉히려고 하는 것 같더군. 반대 편에서는 몽고족 대신 초로쓰바이와 두 번째 왕비 만두하이가 만두굴의 친동생 아들, 즉 조카를 앉히려고 하는 것 같고."

우누불투란 칭기즈칸의 혈통이긴 하지만 너무 오래전에 갈라진 핏줄이라 적통으로는 볼 수 없는 사람이었다. 니쓰만은 윤겐 황후를 우누불투에게 시집 보내 대칸으로 앉히고, 자신이 뒤에서 조종하겠다는 속셈인 것 같았다.

반대 편에서 미는 아이는 올해 열다섯인데 이쪽이 진짜 적통인 듯했다. 십여 년 전 만두굴은 오이라트에 보내 부왕이라는 직함으로 그곳을 다스리게 한 친동생 바얀문후를 회의 참석차 초대해 놓고는 반역죄를 꾀한다는 죄목으로 잡아 죽여 버렸다. 그 후에 사람을 보내 바얀문후의 아내와 외아들까지 죽이도록 했는데 요행히 살아남아 있었던 것이다.

"물론 니쓰만은 초로쓰바이와 만두하이가 만들어낸 가짜라고 사신을 통해 주장하곤 있지만, 거짓말 같습니다."

한당의 덧붙임이었다.

듣고 있던 요굉도가 말했다.

"그쯤 하면 몽고 사정에 대해서는 대강 파악이 된 듯하네. 자세한 건 거기 가서 봐야 알겠지. 우리가 몽고로 들어갈 때 즈음에는 계승자도 정해질 테고, 우린 그 계승자와 협상을 벌이면 그만일세. 니쓰만이

미는 사람이 될 수도 있지. 그러니 그쪽에도 적당히 좋은 말로 얼버무려서 회신을 보냈네. 그 이야기는 그쯤 하고 이제 결론을 말하게."

한당이 고개를 끄덕이고 나서 말했다.

"가주님과 우리 네 군주가 상의해서 내린 결론은 이렇습니다. 더 이상 끌어서 좋을 게 없다. 이화태양종이 요동을 정리해서 그쪽 방면을 걱정할 일이 없어졌고, 동맹군으로서 참여도 하는 이 시기를 놓치면 두 번 다시 흑사광풍가를 궤멸시킬 기회는 오지 않을 것이다. 몽고와의 동맹 교섭은 나중으로 미루더라도 일단은 그들을 몽고로 밀어내야 한다. 이것이죠."

요굉도가 다시 참을 수 없다는 듯 끼어들었다.

"과거 칭기즈칸은 평생의 숙적을 쫓아 북쪽으로는 바이칼까지, 서쪽으로는 사마르칸트를 넘어 바그다드에까지 진군해 술탄을 죽이고 칼리프를 쫓아낸 적도 있었네. 이제야말로 나도 그 본을 받아 평생의 숙적을 제거하고자 하네. 그들이 어디로 가건 쫓아가겠네. 반드시 침상 머리에 그 미친개의 수급을 걸어두고서야 베개를 높이 벨 수 있을 것 같네."

말을 하면서 그는 점점 흥분하고 있었다. 고슴도치가 털을 세우듯이 삼엄한 기세가 일어나고 있었다. 그 기세가 온화한 노인 같던 인상을 밀어내고 그야말로 강철로 만든 사자와 같은 위엄을 불어넣고 있었다.

그는 선언하듯 말했다.

"나는 전군을 동원해서 놈들을 치겠다. 요서의 벌판에서, 저 달단의 사막과 황야에서, 필요하다면 몽고의 대초원을 가로질러 아라사까지라도 달려가 소탕전을 벌이겠다. 놈들의 최후를 보기 전에는 쉬지 않겠다. 나는 제군들이 흔쾌히 여기 동참해 주기 바란다."

사자군림가의 군주와 부군주, 단주들이 일제히 일어나 외쳤다.
"명령만 내려주십시오!"

천막을 나서는 무영의 표정은 그리 좋지 않았다. 그 이유는 회의에서 무슨 이야기가 오갔나 해서 호기심으로 눈을 반짝이며 맞은 월영에게 한 말에서 드러났다.
"시간낭비였다."
열병식을 한답시고 준비 시간부터 쳐서 하루를 낭비한 것도 마음에 들지 않았고, 결국은 적을 밀어내고 추적해서 끝장을 낸다는 뻔한 일을 하기까지 한 달 넘게 기다리고만 있었다는 것도 마음에 들지 않는 것이다.
"덩치가 크면 움직이는 데 시간이 걸리는 법이지."
종리매가 대신 변명해 주듯 말했다.
"자기 멋에 도취되어 있는 느낌도 있긴 하지만 그만한 규모의 병력을 움직이려면 적당한 의식이 필요하기도 한 것이지. 단주도 나중에 그런 병력을 거느리게 되면 그쪽으로도 신경이 쓰이게 될 걸세."
무영은 고개를 저었다.
"의식 자체가 나쁘다는 것은 아니다. 내가 마음에 안 들어 하는 것은……."
그는 잠시 침묵하다가 말을 이었다.
"이들은 싸우기도 전에 승리를 확신하고 있는 것 같다는 거다. 과연 그렇게 될까?"
그는 고개를 저었다.
"사자군림가는 역시 전쟁을 놀이처럼, 의식처럼 생각하고 있다. 적도 그런다면 모르지만 만약 아니라면…….”
 그는 더 이상 말하지 않았다. 대신 월영이 말했다.
 "일단 성에 돌아가야겠어요. 열병식을 참관하느라 출정 준비를 해오지 않았으니…….”
 무영은 작은 소리로 중얼거렸다.
 "역시 시간낭비였다.”

제59장
강습 혈랑대

대답 대신 돌아온 것은 화광 속에서 뛰쳐나온 적의 공격이었다. 붉은 화염을 배경으로 재처럼 검은 옷과 복면의 적이 뛰어나왔다. 그의 손에서 하얀 늑대의 엄니처럼 날카로운 칼날이 뻗었다.

강습 혈랑대 1

 철령위성에서 보내는 마지막 밤이었다. 언젠가 다시 오게 될지도 모르지만 그러고 싶지 않다는 게 무영의 생각이고 바람이었다. 일이 잘 돼서 적을 격파하게 되면 앞으로 가야 할 곳은 달단이고 몽고지 이곳 요서가 아니기 때문이었다.
 그래서 그는 황하에게 맡긴 부상자들을 만나고 있었다. 황하 및 이들 부상자들은 움직일 수 있게 되고, 이곳으로부터 백림까지, 혹은 요동까지의 안전한 길이 확보되면 그쪽으로 이동하기로 했다. 그러니 그가 다시 백림으로 돌아가기 전에는 못 보게 되는 것이다. 무영은 부상자들을 하나하나 만나서 상세를 물어보고 격려를 했다. 그리고 황하에게 지시했다.
 "어떻게든 백림까지 전원 데리고 가도록. 그리고 백림으로 돌아가게 되면 내 집으로 가라. 매소봉과 홍진보를 만나서……."

무영은 말을 멈추고 잠시 생각했다. 뭘 어떻게 하라고 지시할 필요가 없을 듯했다. 매소봉과 홍진보가 알아서 잘 처리해 줄 것이다. 그때 옆에 있던 철갑마가 어딘가로 고개를 돌려 귀를 기울이는 듯한 모습을 보였다. 무영도 따라서 귀를 기울였다. 어딘가에서 함성이 들려오고 있었다. 싸움의 함성이었다.

무영은 급히 황하에게 말했다.

"매소봉과 홍진보가 알아서 해줄 거다. 거기 따르면 된다."

그는 황하의 대답을 기다리지 않고 철갑마와 함께 밖으로 나왔다. 밖은 이미 어두워져 있는데, 건물 지붕 위로 붉게 화염과 연기가 퍼져 올라가고 있는 것이 보였다. 내성 쪽이었다. 함성 역시 그쪽 방향에서 들려오고 있었다. 무영단의 간부들도 그 소리를 들은 듯 거처에서 뛰어나오고 있었다. 종리매가 삼층 창문으로 뛰어내려 무영의 옆에 내려섰다. 혈영과 월영, 손지백 등이 그 뒤를 따랐다.

"무슨 일인가?"

종리매가 물었지만 무영이라고 알 리가 없었다. 손지백이 중얼거렸다.

"화재라도 난 건가?"

무영이 고개를 저었다.

"화재만은 아니다."

그는 잠시 더 귀를 기울이고 있다가 덧붙여 말했다.

"병장기 소리가 난다."

화두타가 말했다.

"모반? 아니면 습격?"

이번에는 손지백이 고개를 저었다.

"설마 습격일 리가……."

들판에서라면 몰라도 험준한 산악에 높게 지어져 요새화된 이곳 철령위성이 기습을 받는다는 것은 상상하기 어려웠다. 특히 상대가 다른 종파도 아니고 흑사광풍가일 경우에는 더욱 그랬다. 놈들은 기마전을 특기로 삼는 자들 아닌가. 몽고족은 공성전엔 유독 약하지 않은가.

종리매가 말했다.

"의표를 찌른다는 것도 있는 거지."

무영이 혈영을 향해 말했다.

"전원 방어 태세를 취하고 모여 있도록."

"단주님은?"

혈영의 질문에 무영은 화광이 올라오는 곳을 가리키고는 몸을 날렸다. 철갑마가 그림자처럼 그 뒤를 따르고, 종리매가 어깨를 으쓱하더니 혈영에게 말했다.

"나까지만."

종리매마저 무영의 뒤를 따라간 후 어둠 속에서 몇 명의 무사가 달려나왔다. 사자군림가 가주 직속인 친위대의 친위병들이었다.

"무영 단주는 어디 있소?"

향주들은 뭐라고 대답해야 좋을지 몰라 서로 얼굴만 쳐다보았다. 월영이 나서서 대답했다.

"주무신다. 무슨 일이냐?"

앞서 말했던 친위병이 눈살을 찌푸리더니 어쩔 수 없다는 듯 말했다.

"성내에 약간의 소란이 있소. 이럴 때 공연히 움직이면 혼란만 가중될 수 있으니 이곳을 벗어나지 말라는 명령이오."

혈영이 물었다.
"명령? 누구 명령인가?"
친위병이 말했다.
"물론 친위대장님의 명령이오."
월영이 코웃음을 쳤다.
"친위대장 따위가 우리 무영단에 명령을 해?"
친위병이 무어라 말하려 했지만 월영의 말은 아직 끝나지 않았다. 그녀는 손을 저어 친위병의 입을 막고 말했다.
"알았어. 우린 이곳만 지키겠다. 하지만 너희 대장 명령 때문은 아니라는 걸 알아둬."
친위병들이 그녀를 노려보더니 곧 몸을 돌려 사라졌다. 월영이 중얼거렸다.
"근데 친위대 대장이 누구지?"
친위대는 사자군림가에서도 별도의 조직이라 할 수 있었다. 사 군에 포함되지 않은 데다가 그 대장이란 고작해야 단주급의 직위이기 때문에 별로 눈에 담아두지 않았던 것이다. 그러나 오늘처럼 사 군의 병력이 모두 밖에 있고, 친위대만이 남아 수비를 하고 있는 상황에서는 친위대장이 가주 이하로는 최고 명령권자였다.
오늘 밤의 최고 명령권자인 친위대장은 이름을 금각(金恪)이라 하는데, 섭무와 사자무궁 동기인 젊은 무사였다. 그는 반 시진 전 가주에게 밤 인사를 드리고 나와서 경계 태세를 점검하던 중이었다. 손지백과 마찬가지로 그도 이곳 철령위성이 적의 습격을 받으리라고는 전혀 생각해 본 적이 없었지만 적이 있든 없든 경계는 서야 하는 것이고, 그는 그런 의례적인 일이라 해도 소홀히 하는 사람이 아니었다. 하지만 막상 가주의 침소 쪽에서 화광이 올라오고 적의 내습을 알리는 경보가 울리자 적잖게 당황해 버렸다.

그는 황급히 가주의 침소를 향해 달려가며 눈에 보이는 친위병들에게 두서없이 마구 지시를 내려댔다. 그러다가 정신을 차리고 서서 친위병들을 불러 모았다. 좀 더 침착하게 조치를 해둘 필요를 느꼈던 것이다.

일단 생각해야 하는 것은 적의 정체였다. 가능성이 적긴 하지만 적의 기습일 수 있었다. 이 경우엔 그냥 격퇴하면 그만이다. 그러나 훨씬 더 가능성이 큰 것은 모반이었다. 밖에 주둔하고 있는 사 개 사자군 중 하나, 혹은 둘이 모반의 기치를 들고 가주를 노린다면? 이건 정말 큰일이었다. 안에 내응자가 있을 것은 당연하고, 감당할 수 없을 만큼의 준비를 갖추고 있을 것도 당연했다. 그럴 경우에 대한 대비를 해야 한다.

금각은 모여든 친위병들을 반으로 나누어 반은 신속히 가주의 침소로 가서 가주를 호위하고, 나머지 반은 성안의 각지로 보내 관문을 봉쇄하도록 지시했다. 특히 중점을 둔 것은 세 가지였다. 첫째, 성문을 굳게 닫고 그 누구도 들여보내지 말 것. 이건 밖에 주둔한 사 개 사자군의 일부가 들어와 모반에 가담하는 것을 막기 위한 것이었다.

둘째, 성안에 들어와 있는 사 개 사자군 군주의 처소를 봉쇄하고, 그들은 물론 그들 휘하의 무사들도 나오지 못하도록 막을 것. 이것 역시 모반의 가능성을 염두에 둔 조치였다.

그리고 마지막으로 무영단의 움직임을 확인하고 봉쇄할 것이라는 명령이었다. 아주 작은 가능성이긴 하지만 그들이 소란을 피울 경우를 대비한 것이었다.

이런 조치들을 취해놓고서야 그는 다시 가주의 처소를 향해 달렸다.

산성의 복잡한 구조를 따라 고불고불 달려가느라 속이 타 죽을 지경이었지만 가주의 처소에는 적잖은 친위병들이 배치되어 있다는 것만 믿고 있을 수밖에 없었다. 하나같이 강한 충성심으로 다져진 무사들로 그가 직접 고르고 골라서 뽑은 자들이었다. 목숨을 내걸고 가주를 지킬 것으로 믿을 수 있는 자들이니 적이 누군지는 모르지만 약간의 시간은 끌어주리라.

가주의 처소는 불길에 휩싸여 있었다. 주변 건물들도 그랬다. 이쪽은 목조 건물들이 많이 있긴 했지만 돌로 지어진 건물들까지 불길에 휩싸여 있는 것은 조금 이상했다. 그는 코끝에 끼쳐 오는 고약한 냄새를 맡고 그 이유를 알았다. 기름, 땅에서 올라오는 기름을 사용해서 불을 지른 것이다. 고약한 냄새와 연기를 내며 타오르는 기름이었다. 한 번 붙으면 물로는 끌 수가 없다.

"가주님은?"

주변을 돌아보며 소리쳤다. 속히 가주를 발견해서 다른 곳으로 호위해 가는 것이 최선책일 듯했다. 그러나 대답 대신 돌아온 것은 화광 속에서 뛰쳐나온 적의 공격이었다. 붉은 화염을 배경으로 재처럼 검은 옷과 복면의 적이 뛰어나왔다. 그의 손에서 하얀 늑대의 엄니처럼 날카로운 칼날이 뻗었다. 금각이 이미 뽑아 든 요도로 그 칼날을 튕겨냈다. 복면인의 손에서 또 하나의 하얀 엄니가 뻗었다. 놈은 쌍칼을 쓰고 있었다. 금각은 급히 몸을 뒤틀며 간신히 두 번째 공격을 막아내었다.

미친 듯한 쌍칼 공격이 가해졌다. 금각 역시 바람개비처럼 요도를 휘둘러 적의 공격을 막아내고, 틈을 보아 드러난 적의 가슴을 베어버렸다. 적이 피를 흘리며 쓰러져 뒹굴었다. 금각은 얼른 놈의 복면을 벗겨냈다. 뚜렷이 드러나는 몽고족의 얼굴.

'흑사광풍가!'

금각의 가슴에 안도의 숨결이 돌아왔다. 적어도 모반은 아닌 것이다. 적이 어떻게 이곳 철령위성의 중심부에까지 침입해 들어왔는지는 모르겠지만 적어도 내부의 반란보다는 상황이 나았다. 그는 좀 더 확실한 증거를 찾기 위해 죽은 적의 품을 뒤졌다. 패 하나가 만져졌다. 꺼내서 불빛에 비춰보자 앞면에는 랑(狼), 뒷면에는 혈(血)이라는 글자가 새겨져 있는 둥근 패라는 것을 알 수 있었다.

'혈랑대(血狼隊)!'

흑사광풍가의 비조직이 둘 있는데, 하나는 비밀 임무를 주로 하는 비랑대고 다른 하나는 척살 임무를 주로 하는 혈랑대라는 것을 그는 알고 있었다. 오늘 이곳을 침입한 적들은 그중에서 혈랑대인 것이다. 흑사광풍가의 최정에 무력 집단이 기습을 가해온 것이다.

금각이 일어나 외쳤다.

"적은 흑사광풍가의 혈랑대다! 친위대는 나를 중심으로 뭉쳐라! 가주님을 찾아라!"

시끄러운 외침이 뒤를 따랐다. 그의 고함에 호응하는 목소리도 있었지만 몽고어로 떠들어대는 소리도 있었다. 금각은 가주가 쉬던 전각을 향해 달렸다. 이미 화염에 휩싸여서 뛰어들 수도 없을 것 같았다. 이층 창문에서도 연기가 뿜어져 나오고 있었다. 하지만 가주의 침소는 삼층이고, 거기는 아직 불길이 닿지 않았다. 그렇다면 가주는 거기 있을지도 모른다.

그는 가주가 죽었다고는 결코 생각하지 않았다. 그가 아는 가주는 최강의 고수다. 적의 칼날이나 하물며 고작 저런 불길에 휩싸여 죽을 사람이 아니었다. 하지만 적어도 위기에 처해 있을 수는 있다. 그는 미친 듯이 달려갔다.

　전방에 누군가가 나타났다. 연기에 휩싸여 적인지 아군인지 알아볼 수도 없었다. 그러나 그는 그 희미한 그림자가 쌍칼을 들고 있다는 것을 알아보고 요도를 휘둘러 죽여 버렸다. 또 한 명이 옆에서 칼을 휘둘러 공격해 왔다. 금각은 재빨리 공격을 막아냈다. 이번에도 적이었다. 부하들은 보이지 않고 계속해서 적만 나타나는 것 같았다. 금각은 초조하게 적의 공격을 막으며 연거푸 소리 질렀다.

　"대체 모두들 어디서 뭘 하는 거야!"

　실제로 현재 그의 주변에는 친위병들이 많지 않았다. 원래 가주를 경호하기 위해 배치된 백여 명의 친위병들은 초반 혈랑대의 기습에 의해 순식간에 절반 이하로 줄어버렸다. 추가로 온 친위병들도 많지 않았다. 인근에 있던 백여 명이 경보를 보고 달려왔고, 금각을 따라온 친위병들도 백여 명을 넘지 않았다.

　일이 이렇게 된 것은 금각의 초반 조치 때문이었다. 혹시 있을지 모를 내부로부터의 소란, 혹은 모반의 가능성 때문에 관문을 봉쇄하는 데에 많은 병력이 소모되었다. 게다가 점차 더 많은 친위병들이 그 일을 위해 동원되고 있었다. 그의 원래 의도와는 다르게 봉쇄 조치가 오히려 사 개 사자군의 군주, 부군주들을 자극했기 때문이었다.

강습 혈랑대 2

 한당은 철령위성 안에 있는 자신의 처소 앞에 서서 끓어오르는 분노를 참느라 필사적인 인내심을 발휘하고 있었다. 내일의 출정을 준비하러 일찍 자리에 들었다가 밖에서 비쳐 오는 심상찮은 화광과 소음에 나온 참이었다. 그런데 달려온 친위병이 집 안에 꼼짝도 말고 있으라고 하지 않는가.
 "가주께서 위험하시단 말이다, 가주께서!"
 친위병이 말했다.
 "그래서 여기 계시라는 겁니다!"
 "무슨 소리냐! 얼른 가서 도와드려야 할 것 아니냐! 너희들도 여기서 어정거리고 있지 말고 얼른 달려가서 싸워!"
 친위병은 완강했다.
 "친위대장님의 명령입니다. 군주님은 여기 계셔주십시오. 저희는 그걸 확인하고 지키도록 명령을 받고 왔습니다."

한당은 벌어진 입을 다물지 못했다. 꽉 움켜쥔 주먹이 부들부들 떨렸다.

"도대체 왜!"

친위병이 손을 저었다.

"이유는 모릅니다. 대장님의 명령을 따를 뿐입니다."

한당은 주먹을 들어 올렸다. 더 이상 참을 수 없었다. 친위병이 뒤로 물러나며 칼 손잡이에 손을 대는 것이 보였다. 한당은 코웃음을 쳤다. 극도의 분노가 이젠 웃음이 되어 흘러나왔다.

"비켜라! 너 따위와 다투고 싶지 않다. 이 일은 금각, 그놈에게 따지겠다."

한당이 손짓으로 밀어내는 시늉을 하며 문으로 걸어가자 친위병들이 칼을 뽑아 들었다. 한당은 같잖다는 눈으로 그들을 보았다.

"막을 셈이냐?"

친위병이 외쳤다.

"나가시면 모반의 혐의를 받으실 겁니다!"

"모반?"

한당의 눈에 불이 켜졌다. 입술이 떨렸다.

"모반이라고? 내가? 이 창천금붕 한당이?"

친위병들이 한 걸음 물러섰다. 그들에게도 한당의 분노는 뜨거운 불가에 선 것처럼 열기로 느껴지고 있었던 것이다. 그러나 사자군림가에서는 상명하복, 상관의 명에 절대 복종한다는 것을 교조(教條)처럼 신봉하고 있다. 그리고 친위대의 하늘은 가주, 그 하늘을 대변하는 사자는 친위대장 금각인 것이다. 상대가 군주라 하나 직계 명령 계통에 있지 않는 이상 친위대장의 명령보다 중요하지 않다. 그는 고집스럽게, 그러나 한편으로는 변명하듯 말했다.

"대장님께서 그렇게 말씀하셨습니다."

한당은 하늘을 보며 한숨을 내쉬었다. 주름진 두 눈가에 그 자신도 어찌할 수 없는 한줄기 눈물이 흘러내렸다. 그는 눈물을 닦지도 않고 친위병을 향해 시선을 주고 말했다.

"그 책임은 이 한 몸뚱이로 짊어지겠다. 비켜라!"

한당은 두 주먹을 쥐고 문으로 걸어가기 시작했다. 친위병들이 한 걸음 물러섰다. 선두에 서서 여태 말하고 있던 친위병이 입술을 깨물고 있다가 외쳤다.

"막아라!"

외침과 함께 그의 칼이 움직였다. 그러나 눈앞에 있던 한당이 순식간에 사라졌다. 그의 칼은 허공을 베었을 뿐이었다.

"어? 어?"

다음 순간 허공으로부터 한당이 떨어져 내려왔다. 순간적으로 몸을 날려 피했다가 지금 한 마리 새처럼, 그의 별호대로 창천을 날아다니는 금빛 대붕처럼 떨어져 내려왔다. 그리고 친위병의 머리를 주먹으로 때려 투구와 함께 수박처럼 깨트려 버렸다.

그는 피와 살점이 묻은 주먹을 들어 보이며 말했다.

"또 막아볼 사람?"

친위병들이 주춤거리며 물러섰다. 한당은 그 사이로 걸어가며 중얼거렸다.

"한심한 놈들!"

그가 친위병이었다면, 그리고 대장이 똑같은 명령을 했다면 그는 죽어도 막았을 것이다. 그게 사자군림가의 전통이었다. 그는 누구보다도 더 그걸 잘 알고 있었다. 그래서 더욱 답답하고 슬픈 것이다.

　그와 십이금붕방의 형제들은 누구 하나 지금의 가주를 위해 목숨을 걸지 않은 사람이 없었다. 세월이 아무리 많이 흘렀다고 하나, 그래서 상황이 아무리 많이 달라졌다고는 하나 그런 형제를, 그렇게 피 흘려 모셔온 사람이 모반할까 걱정하다니. 다른 사람도 아니고 그에게, 창천금붕 한당에게…….

　그는 우뚝 서서 눈을 감았다.

　"이젠 은퇴할 때인가……."

　화광은 더욱 짙어졌다. 멀리 황야에서 야영을 하던 사자군림가의 무사들에게도 보일 정도였다. 먼지 한 톨 없는 것 같은 요서의 맑은 공기 속에서 멀리 산봉우리에서 비치는 화광은 또렷이, 실제보다 더욱 과장되게 보여졌다.

　각 군이 움직이기 시작했다. 금사자군의 부군주 한굉, 은사자군의 부군주 천유명, 동사자군의 부군주 섭무, 그리고 철사자군의 부군주 야율지용까지 모두 약속이라도 한 것처럼 한곳에 모여들었다. 저마다 천여 명씩의 무사를 이끌고 철령위성으로 향하는 통로에 모여든 것이다.

　"성에 변고가 있다! 가봐야 한다!"

　천유명의 말이었다. 한굉이 고개를 끄덕여 동의를 표했다.

　야율지용이 고개를 저었다.

　"우리는 이곳에서 대기하라는 명령을 받았다. 무슨 일이 일어났는지 사자는 보낼 수 있어도 병력을 이동시켜선 안 된다!"

　"그럼 왜 병력을 끌고 온 거냐?"

천유명은 야율지용의 뒤에 대기하고 있는 철사자군 무사들을 보며 인상을 썼다.

"너도 같이 가려고 데려온 줄 알았는데?"

야율지용은 고개를 저었다.

"만약을 위해서 데려온 것뿐이다. 그리고 그 만약은 명령을 어기고 성으로 병력을 끌고 가려는 사람이 있을 경우를 말하는 것이다."

천유명이 입술을 비틀며 한마디 내뱉었다.

"건방진!"

한굉이 말했다.

"야율 부군주는 내가 병력을 끌고 성으로 가면 무력으로라도 막겠다는 것인가?"

야율지용이 고개를 끄덕였다.

"그 뜻입니다."

이 중에서는 한굉이 가장 기수가 높기 때문에 예우를 하는 것이다. 한굉이 웃었다.

"사소한 일을 너무 심각하게 생각하는 것 아닌가? 성에 가서 그냥 단순히 화재라도 난 정도다 그러면 그냥 병력을 돌려서 돌아오면 될 것 아닌가. 적이 습격하기라도 했다면, 물론 가능성은 적은 일이지만 말일세. 적이 습격했다면 당연히 우리 병력이 필요할 테고."

야율지용은 고개를 저었다.

"한 부군주님이야말로 심각한 일을 사소하게 여기시는군요. 소관은 적의 습격이란 대단히 가능성이 낮은 것이라 여기고 있습니다. 오히려 가능성이 높은 것은 모반이지요. 가령 친위대가 모반이라도 했다면?"

천유명이 외쳤다.

"나도 그 생각을 하고 있었다! 그렇다면 더욱 빨리 병력을 끌고 가야 할 것 아닌가! 한시가 급하지 않은가!"

야율지용이 천유명을 향해 손을 저으며 말했다.

"친위대의 모반이란 예를 들어 말한 것뿐이다. 그럴 리가 없지. 친위대 혼자라면 절대로 모반 같은 것은 하지 못한다. 다른 조력자, 혹은 배후가 있지 않으면 말이다."

그는 천유명과 한굉을 번갈아 쳐다보며 말을 반복했다.

"배후가 있지 않으면. 그건 금사자군도, 은사자군도, 그리고 철사자군일 수도 있지."

한굉이 고개를 끄덕이며 말했다.

"엄청난 말이군. 야율 부군주는 자신이 무슨 말을 하는지 알고나 있나 궁금하네그려. 자넨 지금 우리에게 모반의 혐의를 덮어씌웠어."

천유명이 은빛 장봉을 들어 야율지용에게 겨누었다.

"사과해라! 용서하지 않겠다!"

야율지용은 천유명을 무시하고 한굉만을 향해 말했다.

"모반의 혐의라기보다 가능성이라고 말씀드렸습니다. 그리고 그 가능성에서 저를 제외시키지도 않았죠."

그는 섭무를 가리키며 말했다.

"우리 중에 누군가가 가야 한다면 섭 부군주밖에 없다고 말씀드리고 싶습니다. 유일하게 모반의 가능성이 없는 사람이니까요. 가주의 영애(令愛)로서."

잠자코 있던 섭무가 처음으로 입을 열었다.

"난 그 신분을 벗어버렸습니다. 두 번 다시 그 말은 하지 마세요."

한굉이 희미하게 웃으며 말했다.

"어쨌든 좋아. 섭 부군주의 생각은 어떤가? 우리가 어떻게 하는 게 좋을까?"

섭무가 말했다.

"각자 알아서 하지요. 전 여기 남아 있겠습니다. 가주는 적의 기습, 혹은 모반 따위로 어떻게 될 분이 아닙니다. 저는 애초의 명령을 지켜서 이곳에서 대기하겠습니다."

그녀는 뒤에 신호를 보내더니 병력을 돌이켜 떠나 버렸다.

한굉은 가벼운 한숨을 내쉬며 말했다.

"냉정하군, 부친의 안위에도 관심이 없다니."

야율지용이 말했다.

"그만큼 부친을 믿는 거겠지요. 한 부군주께서는? 성에는 한당 군주께서도 있잖습니까."

한굉은 그 말에는 대꾸하지 않고 냉랭한 표정으로 야율지용을 노려보았다.

"성으로 가는 병력을 무력으로라도 막겠다는 생각엔 변함이 없나?"

야율지용이 고개를 저었다.

"생각이 바뀌었습니다."

한굉이 물었다.

"가게 두겠다는 건가?"

야율지용이 말했다.

"그렇습니다. 뿐만 아니라 저도 가겠습니다. 만약을 위해서."

한굉은 무슨 말을 더 할 듯이 입술을 달싹이더니 냉랭한 코웃음으로 대신했다. 그리고 병력을 끌고 성을 향해 달리기 시작했다. 천유명이 야율지용을 향해 말했다.

"이번 만약의 뜻은 우리가 정말 모반이라도 하면 거기서 막겠다는 뜻이겠지?"

야율지용은 대답하지 않았다. 그러나 부정도 하지 않았다. 천유명이 장봉으로 야율지용을 겨누며 으르렁거렸다.

"너나 모반 같은 걸 기도하지 마라, 이 더러운 거란족의 똥강아지야!"

천유명이 병력을 끌고 한굉의 뒤를 따랐다. 야율지용은 말없이 웃고 있다가 휘하 무사들에게 말했다.

"가자! 그러나 서두를 건 없다! 정말로 일이 생겼다면 우리가 아무리 빨라도 늦을 테니까 말이야."

한굉과 천유명의 병력은 일각도 채 되지 않아서 철령위성의 성문에 도착했다. 그러나 굳건히 닫힌 성문은 그들 앞에서도 열리지 않았다. 성문을 지키도록 명령을 받은 친위병들의 수만 더 늘어날 뿐이었다.

그리고 다시 일각 후, 한굉과 천유명이 떠나온 사자군림가의 숙영지는 어둠 속에서 나타난 흑사광풍가 궁수대의 일제 사격을 시작으로 공격을 받기 시작했다. 흑사광풍가는 기마대가 주력이고, 기마대는 밤에는 전투할 수 없을 거라고 생각한 맹점을 찌른 야습이었다.

강습 혈랑대 3

무영은 몇십 채의 건물 지붕을 밟아가며 철령위성의 중심부, 지금 한창 타오르고 있는 그 장소를 향해 달렸다. 불길은 점점 거세지고 있었다. 누군가가 계속 기름을 부어대고 있기 때문이었다. 무영은 그걸 요광도의 처소와 가까운 한 건물 지붕 위에서 발견했다. 검은 옷을 입은 사람이 술통 같은 것을 기울여 액체를 아래로 뿌려대고 있었던 것이다.

무영은 그게 뭔지 연기와 냄새만 맡고도 알 수 있었다. 북해에서는 땅에서 나오는 저 기름을 연료로 사용하는 일이 많았으니까. 다음은 이들이 누구냐 하는 것인데, 그것 역시 쉽게 알 수 있었다. 그는 순식간에 그 흑의인을 제압해서 신표를 찾아냈다. 그리고 그걸 한 번 살펴보고는 막 뒤따라온 종리매에게 던져 주었다.

"흑사광풍가다."

종리매 역시 신표를 살펴보고 고개를 끄덕였다. 그리고 이제 그들 앞에 펼쳐진 연기와 불길, 그 속에서 싸우는 사람들을 보며 말했다.
"꽤나 고전하는군."
그는 무영을 돌아보며 물었다.
"도와줘야 하겠나?"
그러나 무영은 이미 아래로 뛰어내린 후였다. 그의 그림자와도 같은 철갑마 역시 그 뒤를 따랐다. 종리매는 한숨을 내쉬었다.
"조금 더 곤란해진 다음에 멋지게 나서도 좋을 것을……."
그는 무영과는 다른 방향으로 몸을 날렸다. 달리 할 일이 있다고 판단한 것이다. 계속 불을 지르고 기름을 뿌려대는 자들을 찾아서 처치하는 일이었다.
무영은 화염과 연기 속을 산책하듯 걷고 있었다. 이화태양종의 무공을 익힌 그에게 있어서 화염은 위협거리가 되지 않았고, 연기 또한 그의 초인적인 감각 앞에 방해로 작용하지 않았다. 그는 연기와 화염 속에서 우왕좌왕하다 사람을 만나면 칼부터 휘둘러대고 보는 많은 무사들 틈에서 사자군림가와 흑사광풍가를 정확히 가려내어 손을 썼다. 멋 모르고 공격해 오는 사자군림가 무사들은 적당히 제압해서 던져 버릴 뿐이었다.
혈랑대라는 이름은 처음 들어보지만 흑사광풍가의 일반 무사들과는 약간 달랐다. 적어도 이들에게서는 무술이 아니라 무공을 배운 티가 났다. 그러니 여기까지 침투해 들어올 수 있었을 것이다. 그는 아마도 이들이 철령위성이 자리한 산의 험준한 서쪽 절벽을 기어올라 왔을 거라고 추측했다. 낙일각이 있는 그 장소였다. 사자군림가 사람들은 거기서 석양이 아름답다고밖에 못 느끼는 모양이었지만 그는 그 장소에서 여차하면 기어올라 올 수 있겠다고 생각했던 것이다. 무저갱의 깎아지른 절벽에 비하면 여긴 그저 약간 가파른 비탈길에 불과해 보일 정도였으니까.

그런 생각들을 하면서도 그의 손은 쉬지 않았다. 무기를 꺼내 들 필요도 없었다. 금나술과 태극권을 발휘해서 적을 제압하고 눕혀놓기만 하면 그만이었다. 뒤처리는 사자군림가의 몫으로 남겨두었다. 그의 부하들이 목숨을 걸고 싸워야 하는 상황이라면 그들을 지키기 위해서라도 독한 수를 써야 하겠지만 지금처럼 상대가 안 되는 자들에게 살수를 펼치고 싶지는 않았다.

그러다가 그는 친위대장인 금각과 마주쳤다. 금각은 세 명의 적을 상대로 힘겨운 싸움을 끌어가고 있었다. 무영이 뛰어들어 단번에 그중 둘을 제압해서 던져 버렸다. 나머지 하나는 철갑마의 몫이었다. 철갑마는 적의 팔목을 어린아이 손목 비틀듯이 가볍게 잡아 비틀어 그 자리에 꿇어앉게 만들었다.

금각은 위기에서 벗어나게 해준 그들을 연기를 헤치며 바라보다가 경호성을 터뜨렸다.

"당신들이 왜 여기?"

무영은 딴소리를 했다.

"적은 백여 명밖에 되지 않는다."

"설마!"

금각은 그럴 리가 없다고 생각했다. 적이 그렇게 적다면 이렇게 고전할 이유가 없는 것이다. 무영의 말도 그것이었다.

"연기, 화염. 이게 문제다."

그는 금각을 향해 말했다.

"전원 후퇴해서 전열을 정비하고 불부터 꺼라. 그래야 더 당하지 않는다."

금각의 얼굴이 굳어졌다.

"우리 사자군림가는, 특히 친위대는 도망가지 않는다!"

무영이 손을 뻗어 그의 목덜미를 잡았다. 보면서도 피하지 못하는 기묘한 수였다. 금각은 무영의 손에 잡혀 들어 올려졌다. 무영이 말했다.

"의미없이 수하들을 죽이고 싶은 거냐."

숨이 막힌 금각이 고통스럽게 중얼거렸다.

"하지만 가주님이……."

무영은 그의 목을 풀어주고 물었다.

"요굉도는 어디 있나?"

금각은 무영이 이름으로 가주를 지칭한 것도 못 알아듣고 가주의 처소를 가리켰다. 이젠 삼층까지 불길에 휩싸인 건물이었다. 그 위는 높게 치솟은 지붕뿐이었다.

무영은 건물을 잠시 바라보았다. 그 안에 요굉도가 있다면 정말 이상한 일이었다. 잠에서 깼어도 벌써 깼어야 했고, 뛰어나와도 벌써 나왔어야 했다. 그런데 아직도 모습을 드러내지 않았다면 모종의 변고가 있었다고 봐야 했다. 어쨌든 직접 확인하는 수밖에 없었다. 그는 건물 안으로 걸어 들어갔다.

화염이 휘몰아치듯 그를 감쌌다. 무영은 손을 휘둘러 강한 기류를 만들어냈다. 그 기류가 화염을 밀어내었다. 한 걸음 걷고 손을 휘두르고, 다시 한 걸음 걷고 손을 휘둘렀다. 불길 속으로 통로가 만들어졌다.

일층에는 아무도, 아무것도 없었다. 이미 거의 다 타버린 가구며 목재가 남은 불꽃을 피워 올릴 뿐이었다. 그나마 돌로 만들어진 벽이 상부 구조물을 받쳐 주는 모양이었다. 그는 몸을 날려 이층으로, 다시 삼층으로 뛰어올라 갔다. 그 순간 날카로운 칼날이 그의 목을 향해 휘둘러졌다.

무영은 순간적으로 몸을 기울여 칼날을 피했다. 또 하나의 칼날이 날아들었다. 무영의 뒤로부터 철갑마가 몸을 내밀더니 칼날을 잡아 부숴 버렸다. 구부린 것도, 일그러뜨린 것도 아니고 잡아 비트는 순간 산산조각을 내버린 것이다. 칼을 휘둘렀던 자가 일순 놀라 멈추는 순간 무영의 파천황이 빛을 발했다. 그리고 그 빛은 곧 붉은 핏빛으로 바뀌었다.

한 번의 칼질로도 그는 여기 삼층의 적이 고수급이라는 것을 알아차렸다. 이런 자들에게는 실수를 자제할 필요가 없다. 섣부른 인정은 죽음을 가져올 뿐이다. 그는 묵염흔까지 뽑아 들고 안으로 걸어 들어갔다. 두 명의 적이 동시에 공격을 가해왔다. 바깥의 적과 같은 복장에 복면이었지만 몸 움직이는 것이나 예기가 비교되지 않았다.

무영은 묵염흔을 휘둘러 적의 무기를 튕겨내고 그 기세를 그대로 유지해서 적의 옆구리까지 부숴 버렸다. 적은 벽에 처박히는 것으로 모자라 그대로 벽을 무너뜨리고 밖으로 밀려 나갔다. 다른 한 놈은 철갑마가 맡았다. 그 역시 지극히 단순하지만 강력한 위력을 가진 한 수로 적을 처치해 버렸다. 머리를 움켜쥐고 벽에 처박아 터뜨려 버린 것이다. 그러는 통에 벽이 무너졌다. 바깥으로 면한 벽이 아니라 내부의 방을 구획하는 내벽이었다. 그 벽이 무너지면서 건너편 방이 드러났다. 거기에선 두 사람이 싸우고 있었다. 그리고 두 사람이 구경하듯, 혹은 호위하듯 한쪽에 서 있었다.

갑자기 철갑마에게서 가공할 기세가 일어났다. 무영이 돌아보자 철갑마의 팔뚝에 감긴 고리, 예전에는 무영과 종리매, 구자헌의 목을 구속했던 그 세 개의 고리로 만들어진 강철봉이 꿈틀대며 움직이고 있었다. 검으로 만들려는 것 같았다.

"안 돼!"

무영이 급히 제지했다. 그는 종리매로부터 이미 경고를 받고 있었다. 철갑마가 비천제일룡일 가능성이 대단히 높다는 것, 그리고 그 비천제일룡의 검이 바로 지금 모습을 드러낼 그것이라는 것을 이미 들어서 알고 있었다. 그걸 알아볼 사람은 천하에 몇 명뿐이지만 그중 하나가 여기 있다. 방 안에서 싸우고 있는 두 사람 중 하나가 바로 요굉도이기 때문이었다. 절체절명의 위기라면 몰라도 지금 여기서 그걸 드러낼 필요는 없었다.

철갑마가 무영의 제지에 응해 기세를 죽였다. 그때 싸움을 구경하고 있던 두 사람이 그들을 알아채고 다가왔다. 복면을 하지 않고 얼굴을 드러낸 그들은 라마승과 애꾸눈 청년이었다. 라마승은 바로 알아볼 수 있었다. 전날 개원에서 만난 법륜활불, 욘돈자무쓰였다. 청년은 누군지 몰랐는데, 그가 바로 혈랑대의 대장인 보이부친이라는 자였다.

무영은 그들로부터 시선을 돌려 싸우는 두 사람을 바라보았다. 놀랍게도 요굉도와 더불어 싸우는 사람은 광풍혈랑 양소 그 자신이었다. 흑사광풍가의 가주가 직접 습격을 가해온 것이다.

욘돈자무쓰가 무영을 알아보고 반갑다는 듯 미소 지었다.

"호오, 이거 마침 잘 만났구나. 널 못 보고 가는 줄 알고 애를 졸였느니라. 이렇게 이 활불님 앞에 다시 나타났으니 이번에는 반드시 목을 비틀어주리라."

그는 철갑마를 힐끔 보고는 덧붙여 말했다.

"네 보호자도 없으니 안됐구나, 꼬마야."

종리매를 두고 하는 말 같았다. 무영은 그를 힐끔 보고는 다시 두 가주가 싸우는 쪽으로 시선을 돌렸다. 상대할 가치도 없다는 듯한 태도였다. 사실 그의 관심은 두 가주의 싸움에 쏠려 있었다. 당대 마도천하에서 가장 강한 스무 명 중의 둘이 과연 어떻게 싸우는지, 그들의 무위가 어떤지가 궁금하지 않을 수 없었다.

그걸 그는 직접 몸으로 체험해야 했다. 싸움 중에 눈을 돌린 양소가 요괭도는 버려두고 그를 향해 공격해 들어왔던 것이다.

"죽어라, 꼬마!"

가주씩이나 되는 사람답지 않게 거친 말을 뱉어내며 양소는 손에 든 칼을 휘둘렀다. 칼은 반달처럼 둥글게 휘어진 끝에 이리의 이빨처럼 날카로운 톱날이 몇 개 튀어나와 있는 낭아도(狼牙刀)였다. 이 한 자루 칼로 그는 달단과 몽고, 머나먼 중원에 이르기까지 명성을 날렸고, 지금의 기반을 잡은 것이다.

무영이 묵염혼을 휘둘러 낭아도를 맞받아 쳤다. 굉음이 울렸다. 빙궁에서 돌아온 이후 단 한 번도 밀린 적이 없던 묵염혼이, 그리고 무영이 이 순간 엄청난 압력을 받아 물러섰다. 묵염혼이 부러질 것처럼 휘어지고 무영은 한 모금 피를 토했다. 단 한 번의 격돌이 만든 결과였다.

철갑마가 무영의 앞으로 미끄러지듯 나섰다. 그의 주먹이 소리없이 양소를 향해 날았다. 무영을 향해 두 번째로 휘둘러지던 칼날이 그 주먹을 반쪽 내려는 듯 휘둘러졌다.

"네 상대는 나다!"

요괭도는 성명무기인 창을 잡을 틈도 없어서 여태 맨주먹으로 싸우고 있었는데, 무영이 만들어준 기회를 잡아 창을 집어 들었다. 그리고 그 창으로 폭풍 같은 기세를 만들어 양소의 측면을 찔러갔다.

"어딜!"

혈랑대장 보이부친이 전권으로 뛰어들며 칼을 휘둘러 요괭도의 창 중동을 자르려고 했다.

"옴—!"

기묘한 기합과 함께 욘돈자무쓰도 섭혼륜을 휘두르고 뇌정추를 내던졌다. 요괭도를 향해서였다. 여러 사람이 한꺼번에 외치는 기합과 욕설에 무기들이 맞부딪는 소리, 거기에 섭혼륜에 달린 방울에서 울리는 귀청이 찢어질 듯한 소리가 합쳐졌다. 그리고 그 모든 소리를 거대한 북이 울리는 듯한 굉음이 압도했다. 철갑마의 주먹이 양소의 낭아도를 퉁겨내는 소리였다.

요괭도는 창을 돌려 자신을 공격해 오는 두 사람을 상대할 수밖에 없었다. 창대가 기묘하게 비틀리며 보이부친의 칼을 퉁겨내고, 욘돈자무쓰의 섭혼륜을 창끝으로 걷어내었다. 그러는 사이 뇌정추가 번개처럼 그의 품으로 파고드는데 새하얀 섬광이 그걸 막았다. 무영의 파천황이었다.

무영은 한 모금 피를 토해냈지만 바로 자세를 바로 하고 반격을 하려 했다. 그러나 이미 양소는 철갑마의 주먹에 밀려 뒤로 물러나고 있는 상황이었다. 그래서 대신 요괭도의 위험을 제거해 준 것이다.

양소가 으르렁거렸다.

"넌 누구냐?"

철갑마를 두고 하는 말이었다. 철갑마는 대답 대신 다시 한 주먹을 날렸다. 무거운 짐을 든 것처럼 무겁게, 그러나 소리도 내지 않고 짓쳐 가는 백보신권의 한 수였다. 그 순간 무영이 세 걸음을 디뎠다. 그 세 걸음으로 그는 철갑마의 뒤로 돌아서 욘돈자무쓰의 앞으로 육박해 들어갔다. 묵염흔이 그 무거운 끝으로 욘돈자무쓰의 목을 찔러갔다. 욘돈자무쓰가 허겁지겁 섭혼령을 당겨 목을 보호했다. 보이부친이 그 옆으로 몸을 날리듯 뛰며 역으로 무영을 노렸다. 요괴도가 우렁찬 고함과 함께 창을 뻗었다. 공중에 뜬 보이부친의 몸뚱이를 꿰뚫어 버릴 것 같은 한 수였다. 양소는 번개처럼 낭아도를 휘둘렀다. 그는 철갑마의 주먹에서 뻗어오는 가공할 기세를 느끼고 있었다. 순식간에 십수 도를 휘둘러 자신의 앞에 도막(刀幕)을 친 것이다.

쨍―!

복잡하게 뒤엉킨 몇 가지의 공격과 방어, 기세와 경력이 한순간 부딪치고 터져 버렸다. 화재에 의해 기반이 약해져 버린 건물은 이 기세를 견디지 못하고 무너져 버렸다. 피어오르는 화염 속으로 벽돌과 기와, 그리고 사람들이 떨어져 내렸다.

무영은 자신의 묵염흔이 욘돈자무쓰의 섭혼령을 박살 내버린 것까지는 확인했다. 그러나 애석하게도 목을 찌르지는 못하고 말았다는 것도 알았다. 경력을 나누어 파천황으로 보이부친의 칼을 막아야 했기 때문이었다. 그때 건물이 무너졌고, 그는 떨어지는 기와를 막으며 몸을 피해야 했다. 부드러운 힘이 그를 밖으로 밀어내듯 가해졌는데, 이건 아마도 철갑마의 도움일 것이다. 그래서 그는 별다른 상처 없이 밖으로 피할 수 있었다.

화염 속으로 내려서자마자 다시 튕기듯 몸을 날린 무영은 무너져 내리는 건물 잔해 속에서 몇 개의 그림자가 솟아올라 오고 있는 것을 발견할 수 있었다. 그러나 자욱한 먼지와 화염, 연기 때문에 누가 누군지 알아볼 수가 없었다.

"흙이다, 흙! 물로는 안 되니 흙을 뿌려라!"

금각의 것인 듯한 고함 소리가 들려왔다. 사람들의 분주한 발소리도 들려왔다. 무영은 침착하게 서서 상황을 파악했다. 대충 정리가 되고 있는 듯했다.

무너진 건물의 잔해 위로 솟아오른 사람 중 하나가 외쳤다.

"가주, 후퇴를!"

대답 대신 짐승의 울부짖음 같은 포효가 들려왔다. 미친개 양소가 성질부리는 소리였다.

"어딜 도망간다는 거냐! 목을 내놔라!"

요굉도의 고함이었다. 화염 속에서 한 사람이 일어났다. 붉게 타오르는 화염이 뜨겁지도 않은지 천천히 일어나 다시 한 번 허공을 격하고 주먹을 휘두르는 그 모습은 철갑마의 것이었다.

"크악!"

이번에도 짐승의 울부짖음 같은 게 들려왔다. 고통스러워하는 소리였다. 철갑마는 목표를 잃지 않고 있었던 것이다. 보이부친이 큰 소리로 외쳤다.

"전원 후퇴!"

그와 욘돈자무쓰는 철갑마의 백보신권에 내상을 입은 양소를 양쪽에서 부축하고 전권을 빠져나갔다. 요굉도가 고함을 질러댔다.

"불은 나중에 꺼라! 저놈들을 하나도 놓치지 마라!"

무리한 명령이었다. 금각 이하 살아남은 친위병들은 적의 후퇴가 고

마울 지경이었다. 요굉도도 한동안 분노에 들끓어 펄펄 뛰다가 간신히 냉정을 되찾았다. 오늘 같은 치욕은 정말 참기 어려운 것이었다. 상상도 못한 일격에 당한 것이기에 더욱 그랬다. 그러나 그도 이젠 젊지 않고, 누구 덕분에 위기를 탈출했는지 알아볼 이지는 갖추고 있었다. 그는 천천히 무영에게 다가와서 말했다.

"고맙네."

어렵게 꺼낸 말이었다. 무영은 간단하게 머리를 숙여 보이고는 철갑마를 손짓해 불렀다. 철갑마는 그제야 화염 속에서 걸어나왔다. 천으로 된 옷가지는 모두 타버렸지만 갑옷은 멀쩡했다. 호심갑과 투구는 불길 속에서 달아오르지도 않았다.

"저건 도대체……?"

요굉도가 철갑마의 정체에 대해 물어보려는 듯 입을 열었다. 무영은 그럴 틈을 주지 않고 다시 한 번 인사한 뒤 자리를 떠나 버렸다. 요굉도는 철갑마의 어마어마한 무위와 도저히 인간이라고는 생각되지 않을 정도의 행위에 큰 의문을 품었지만 그걸 파고들 틈이 없었다. 성내 이곳저곳에서, 그리고 밖에서 큰일이 벌어졌던 것이다.

제60장
출정 사자군

■ 날이 밝았다
가라! 개원을 함락시키고, 흑사광풍가를 괴멸시키기 전에는
두 번 다시 이곳으로 돌아오지 못하리라!

출정 사자군 1

요굉도의 안면 근육이 풍 맞은 노인처럼 경련을 일으켰다. 그의 앞에 꿇어 엎드린 사람들을 보는 순간 그렇게 된 것이다.

우선 한당이 있었다. 그는 윗옷을 벗고 늙은 육체를 드러내며 오열하고 있었다.

"제 목을 베어주십시오, 가주!"

처소를 벗어나지 말라는 친위대장의 제지를 뿌리치고, 그것도 친위병 하나를 죽이면서 나온 것에 대한 책임을 지겠다는 것이었다. 하지만 그렇게 나와서 적의 기습을 물리치는 데 혁혁한 공을 세운 것 또한 사실이었다. 다른 세 군주는 지금 요굉도의 옆에 앉아 있는데, 그들은 한당과 마찬가지로 분노하긴 했으나 친위병의 제지를 받아들여 처소를 떠나지 않았던 것이다. 요굉도의 속마음으로는 한당 대신 이 세 사람이 저기 꿇어 엎드려 있어야 했다. 하지만 사자군림가의 규율은 그렇지 않았다.
　요굉도가 애써 진정하고 입을 열었다.
　"친위병의 제지를 받아들였어야 하는 게 옳소. 하지만 본좌의 안위를 생각하는 단심(丹心)에 의한 것이고, 실제로 적을 물리치는 데 혁혁한 공을 세웠으니 공과 과가 같다 할 것이오. 한 군주는 진정하고 그만 일어나시오."
　그러나 한당은 일어나지 않았다. 그건 일종의 반항이며 호소임을 요굉도는 잘 알고 있었다. 죄를 꾸짖어달라는 것이 아니었다. 원로이자 공신인 자신에게 모반의 가능성을 둔 것에 대한 섭섭함의 표시인 것이다. 그러니 이제 한당의 옆에 꿇어 엎드린 친위대장 금각을 처리함으로써 달래줄 수밖에 없었다.
　따져 보면 금각이 오늘 밤 크게 잘못한 것은 없었다. 요굉도 자신도 대종사의 친위대장을 맡아왔던 경력이 있지 않은가. 그 경력으로 생각해 봐도 그랬다. 오늘 밤 같은 상황이라면 그도 그렇게 지시했을 수 있었다.
　그러나 원로 공신들에게 모반의 혐의를 둔 것은, 그걸 그렇게 노골적으로 드러낸 것은 미숙했다. 아주 미숙한 일 처리라 아니 할 수 없었다. 그보다 더 신경을 건드리는 것은 금각이 그런 생각을 했다는 것 자체였다. 그가 보지 못하는 사이에, 생각하지 못하는 사이에 가문 내에 모반의 불길한 그림자가 드리웠던 것인가. 친위대장이 본능적으로 그런 조치를 생각해 낼 정도로 그 냄새가 짙어졌던 것인가.
　실제로 모반의 음모가 있고 없고는 중요하지 않았다. 오늘 밤 친위대장의 판단은 가문 내에 모반이 있을 수 있다는 것, 그가, 철사자 요굉도가 모반을 허용할 정도로 약해진 것처럼 보였다는 게 중요했다. 어쨌든 지금은 판단하고 판결해야 할 때였다.

"금각, 네 죄를 알겠느냐?"

친위대장 금각이 고개를 들었다.

"소관, 사전에 방비를 철저히 하지 못하여 적의 침입을 허용한 죄 죽어 마땅합니다."

"그게 아니다."

요굉도가 엄하게 꾸짖었다.

"너는 본좌와 함께 간난신고(艱難辛苦)를 겪으며 오늘의 가문을 만들어온 원로 공신들을 모반의 가능성이 있다 하여 연금한 대죄(大罪)를 저질렀다. 우리 사자군림가의 시작과 더불어 커온 후기지수들, 네 선배와 동료들을 모반의 가능성이 있다 하여 성안에 들어오지 못하게 한 대죄를 저질렀다. 그러고도 네가 날 보고 네 선배, 동료들을 볼 염치가 있느냐?"

"죽을죄를 졌습니다."

금각이 고개를 땅에 처박았다.

요굉도는 입술을 깨물었다. 금각의 죄는 죄가 아니었다. 아니, 대죄가 분명했다. 상황을 정확하게, 누구보다도 민감하게 느끼고 미리 행동했다는 죄였다.

요굉도는 허리에 차고 있던 칼을 뺐다. 금빛 찬란한 한 자루 금도(金刀)였다. 그는 그것을 금각에게 던졌다. 금각이 고개를 들어 앞에 꽂힌 금도를 바라보았다. 그의 눈은 지금 이 상황을 믿을 수 없다는 듯 멍하게 흐려져 있었다.

한당이 외쳤다.

"가주!"

요괴도는 손을 저어 한당의 입을 막고 말했다.

"가족은 내가 책임져 주겠다."

금각이 고개를 숙였다. 그리곤 다시 들었을 때 그의 표정은 담담했다.

"감사합니다. 가주를 모실 수 있어서 영광이었습니다."

그는 두 손으로 금도를 잡고 잠깐 쳐다보다가 주저없이 휘둘러 스스로의 목을 베었다. 그의 솜씨는 훌륭했고, 칼은 예리했다. 그의 머리는 깨끗하게 목에서 떨어져 나와 무릎 앞에 굴렀다. 친위병들이 시체를 끌어내기 위해 앞으로 나왔다. 요괴도가 손을 흔들어 제지했다. 그리고 말했다.

"한 군주, 이제 그만 일어나시오."

한당이 비틀거리며 일어났다. 요괴도가 앞으로 나와 그의 손을 잡고 자리로 데려가 앉혔다.

"철없는 아이의 망동이었을 뿐이니 너무 마음 상해하지 마시오."

한당은 말없이 눈물을 흘릴 뿐이었다. 요괴도는 그렇게 한당을 달래 놓고 앞에 꿇어앉은 나머지 세 사람을 향해 시선을 돌렸다. 이번에는 그의 눈이 분노로 타오르고 있었다. 지시도 받지 않고 주둔지를 떠나서 성으로 달려온 세 사람, 한굉과 천유명, 그리고 야율지용을 향한 분노였다.

덕분에 성의 혼란은 더해졌고, 지휘자를 잃은 그들의 병력은 적의 야습에 무력하게 당해야 했다. 유일하게 남은 섭무만이 동사자군을 지휘해서 적의 야습을 물리쳤던 것이다. 그 사이에 금, 은, 철사자군이 입은 손해는 작지 않았다. 사 개 군 합쳐서 물경 삼천 가까운 사상자가 나왔던 것이다. 죽은 자는 물론이고 부상을 입은 자들도 이번 출정에는 참가할 수 없는 게 당연했다.

이건 사자군림가가 안고 있는 또 하나의 문제점을 노정시킨 것이기도 했다. 원칙적으로는 주둔지에 남은 최고 명령권자가 섭무인 이상 나머지 삼 개 군의 병력들도 그 지휘를 따라야 했다. 그런데 그들은 소속이 다르다는 이유로 섭무의 지휘를 따르지 않았고, 제각기 싸우다가 피해를 더 입었던 것이다.

요굉도는 눈을 감았다. 지난 십팔 년간 쌓아온 모든 위업들이, 아니, 위업이라 생각했던 것들이 모래로 지어진 성처럼 그의 손가락 틈으로 맥없이 새 나가고 있는 듯한 느낌이 들었다. 화려한 열병식, 확고한 기강, 오랫동안 쌓아온 전통, 이런 것이 갑자기 종이로 만들어진 호랑이처럼 화려하기만 할 뿐 아무것도 아닐지도 모른다는 의심이 들기 시작하는 것이다.

그는 한쪽 끝에 무표정하게 앉아 있는 무영을 힐끔 보았다. 어제 저녁 열병식을 본 후 무영이 했던 말이 기억에 떠올랐던 것이다. 요굉도의 얼굴에 다시 한 번 경련이 일어났다.

'아니다. 결코 아니다!'

그가 오랜 세월 쌓아 올린 이 성은 결코 모래성이 아니었다. 그걸 증명해 보일 것이다. 그가 직접 나서서 그들이 종이호랑이가 아님을, 그의 별호처럼 강철 같은 사자들임을 증명해 보이리라.

요굉도가 자리에서 일어났다. 그리고 꿇어 엎드린 세 사람을 향해, 보고 있는 군주들을 향해 말했다.

"세 부군주에 대한 처벌은 유예한다. 흑사광풍가를 괴멸시키는 이 전쟁을 끝낸 뒤에 벌을 내리리라. 각 군주는, 그리고 부군주들은 지금 당장 적을 향해 진격하라! 그리고 공을 세워라. 공을 세우는 자는 죄를 묻지 않을 것이다. 공을 세우지 못하는 자는 본좌의 판결이 내리기 전에 스스로 결단해야 할 것이다. 무능한 자에게 빌려줄 정도로 내 칼이 가치없지는 않다는 걸 명심하라."

그는 먼동이 터 오는 하늘을 가리키며 말했다.

"날이 밝았다. 가라! 개원을 함락시키고, 흑사광풍가를 괴멸시키기 전에는 두 번 다시 이곳으로 돌아오지 못하리라!"

출정 사자군 2

 새벽의 여명을 배경으로 사자군림가의 전 병력이 출정했다. 요굉도는 원래 친위대와 함께 후군을 맡아 나올 예정이었으나 지난밤 사태 이후 갑자기 마음을 바꿔 금사자군과 함께 움직이기로 했다. 그가 직접 선두에 서서 적을 치겠다는 결연한 의지를 보인 것이다.
 무영단은 어젯밤의 타격에도 불구하고 아직은 거창한 대군이라 할 수 있는 사자군림가 병력의 출동을 언덕에 서서 지켜보다가 아침까지 지어먹고 해가 완전히 떠오른 다음에야 천천히 출발했다. 단독으로 행동하기로 한 데에는 변함이 없었지만 이렇게 된 이상 선두에 나설 필요도 없었다. 사자군림가의 병력들이 네 개의 진군로를 형성해서 진격해 가는 뒤에서 상황을 보아 행동하는 게 나았다.
 어젯밤의 혈랑대 기습과 궁수대의 야습은 치밀하게 계획된 것이 분명했다. 게다가 사자군림가가 어떻게 움직일 거라는 걸 정확히 파악하고 있었던 것 같았다. 절벽을 타넘고 기습을 하는 건 언제든 가능했다. 그러나 전 병력이 열병식을 하고 광야에 모여 야영을 한다는 것을 미리 알지 못하고는 야습이란 있을 수 없었다.

"내통자가 있는 건 아닐까요?"

월영의 지적이었다. 모든 향주들이 그 말에 동의를 표했다. 물론 대규모의 병력이 움직이고 있었으니 치밀하고 꼼꼼한 정찰 활동으로 그 움직임을 알아차렸을 수는 있었다. 그러나 그것보다는 사자군림가의 내부에 열병식이 있을 거라는 것, 그 이후 대규모 출정이 있을 거라는 것, 심지어 가주의 처소는 어디고 친위병들이 어떻게 배치되어 있을 거라는 것까지 알려준 내통자가 사자군림가 내부에, 그것도 상당한 고위층 중에 있다고 보는 게 훨씬 그럴듯했다.

"아무래도 길보다 흉이 많은 출정인 듯하오이다. 나무아미타불."

화상이라서가 아니라 입버릇이라 불호를 외워대는 것 같은 화두타가 그렇게 말했다. 굳이 그가 말하지 않아도 다들 느끼고 있는 일이었다. 기습과 야습 다음에는 함정과 매복이라는 게 뻔한 수순 아니던가. 그래서 앞서 나가지 않고 뒤로 처져서 가는 것이기도 했다.

첫날, 그들이 본 적은 모두 시체였다. 철령위성에 극히 가까운 곳에서부터 격전은 시작된 것 같았다. 전장의 흔적을 보면 적은 소규모 병력으로 나누어서 철령위성 부근에 매복해 있었고, 사자군림가의 병력을 맞아 간헐적인 기습을 해왔던 것 같았다. 그걸 사자군림가의 병력들이 압도적인 힘으로 밀어붙였을 것이다.

무영단의 향주들은 전장을 보고 고개를 흔들었다.

"아무래도 함정입니다."

죽은 적의 시체가 너무 적었다. 각 군이 각자 행동한다 해도 최소 사천에서 오천 병력이다. 그런 병력에게 몇백 정도의 돌격대가 기습을 가한다는 것은 기습의 효과를 감안한다 해도 무리였다. 굶주린 호랑이 입에 먹이를 던져 주는 셈이었다.

종리매가 말했다.

"사자군림가 놈들도 머리가 텅 빈 허수아비는 아닐 테니 그 정도는 생각하고 있겠지. 조만간 본격적인 전투가 있을 텐데, 그 결과를 보면 앞으로의 전황을 알 수 있을 테지."

첫날 저녁, 그들은 도보로 행진하는 일군의 병력을 발견했다. 열병식에서 요굉도가 '당파병'이라고 불렀던 천여 명의 장창무사들이었다. 그들의 선두에는 붉은 말을 탄 섭무가 있었다. 섭무는 가까이 다가온 무영단을 보고도 한 번 시선을 줬다가 뗄 뿐 인사도 하지 않았다. 무영단 역시 그들을 지나쳐서 어둠이 내리기 전에 야영할 장소를 찾았다.

"쓸쓸한 모습이더군요."

저녁을 먹고 둘러앉은 자리에서 손지백이 말했다.

"여자라 하나 그래도 부군주인데 고작 일천 명, 그것도 보병만 데리고 단독으로 움직이는 것 같지 않습니까. 어제의 야습에서도 부군주들 중 유일하게 공을 세웠는데, 좀 심한 것 같군요."

"누가 심하다는 건가?"

"물론 요굉도지요. 그리고 동사자군 군주인… 에…… 누구더라…… 반송, 그 사람도요. 섭무가 여자라고 차별하는 것 아니겠습니까."

"잘 모르는 소리는 하지도 마!"

월영이 손지백에게 면박을 주고 말했다.

"소문이지만 말예요."

그녀는 눈을 반짝이며 목소리를 낮추었다. 어디서 돌아다니는 소문

거리는 잘 주워듣고 와서 대단한 비밀이라도 알아냈다는 듯이 알려주곤 하는 것이 그녀의 장기였는데, 지금 보이는 모습이 바로 그럴 때의 몸짓이었다. 소문이라는 게 근거는 박약하고, 출처도 알 수 없고, 대개는 과장된 것이라 믿을 수는 없지만 또 무시할 수만도 없는 것이기도 했기 때문에 월영의 소문 퍼다 옮기기는 그리 나쁜 대우를 받진 않았다.

"섭무는, 섭무가 원래 본명이 아니래요. 요 뭐라더군요. 그리고 깜짝 놀랄 일은 그녀가 사자군림가 가주 요굉도의 친딸이라는 거예요."

과연 깜짝 놀랄 일이었다. 월영은 향주들의 반응을 즐기듯 가만히 보고 있다가 말을 이었다.

"그녀가 왜 이름을 바꾸고 남자라고 주장하고 다니는지 아세요?"

모르는 게 당연한 일을 묻고는 월영은 흐뭇한 표정이 되어 스스로 대답했다.

"대종사께서 천하를 나누실 때 팔가십종의 가주 종사들에게 인질을 하나씩 요구했다는 건 다 아시죠? 사자군림가의 가주도 당연히 인질을 보냈는데 그게 외아들이었어요. 요의림(姚義林)이라는 이름인데, 즉 섭무에겐 오라버니가 되는 사람이라죠."

종리매가 참견했다.

"제강산에게 구자헌이 있다면 대종사에게는 요굉도가 있다는 말이 있지. 대종사의 뜻이라면 아들 아니라 마누라까지 들어 바칠 사람이다. 조금의 불만도 없이 아들을 내줬겠지."

이십 대의 젊은 나이에 대종사의 의형제가 되자 호위를 자청했고, 그 후 이십여 년간 충실한 개처럼, 그림자처럼 한시도 떨어지지 않고 보필을 했던 공로로 따로 가문을 얻은 사람이 요굉도였다. 강철처럼 단단한 그의 충성심은 마교가 아니라 대종사를 향해 있었다. 그를 위해서 아들을 바치는 것은 아주 쉬운 일이었다.

월영은 종리매의 말이 끝나자 고개를 끄덕였다.

"그 후가 문제죠. 원래 가문이라면 일가친척을 중심으로 이루어지는 거잖아요. 성이 다른 사람은 가신이거나 종복에 불과한 거고. 그런데 요서로 와서 사자무궁을 만들면서 요 가주가 공언을 했대요. 십일기까지의 모두, 그리고 이제 시작하는 십이기와 그 이후, 즉 사자무궁을 나온 사람은 모두가 가족이고 형제라는 거예요. 사자군림가는 사자무궁이라는 자궁에서 나온 한 형제들로 이뤄진다나 뭐라나 했대요. 그리고 모든 서열은 능력과 공로로 정하겠다고 했대요. 가주의 자리도 더 능력이 뛰어난 사람이 있다면, 그리고 그걸 사자군림가의 형제들이 인정한다면 그 사람의 거라는 거예요."

손지백이 중얼거렸다.

"다들 목숨 걸고 사자무궁에 들어가려 하는 이유를 알겠군."

종리매가 덧붙였다.

"목숨 걸고 공을 세우려고 하는 이유도."

월영이 말했다.

"특히 가주에겐 후계자가 없는 셈이니까 그 공언이 더욱 그럴듯하게 다가왔겠죠. 그런데 십사기로 섭무가 들어간 거예요. 요라는 원래의 성도 버리고. 그건 즉, 요씨의 혈족이라는 유리함을 던져 버리고 다른 사람들과 같은 위치에서 경쟁하겠다는 결의라는 거지요."

종리매가 고개를 끄덕이며 말했다.

"그래서 그렇게 이름을 지었군. '섭무'라는 건 무에 정진하겠다는 뜻으로 읽히지 않느냐."

손지백이 코웃음을 치고는 말했다.

"무공, 혹은 무림을 움켜쥐겠다는 뜻으로 읽을 수도 있죠. 처음에 이름 듣고는 뭐 이런 광오한 이름이 다 있나 했습니다."

월영이 손뼉을 쳐서 시선을 모았다. 그녀는 종리매와 손지백을 흘겨보고는 말했다.

"자꾸 말 끊지 말라구요, 재미없게시리. 핵심은 이거예요. 가주가 되는 길은 누구에게나 열려 있다. 그중 가장 가까이 다가간 사람이 네 명의 부군주다. 그중 하나는 가주의 딸이라는 유리한 점이 있지만 그걸 스스로 거부했고, 특히 여자라는 치명적인 불리함이 있다. 제도적으로는 차별이 없지만 남자들은 천성적으로 여자를 무시하니까."

그녀는 자기 외엔 모두 남자인 좌중 사람들을 일별했다. 손지백이 웃으며 말했다.

"완전히 부정할 수는 없는 말씀이죠. 지금 섭무가 당하는 차별을 봐도 그렇지 않습니까."

월영은 손가락을 하나 펴서 흔들었다.

"그래서 손 향주는 뭘 모른다는 거야. 생각해 봐. 섭무는 원래 남자였으면 당연히 후계자 서열 일순위였을 거야. 하지만 여자이기 때문에 핏줄이라는 게 오히려 약점이 됐던 거지. 그녀가 뚜렷한 공이 없이, 아니면 공을 세워도 요굉도나 여러 군주의 이런저런 보살핌 아래 성공했다고 해봐. 다른 사람들이 인정하겠어?"

"그래서 일부러 고생시키는 거다?"

"당연하지."

월영이 단호하게 말했다.

"여자가 성공하려면 그래서 힘든 거야. 온갖 구박과 질시, 편견을 감내하면서 혼자 일어서고도 혹시 편법을 쓴 게 아닌가 하는 의혹의 눈초리를 견뎌야 한다니까."

손지백이 웃었다.

"그건 당주님 이야깁니까?"

월영이 말했다.

"여자라면 다 겪는 일이야."

손지백이 손을 저었다.

"여기서 당주님이 여자라고 얕보는 사람이 어디 있다고 그러십니까. 사실은 여자로 보는 사람이나 있나 의심스러운데……."

말을 하다 말고 그는 월영이 도끼눈을 뜨고 노려보는 바람에 입을 다물었다. 그리고 사실은 다른 사람은 몰라도 그 자신만은 월영을 여자로 보고 있지 않은가. 그런 생각을 하며 홀로 낯을 붉히고 있는데 월영은 이미 무영을 붙잡고 있었다.

"단주님, 단주님."

무영이 바라보자 월영은 눈을 반짝이며 말했다.

"섭무가 가장 편하게 성공하면서 단주님과 우리 이화태양종에도 좋은 묘책을 생각해 냈어요."

무영 대신 종리매가 물었다.

"그게 뭔데?"

월영이 말했다.

"적당한 기회에 단주님이 섭무를 해치워 버리는 거예요. 단주님을 좋아하게. 그래서 혼인하게 되면 단주님이 사자군림가를 꿀꺽해 버리는 거죠."

종리매가 고개를 갸웃거리며 물었다.

"뭘 해치워?"

월영이 그를 향해 그것도 모르냐는 듯한 표정으로 말했다.

"섭무 본인은 남자처럼 하고 다니지만 어차피 여자라구요. 그걸 인정하게 만들어주라는 거예요. 단주님은 색공도 배웠잖아요."

종리매는 눈알이 튀어나오도록 놀라서 무영을 바라보았다.

"너…… 아니 다, 단주… 색공도 배웠나?"

무영은 외면하고 월영이 말했다.

"한번 여자로 만들어주고 나면 그 뒤는 아주 쉽죠. 섭무처럼 자신이 여자인 걸 부인하는 여자가 그런 거엔 더 약하다구요. 그 뒤엔 첩을 삼든 정부로 삼든 아주 쉽죠. 사자군림가의 가주가 단주님의 정부가 된다는 걸 상상해 보세요. 아니면 아예 정식으로 결혼해서 결혼 지참금으로 요서 땅을 받아내 버리는 거죠. 하하하!"

무영이 짧게 꾸짖었다.

"쓸데없는 소리!"

월영은 억울한 듯 주위를 돌아보며 호소하듯 말했다.

"내 생각이 어디가 어때서 그래. 기발한 계략 아냐?"

황천이 난처한 듯 턱을 만지며 말했다.

"기발하긴 하지만… 하필 당주님이 말씀하시니 좀……."

월영이 다시 입을 벌렸다. 그때 무영이 입술에 손가락을 대고 쉿 소리를 냈다.

"병력이 다가오고 있다."

섭무 휘하의 당파병들이 행진해 오고 있었다. 이미 밤이 어두워졌는데도 행진을 그치지 않고 있는 것이다. 그들이 무영단의 숙영지 옆을 지나 멀리 사라진 후에 월영이 말했다.

"아무리 밤낮으로 행진해도 기병들의 진격 속도를 따라갈 수 있나. 쯧쯧."

과연 다음날 아침결에 무영단은 다시 당파병들을 따라잡았다. 밤늦게 숙영하고, 새벽같이 일어나 다시 행진하는 듯했지만 역시 기병의 속도를 따를 수는 없는 것이다. 이번에도 인사 한 번 없이 추월해 가서 점심을 먹고 잠시 쉴 때쯤 당파병들은 다시 그들을 따라잡았다. 쉬지도 않고 끈덕지게 걸어서 따라온 것이다.

통상 기마대의 하루 이동 거리는 보병의 세 배라고 한다. 단기간에 먼 거리를 가고자 해서 말의 피로도를 생각하지 않고 마구 달리면 그보다 훨씬 더 가겠지만 적절한 이동 거리는 그 정도라는 것이었다. 이번에 무영단은 보통보다 조금 느리게 이동하고 있긴 했지만 그래도 보병의 두 배 속도 정도는 내고 있었다. 그런 그들을 따라잡은 당파병들의 속도는 단순 계산으로 쳐도 보통 보병의 두 배 속도에 가깝다는 결론이었다.

무영은 그들의 모습이 나타나자 다시 전진 명령을 내렸다. 거리를 두고 싶었던 것이다. 이때쯤에는 전투의 흔적이 보이지 않았다. 앞서 간 사자군림가의 병력과는 길이 달라진 듯했다. 그리고 이때 처음으로 그들은 적과 조우했다. 한바탕 소나기처럼 화살이 퍼부어졌던 것이다.

출정 사자군 3

흑사광풍가의 전술은 단순하고 항상 똑같았다. 그들은 적을 위협할 필요가 있을 때를 제외하면 흙먼지를 일으키지 않고 살금살금 다가가서 갑자기 나타나 활을 쏜다. 적이 추격해 오면 후퇴한다. 후퇴하면서도 그들은 계속해서 활을 쏘고, 적의 수가 충분히 줄어들면 반전해서 다시 공격해 온다. 가까워져서 활을 사용하지 못하게 되면 그땐 안장에 걸어놓은 창을 사용해서 찌르고, 더 가까워지면 굽은 칼을 뽑아 벤다. 이것이 그들의 전술이었다.

그들의 말안장은 한족의 것과 달리 앞뒤가 좁고 난간처럼 높은 판자를 앞뒤로 덧대어 놓았는데, 이것 덕분에 그들은 말을 달리면서도 앞뒤로 활을 쏠 수 있었다. 말고삐를 안장 앞 튀어나온 부분에 걸면 잘 훈련된 그들의 말은 알아서 달려간다.

한족은 등자를 짧게 해서 무릎을 구부리고 말을 타지만 그들은 등자를 길게 해서 무릎을 구부리지 않고 일어선 것처럼 말을 탔다. 앞뒤로 좁은 안장은 이런 자세에 적합한 것이었다. 그렇게 선 것처럼 자세를 취하고 허벅지에 힘을 주어 버티면 말안장 앞뒤에 단 나무판자가 기수의 몸을 고정시켜 주는 것이다. 이것이 몽고족 전사가 말을 타고 달리면서도 안정적으로 활을 쏠 수 있는 두 번째 이유였다.

또한 그들이 탄 말은 어렸을 때부터 같은 쪽 앞 뒷발을 동시에 내디디는 훈련을 받았다. 말의 이런 주법은 그 말에 탄 기수의 시점을 좌우로 크게 흔들리게 했지만 대신 상하와 좌우가 복합적으로 흔들리는 시점은 피할 수 있었기 때문에 보다 정확한 사격이 가능하게 했다. 일정하게 움직이는 시점에는 쉽게 적응할 수 있지만 복합적으로 흔들리는 시점에는 적응한다는 게 불가능했다.

말 위에서 평생을 보내다시피 하는 몽고족 전사들의 기마술과 그에 걸맞게 강인하고 훈련된 몽고마, 강한 활과 장비들이 그대로 흑사광풍가의 장점이 되었다. 그래서 전술 또한 몽고족 본연의 것을 그대로 사용하는 것이다. 기마대로 광야에서 싸우는 데 그 이상 적합한 전술이 더 없었기 때문이다.

그에 대항해서 무영단은 철령까지 도주하면서 자연스럽게 익히고 철령위성에서 수련하면서 다듬은 전술을 사용했다. 적이 공격해 오는 즉시 산개(散開)해서 적을 추격하는 것이었다. 모여 있는 것보다 화살을 피할 확률이 높았기 때문이다. 거기에 방패를 든다. 물론 이런다고 해서 소나기처럼 쏟아지는 화살을 다 피하거나 막을 수는 없었지만 적진 교란용의 짧은 화살이었기 때문에 급소만 맞지 않으면 치명상은 입지 않았다.

흑사광풍가의 기마대는 상대가 산개하면 충분히 전열을 교란시켰다고 판단하고 정면으로 공격해 오거나 반대로 도주하거나 했는데 보통 숫자가 우세하면 공격해 오고 그 반대면 도주했다. 오늘은 대충 삼백여 기는 되니 공격해 올만도 한데 바로 말머리를 돌려 도주하고 있었다.

무영이 외쳤다.

"추격!"

손지백이 뒤이어 외쳤다.

"한 놈도 놓치지 마라! 전원 잡아죽여!"

종리매가 눈을 깜빡이며 중얼거렸다.

"갑자기 힘이 넘치는군."

그들은 이미 전속력으로 추격해 가고 있었다. 갑자기 무영이 말에서 뛰어내렸다. 경공으로 달리는 것이 말보다 빠른 그들이었다. 뒤따라서 철갑마와 종리매, 손지백과 월영, 혈영이 뛰어내려서 경공으로 달리기 시작했다. 그들은 순식간에 무영단을 저만치 떨궈놓고 적의 꽁무니에 바짝 붙었다.

곧 무영의 파천황이 피를 뿌리기 시작했다. 종리매의 사슬도 마찬가지였다. 그들은 직선으로 적의 대열을 가르며 파고들었다. 월영과 손지백, 혈영이 그때쯤에야 뒤를 따라잡아 공격을 시작했다. 단 여섯 명이 흑사광풍가 기마대의 대열을 어지럽게 흐트러뜨려 버렸다. 선두는 계속 도주했지만 후미는 더 이상 도주하지 않았다. 계속 도주하다간 차례로 죽을 게 뻔했기 때문이었다. 그러느니 반격이라도 해보겠다는 생각이었겠지만 그건 더 빨리 죽는 길이었다. 그들은 무영과 철갑마, 종리매와 같은 고수들의 상대가 되지 않았고, 곧 무영단의 본진이 돌진해 와서 그들과도 싸워야 했다.

무영단의 본진 선두는 담오였다. 그는 긴 칼을 휘둘러 순식간에 적 서너 명을 동강내 버렸다. 그 뒤로 다른 향주들이 따랐다. 그들은 무영이 말했던 대로 각자의 무기를 사용해서 각자의 방식대로 싸웠다. 무질서해 보였지만 수많은 전투 속에서 갈고닦은 생존 본능과 기술이 있었기 때문에 익숙하지 않은 기마 전투에도 금방 적응했다. 이런 무사들에게 익숙한 무기를 버리고 새 무기를 들게 하는 것은 오히려 전력을 약화시키는 일이라는 것을 무영은 깨달았기 때문에 사자군림가 흉내를 내지 말자고 결정했던 것이다.

무영과 다섯 고수들은 적의 선두를 따라잡아 앞에서부터 공격하고 있었다. 흑사광풍가의 전사들은 자신들과 나란히 달리면서 공격해 오는 적은 처음 만나보는 것이기 때문에 당황하고 있었다. 그것도 말보다 빨리 달리는 적이라는 것은 그들로서는 생전 처음 만나보는 유형이었다. 이제야말로 그들은 겁먹은 양들처럼 흩어져서 도주하기 시작했다.

대열을 지어 후퇴하면서 공격을 병행하는 계획된 후퇴가 아니라 목숨을 건지기 위한 도주였다. 말들의 온몸이 하얗게 되도록 땀을 흘리다가 그대로 쓰러져 죽는 말도 나왔다. 그럼 그 위에 탄 기수도 죽고 마는 것이다.

갑자기 철갑마가 굶주린 사자처럼 계속해서 새로운 먹이를 찾아 뛰는 무영을 잡았다. 무영은 천근추(千斤墜) 신법을 사용해서 그 자리에 멈춰 섰다. 전력으로 달리다가 한순간 원래 그 자리에 서 있던 것처럼 고요히 서는 것은 어지간한 경공의 고수에게도 가능한 일이 아니었다. 그사이 무영의 경공술도 많은 발전을 이루었던 것이다.

무영이 철갑마를 바라보았다.

"왜?"

철갑마는 무영이 막 쫓아가려고 하던 방향을 가리켰다. 그들이 여태 달려온 낮은 구릉이 완만하게 아래로 향하다가 그보다는 조금 높은 구릉이 새로 시작하는 곳이었다. 철갑마는 그 구릉을 가리키고 있었다.

"누가 있다. 많이."

그 말에 무영도 눈을 가늘게 뜨고 바라보았다. 아무것도 보이지 않았다. 그러나 철갑마의 말이 틀렸던 적은 없었다. 그는 문득 불길한 예감을 느끼고 좌우를 둘러보았다. 그들의 뒤쪽에서 무영단과 흑사광풍가의 전사들이 격전을 벌이면서 달려오고 있었다. 무영은 급히 외쳤다.

"무영단은 이 선에서 멈춰라! 더 추격하지 마라!"

그는 종리매와 혈영 등에게도 외쳤다.

"저쪽을 막아! 혈영은 저쪽, 월영도!"

그리고는 직접 몸을 날려 더 쫓아가려고 하는 손지백에게 달려가서 앞을 가로막았다. 손지백이 놀라 물었다.

"왜 그러십니까?"

무영이 대답했다.

"복병이다! 전열을 짜고 후퇴할 준비를 해!"

손지백은 눈을 가늘게 뜨고 사방을 보았다.

"복병이라고 생각할 만한 게 안 보입니다만?"

무영이 화를 냈다.

"시키는 대로 해!"

손지백이 자세를 바로잡고 대답했다.

"알겠습니다!"

그는 서둘러 달려가서 경신술로 달려온 그들이 탈 말을 준비했다.

그러는 사이 혈영과 월영, 종리매는 무영단을 멈춰 세우고 전열을 재정비했다.

종리매가 물었다.

"복병을 봤는가?"

무영이 구릉을 가리켰다.

"보진 못했지만 저 너머에 있다."

그는 한마디 덧붙였다.

"철갑마가 알려줬다."

종리매는 철갑마를 힐끔 보고는 고개를 끄덕였다.

"그렇다면 맞겠지. 그래서 어떻게 하려나?"

"천천히 돌아간다. 그러면 숨었던 곳에서 나와 추격해 올 것이다. 그때부터 속도를 내서 도주한다."

손지백이 물었다.

"어디까지 도주한다는 겁니까?"

무영이 대답했다.

"도망칠 수 있는 데까지. 더 도망갈 수 없게 되면 싸운다."

그는 더 말을 끌지 않고 후퇴 명령을 내렸다. 평 무사들이 선두에 서고 향주와 당주, 무영 등은 후미에 서는 후퇴 대형이었다. 그렇게 십여 장을 움직이자 그들의 뒤쪽 구릉과 하늘이 맞닿는 선 위에 무수한 점들이 나타났다. 무영은 힐끔 뒤를 돌아보고 그 무수한 점들이 흑사광풍가의 기마대라는 것을 알아보았다. 적어도 천 이상은 되어 보이는 병력이었다.

종리매가 말했다.

"과연 복병이 있군. 단주 말이 맞았네!"

무영은 고개를 끄덕이고 외쳤다.

"전속 후퇴!"

무영단이 속도를 냈다. 그들은 거대한 해일 같은 먼지구름을 뒷배경으로 깔고 달렸다. 기마술은 흑사광풍가 전사들 쪽이 나았지만 워낙 거리가 떨어져 있어서 쉽게 따라잡히지는 않았다. 무영단의 뒤로 천천히 따라오던 섭무의 당파병들을 만난 것은 도중이었다.

무영이 외쳤다.

"싸울 수 있나?"

멀리서 섭무가 말을 달려 맞아 나오며 소리쳐 대답했다.

"언제든지!"

무영이 뒤를 향해 외쳤다.

"둘로 갈라져! 당파병 뒤로 돌아가서 다시 전면으로 나온다!"

섭무는 말을 돌려서 수하들에게 달려가며 외쳤다.

"먹이가 왔다!"

그것을 신호로 당파병들이 일사불란하게 움직였다. 일천 명의 무사들이 횡으로 백 명, 종으로 다섯 명씩 밀집해 선 대열 두 개를 이루어 학익진을 만들었다. 그리고 장창을 옆에 내려놓고 활을 꺼내었다.

새선풍이 외쳤다.

"갈라지지 말고 그대로 중앙으로 통과하라!"

당파병들의 진형이 달라졌기 때문에 무영이 먼저 내린 지시에 수정을 가한 것이다. 무영단은 그 말대로 당파병들이 만든 학익진 가운데로 달려 지나갔다. 그 뒤로 따라붙은 흑사광풍가의 전사들은 학익진에 정면으로 노출되었다.

당파병들이 사격을 시작했다. 서른 개가 넘는 화살을 넣은 전통이 비어버릴 때까지 쏘고 또 쏘다가 거리가 가까워지자 이번엔 활을 버리고 옆에 내려놓은 장창을 잡았다. 열댓 자가 넘는 긴 자루에 초승달 같은 날이 뿔을 앞으로 해서 달려 있고, 거기 생선 가시 같은 예리한 침들이 여러 개 돋아 있는 무기, 이게 바로 당파였다.

보병들은 한쪽 옆구리에 당파를 끼워 들고, 다른 손에는 발끝에서 머리끝까지 가릴 듯이 큰 방패를 들고 한 발 한 발 전진했다. 그들은 사람으로 만들어진 목책과도 같았다. 철창으로 엮은 장벽과도 같았다. 흑사광풍가의 화살은 방패로 막았고 그보다 더 접근하자 당파를 수평으로 기울여 겨누었다. 미처 말머리를 돌리지 못한 흑사광풍가 전사들은 스스로 달려와 창끝에 목을 내민 것과도 같이 죽어갔다. 말이 죽고 기수가 죽어 쓰러졌다.

무영단은 이제 회두(回頭)해서 당파병들 뒤에 정렬했다. 언제든 다시 달려나갈 수 있는 진형이었지만 그들이 나설 틈은 없었다. 당파병들의 방진 앞에서 흑사광풍가의 기마대는 맥없이 무너지고 있었다. 진형의 뒤에서 지시를 내리던 섭무가 무영을 향해 자랑스러운 듯 말했다.

"내가 직접 뽑고 훈련시킨 병력이다. 난 전부터 이런 식으로 싸워야 한다고 주장해 왔지. 기마술이 장기인 저놈들과 싸우는데 같은 방법으로 하는 건 바보 짓이야. 싸움이란 모름지기 내 장점으로 적의 단점을 찌르는 식으로 하는 거란 말이다."

말하는 사이에 흑사광풍가 전사들이 후퇴하고 있었다. 보병들은 추격하지 않았다. 물론 할 수도 없었다. 보병으로는 기병을 추격할 수 없는 것이다. 이게 당파병의 약점이었다. 무영은 이 한 번의 싸움으로 당파병의 장단점을 파악할 수 있었다. 방어전에는 강한 위력을 발휘하지만 공격할 때는 거의 쓸모가 없을 것이다. 이래서 사자군림가에서 섭무의 의견을 채택하지 않은 것 같았다. 하지만 기병과 함께라면, 가령 그들 무영단과 함께라면 위력이 배가될 수도 있지 않을까.

무영은 전장 정리를 지시하는 섭무에게 다가갔다.

"난 무영이다."

섭무가 새삼스럽다는 듯 무영을 보더니 투구를 벗었다. 짧게 잘라 묶은 머리카락이 드러났다. 남자처럼, 아니, 남자보다 용맹스러운 기상이 흘렀지만 고운 눈길과 붉은 입술은 타고난 미모를 감추지 못하고 있었다. 그녀가 말했다.

"난 섭무다."

무영이 말했다.

"같이 행동하지 않겠나?"

섭무가 잠시 생각하다가 말했다.

"방해가 되지 않을 자신이 있다면."

행군이 다시 시작되었다. 무영단이 선봉과 척후를 맡고, 당파병이 본진이 되는 진형이었다. 기마대만이었다면 다음날 저녁에는 개원에 도착했을 것이다. 그러나 당파병의 행진에 맞추면 앞으로 사흘은 더 걸릴 것이다. 그동안은 무영단과 당파병이 생사를 같이해야 했다. 다음날 저녁부터 끊임없이 퍼부어진 흑사광풍가의 공격에 대항해서.

『천마군림』 7권으로 이어집니다

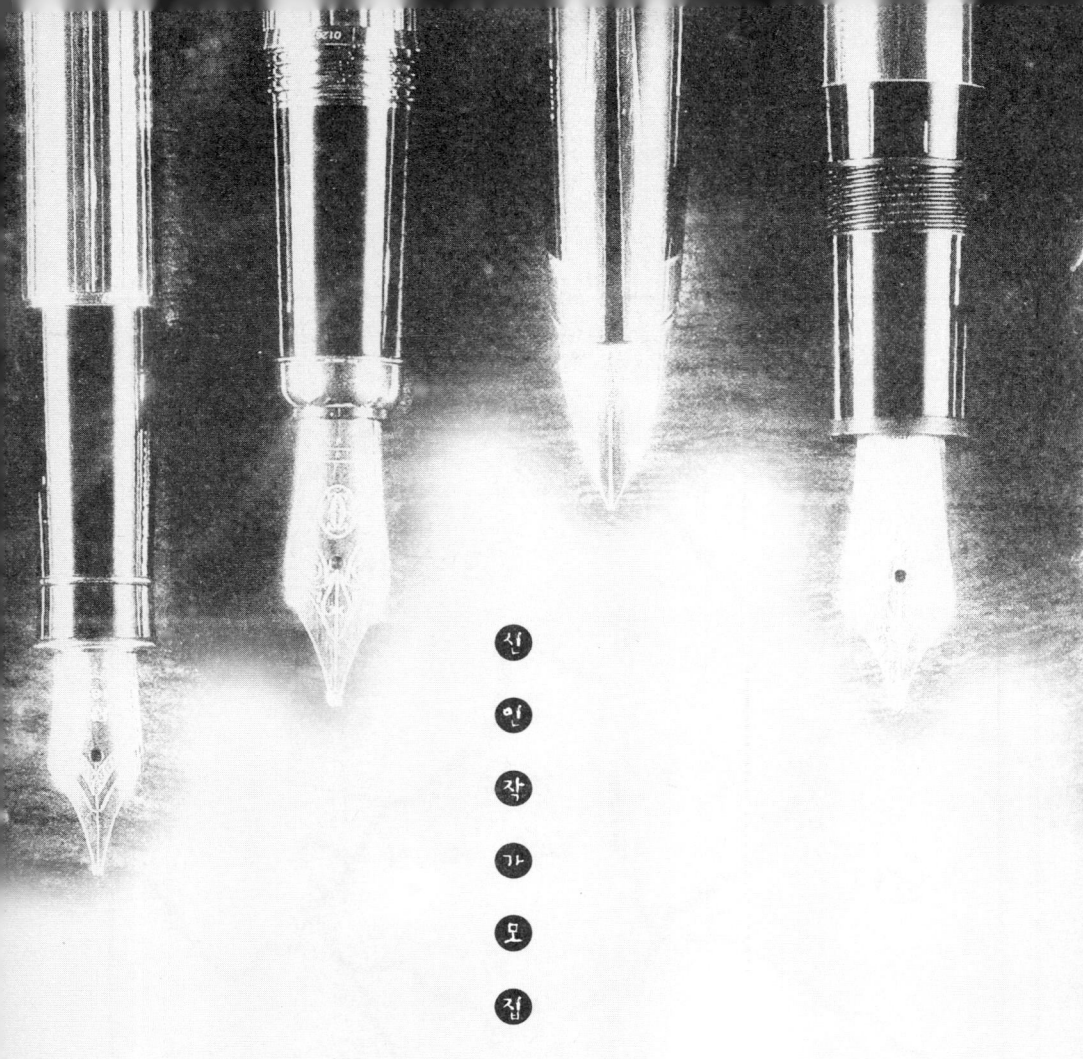